それは6歳からだった

ある近親姦被害者の証言

イザベル・オブリ著 ヴェロニック・ムジャン協力／小沢君江訳

La Première fois, J'avais six ans...

緑風出版

LA PREMIÈRE FOIS, J'AVAIS SIX ANS…

by Isabelle AUBRY

Originally published by Editions Plon.

This book is published in Japan by arrangement with XO Édition,

through le Bureau des Copyrights Français,Tokyo.

目　次

カバー写真＝カトリーヌ・カブロル

それは6歳からだった…
ある近親姦被害者の証言

La première fois,
j'avais six ans...

1章　ポルト・ドーフィンヌ……

パリ市内には、夜になると、街灯の明かりが照らす道路にも、人気のない道にも人目を避けるようにひっそりと駐車している地味な車に出会うことがある。そのなかにはどう見てもカップルとしか思えない中年の男女が座っている。そこからすこし離れたところに、微笑を浮かべながら何人かの男と女が立っていて、数分後にひかえている快楽シーンを想像しながら興奮ぎみの表情を見せている。これはパリ十六区のポルト・ドーフィンヌ付近でよく見かける光景だ。

わたしも、そこに行こうとしている。わたしの意志ではなく、ひとりの男がそう決めたからだ。さっき家を出る前に、その男、ルノーが今晩は楽しいサプライズを用意してあると言っていたけれど、楽しくても楽しくなくても、わたしには拒むことはできなかった。男は怒りっぽく暴力的な体質の持ち主で、タバコを消すにもごつい、節くれだった指で驚くほどの力を込めてもみ消す。わたしにビンタを放つときも、それと同じくらいの勢いと力が込められる。わたしは長い間彼に恐怖を抱いていた。が、今夜彼は機嫌良くハミングしながら運転している。彼が準備しておいた内輪のパーティーとやらで興奮しているようだが、それだけにわたしの不安は膨脹していた。

ポルト・ドーフィンヌ、車が十字路をゆっくり回転している。ある車をめがけて接近していく車や追い越していく車が、車内に座っている売りものを値ぶみしながら進んでいく。ルノーに向けられたライトから、隣に停まった車がわたしたちに関心を寄せていることがわかる。話し合いがうまくいったのか、ルノーは車を小道に向かって進めていく。そのあとパリ市内に向かうのか、郊外に行くのか、パーキングか通路に向かっていくのか、わたしには皆目わからなかった。が、目的地に近づくにつれて、わたしの体内で恐怖の固まりが肥大しつつあった。彼の言う「楽しいサプライズ」とは、わたしへのプレゼントなどではないことは予感していた。

わたしたちは、ごく平凡な小さいアパルトマンに入って行った。テレビに栗色の絨毯、低いテーブル、着飾っているけれどそのへんにいそうなマダム、疲れきっている地味な長椅子、そこに四人の男女が腰かける。わたし以外の誰もが何のためにここにいるのかわかっているようだった。わたしもだいたいは予想していた。居間のドアが閉められ、わたしはいままで一度も会ったこともない、そこにいる男性と二人きりになったとき、恐怖が全身を貫き頂点に達した。男はわたしの服を脱がせはじめる。そしてわたしの胸をなでながら自分のジーンズのボタンを外す。

わたしはそのあとに起こるべきことが起きる前にそこから逃げ出したいと焦りながら、ブロンドの女性と寝室に入って行ったルノーが、それを許さないだろうと恐れながら、長椅子にじっとしているほかなかった。長い間、わたしの視線は天井に張りついたまま、はげ頭の男の体重がのしかかるのを感じながら、体をクッションの中にめり込ませていた。男の上下反復運動がつづく間、わたしは吐き気を抑えるのに必死だった。数分の間、わたしの体は火のように火照り、拷問の責め苦が永遠につづくかのようだった。ルノーがものにした女とともにサロンに出てきた。が、こんどは消したテレビの前にある縞模様の長椅子の上で四人の乱交を行なうのだという。

その間、わたしは何も感じないように他のことを考えることに専念した。綿の固まりのようになったわたしの体に、三人の男女が思い思いの行為をしては楽しんでいる。大人たちのハアハアいう喘《あえ》ぎ声に耳をふさぎながら、わたしはその瞬間死ぬことしか考えていなかった。

このとき、わたしは十三歳半、初めて体験させられた乱交パーティーだった。

そのあとも乱交パーティーは何回もくり返されたのだった。四人、六人、あるときは二十人もの大人たちが集まった。ルノーはわたしを彼のベッドに寝かせるだけでは満足せず、何をさせても逆らわない、茶髪の内気な娘を稼ぎのいい売春少女に仕立てあげていく。ポルト・ドーフィンヌだけでなく他の地区でも、長い間、彼はわたしを汚しつづけ、破壊しつづけていく。

わたしは日中は学校に行き、夜は彼のベッドで卑猥なお遊びの相手をするのが日課になっていた。ルノーが会わせる男は十人、ときには十五人がわたしの体の上にのしかかり、次つぎに用を足していった。その間、わたしは身動きもせず眼を閉じたまま、うわの空の状態でいるほかなかった。

あるとき、そのひとりがわたしに尋ねた。

「きみは楽しそうじゃないみたいだけど……」

かなりの洞察力の持ち主だ。わたしが楽しいわけがないじゃないか、こんなことを喜んでやる少女がいるというのか。同年輩の女の子たちのように、わたしも夜は楽しいテレビ番組を見たり、エディット・

ピアフの伝記を読んだり、宿題をしたりしていたいのに……。毎晩のようにブタ野郎どもがわたしに襲いかかり、十人もの男たちが次つぎに少女の股の間にいちもつを差し込んでは、ねばつく精液を噴出させる。この悪夢を打ち破れるなら、わたしのすべてをやってもいい。はてしなくつづく苦悶の日々、すこしずつ心身が破壊されていくのを感じながら、翌日はまた同じことのくり返しだった……。

終わるたびにズボンを引き上げては足をとおす、卑劣で惨《みじ》めな男たち、わたしは彼らを警察に密告することもできる。が、わたしは黙りつづける。未成年の娘を毎晩レイプし、なおかつ男たちに娘の体を売りつけるこの男とは、わたしの父親なのだ。

2章　オブジェ

その岩は、長年荒波に打たれながらも尖った先端は摩滅されそうにもない。海に突き出している防波堤は、荒涼とした干からびた表面を見せながら、嵐の日もその刺々しさは変わらない。人びとは、トルシ半島の突端の砂丘の後方にオレンジ色のチューリップの群が咲き乱れているのではないかと想像し、そこに暖かさを見出そうとする。

この野生的な半島こそ、わたしがこの世でもっとも愛している場所だった。そこは、わたしの生まれ故郷、ブルターニュのフィニステールの心臓とも言える。わたしが育った故郷だけに、そこを去ったときは、長く不在にするつもりはなかった。何回も帰郷し、小さいときはバカンスのたびにそこで過ごし、大人になってからも何回か恋人と過ごしたこともある。わたしの根っこは、塩分の含まれたこの大地に張っている。

祖先は、海に面するオーディエルヌとベノデ、カンペールの三角地帯に住みついてきた。曾祖母の誰もが、漁に出た夫や兄弟、息子たちをひとりで待ちながら暮らしていた。円筒型の帽子を被っていた祖母たちも、紺碧の海を見つめながら青春時代を送ったものだった。このようにして代々漁師稼業は受け継がれていただろう、祖母ヴァランティーヌがいなかったなら……。

ブルターニュを初めてあとにしたのは、父方の祖母だった。若いころ、祖母は誰もが見とれるほどの美人だった。茶色の髪に透きとおるような色白の肌、女王さま然とした物腰……。あまりにも美しく、十六歳になったばかりのとき「刺繍の女王」に選ばれたのである。一九二〇年代のミスコンクールは、どこにでもあるコンクールなどではなかった。このコンクールで一位になった祖母は一夜にして町のスターとなり、求婚者が彼女のまわりにむらがり、パリとの往復も頻繁《ひんぱん》になっていた。「ミス刺繍」は、エンゲージリングは拒否しても、パリ行き列車の招待券は断らなかった。

祖母がパリから持ち帰ってきたものは、セピア色の絵はがきのほかに、わたしの祖父となるルネ・オブリだった。彼はブルターニュ出身ではなかったが、それはたいしたことではなかった。建設工の見習いで、めったに笑い顔を見せず、話し方もそっけなかったが祖母は気に入っていた。背が高く、体格もがっしりしていて、仕事にも厳しかった。何よりも金の卵を生む達者な腕をもっていた。

二十世紀初頭、フランス人の誰もが生活の改善に向かって眼を輝かせていた。祖父は難なく家族が欲しがっていたものを叶えてやることができた。中央暖房が欲しいと言えば、それを備えることなどいとも簡単だった。

彼が妻の郷里、フィニステールに落ちつくことにし、引っ越してきたとき、モダンな器具を抱えてもって来たのである。村でこの暖房機とやらを取り付けられるのは彼しかいなかったから、以前は見習工でしかなかった祖父は、その日から村の中心的人物になったのだった。隣人たちの家屋に暖房設備を備えつける仕事でてんてこ舞いの忙しさだった。

彼の会社は繁栄し、見る見るうちに大きくなっていった。Cheval d'orguille（誇り高い馬）（一九七五年に出版されたピエール＝ジャケズ・エリアスの自叙伝。第一次大戦前のブルターニュ僻地の貧困農民の生活をブルトン語で書き、後にフランス語に訳された）に描かれたこの地で、彼はぼろ儲けしていく。この地域の民家に暖房設備を広める夫に負けずに、祖母は電化製品専門店を開き人気を呼ぶようになった。同時に祖母ヴァランティーヌも社会的にも村びとの間で一目おかれるようになっていた。夫婦は、隣の村との境にあるヒースがはびこる荒れ地を購入し、廃墟に近い広い農家を買い取った。祖父は自分の手で家屋を修復し、家の背後に菜園をつくり、前庭の一角を花畑にした。

この辺は常に激しい旋風に吹きつけられ、それにも耐えて生えているのは何本かのニシキギの木しかなかった。海から吹き上げてくる強風によって樹液までが干からび、これらの湾曲した木のほかは何も生えない土地だと言われている。そんなことはかまわず、頑固な祖父は針葉樹の苗木を植えた。数年後にはそれらがうっそうとした生け垣となって、この不毛の荒れ地を一変させたのだった。祖父母の伝記は、ちょうどこの松の生け垣が最後には壮大な庭園となったのと同じく、二人ともゼロから蓄積した労働によって町の名士にまでなった。彼らが絶やさなかった仕事への情熱こそ、孫のわたしが引き継いだのだった。

子供時代、わたしはいつも彼らと過ごしたものだ。が、彼らのそばでぶらぶらしてはいられなかった。「イザベル、ここに来なさい、見せるものがあるから」と、祖父はよくわたしを呼び寄せた。

わたしは耳を大きく開けて、祖父が説明する切手の一枚一枚や、柳の木の挿し木の仕方、そして椅子の脚部の彫り方……まで吸収しようとした。祖父の広いアトリエにある木工旋盤にも魅せられた。祖父は作業台に背をかがませて、眼を細めながら工作していく。彼の指先にしたがって松の木が形を変えていき、ベッドの脚やすてきなオブジェと化していく。こうして何日でも祖父は、わたしのためにキャラメル色の木を切断しては磨きあげ、美しいキューブを作ってくれた。

「イザベル、面取りする、とはどういう意味か知ってるかい？」

わたしは三つの答えを出せるはずだったが、そのひとつも考えおよばなかった。祖父の質問はいつも教育的だった。たとえば、字引から当てずっぽうに一語を選び、わたしがその意味を言えないときは、その言葉の定義を明かす前にヒントを与えては推定させるのだ。彼がもっとも嫌っていた言葉は、「ディレッタンティズム（道楽趣味）」と「無為徒食」だった。

祖父がわたしに教えるものが尽きると、わたしは祖母のそばに行き郷土料理を習うのだった。アルモリカ（ブルターニュ地方を指す旧名）風イセエビのソースを味見したり、湯気を立てているジャムをかき回したり、そしてごちそうのできるのを待ちながら皆がアペリティフを味わっている間、わたしはバケツをもって公園に行き、ときには色鮮やかなすべすべするヘビを捕まえてくるのだった。

「見てっ、パピー、このヘビ、きれいでしょ」

祖父は、いつものストイックな表情を見せながら、わたしに「獲物を放しさい」と叫び、アトリエに駆け込んで行って芝刈り機を持ってきて、わたしの獲物の上を芝を刈るように芝刈り機をがむしゃらに転がせた。

この日、祖父はわたしを優しく抱いてくれて、そのあと危険な動物について話してくれた。害のないヘビと毒ヘビの見分け方のほかに、料理や大工、縫い物、園芸、クリケットの遊び方……など祖父母、ルネとヴァランティーヌから、わたしはいかに多くのことを学んだことだろう。

一方、オーギュスティーヌからは、愛されることを学んだのだった。

オーギュスティーヌとは母の母親、つまりもうひとりの祖母だった。彼女のことを思い出すだけでも心が締めつけられる。生涯、筒型のブルターニュ風帽子を被りつづけた小柄な優しい女性だった。彼女の柔らかなブルターニュ語の音声の余韻がいまだにわたしの耳の奥に残っている。彼女がわたしを抱いてくれるとき、いつもわたしが指でなでていた彼女のグレーの髪に差された櫛の感触が、わたしの指にいまも残っている。わたしはこのマミーこそ、家族の誰よりも深く愛していた。彼女はわたしに幸せがどういうことか肌でわからせてくれた。

彼女の小さな家は、海辺から十数メートルのところに建っていた。だから余計に彼女の家が好きでたまらなかった。

数分のひまさえあれば、彼女の家まで飛ぶように駆けて行った。ひとりで押し寄せてくる波間に飛び込み、足をばたつかせ、波頭にぶつかって行った。時間の経つのも忘れ、家に戻るのは夜に近かった。ブタのように泥んこになり、頬を火照らせ、すねには引っ掻き傷をつくり、幸せいっぱいの顔で帰宅したものだった。敷居の上で待っていたオーギュスティーヌは、心配するあまり怒りを爆発させた。

「イザベル、何時だと思っているのですか?」

この祖母は、しばしばブルターニュ語とフランス語をごちゃまぜに話すので、わたしにたいしても「あなた」と丁寧語で口走ってしまう。母語のブルターニュ語からすれば標準語のフランス語では「あなた」と言うほかなく、わたしに寄せる愛情を示しているのには変わりなかった。彼女が怒るのは当たり前だった。なぜならわたしはおやつの時間も忘れ、刺毛《しもう》で手足をちくちく刺すイラクサの中を転げ回ったり、少女の足ではペダルを踏むこともできない祖母の黒い自転車を乗り回しては事故を起こし、隣人に抱きかかえられて家まで連れてこられる、という無茶な遊びばかりしていた。

それ以来、祖母はわたしが自転車に乗ることをきつく禁止した。

「絶対に乗ってはいけません。わかりましたか」

そんなことはたいしたことではなかった、遊びにはこと欠かなかったから。たとえばコオロギを捕まえたり、長めのピンをコンセントに差し込んでみたり……。オーギュスティーヌはもう我慢ならず、革ひもでできたムチをかざすのだった。最初のころムチはわたしを怖けさせたが、わたしも負けてはいなかった。祖母が背を向けるや、わたしはムチの革ひもを一本ずつ引き抜いていた。日に日にムチは痩せほそっていき、祖母が力いっぱい振り落としてもすこしもムチらしくなかった。わたしは自分の策略にほくそ笑む。彼女はわかっていたのだろうか、そうだとしたら眼をつぶっていたのだろう。どこまでも優しいマミー、オーギュスティーヌ。

わたしのいたずらがくり返されるなかで、祖母は心配のあまり病に倒れるほどだった。わたしが棘だらけのキイチゴの木に分け入って、パンツが破れようがかまわずその実を採るのに時間がかかり、二時間も遅く帰宅したりすると、心配性の祖母は怒りで毛髪が小刻みに震えるほどわたしを叱った。彼女は厳格そのものだった。漁師だった彼女の夫、つまりわたしの祖父にたいしても同じだった。夜明けに漁に出ていくとき、彼はきまって誰に言うでもなく厄払いするように、

「今度こそ、もう帰っては来ないかもしれない」と呟《つぶや》いて出ていく。

妻もブルターニュ語で「心配しないように、いつもそんなことばかり言ってる」と言い返す。

その日、彼が予感していたように、それっきり海から戻っては来なかった。溺死ではなかった。動脈瘤が破裂して甲板から海に落ちたのだった。当時はこの種の事故が起きると、船員たちは病死として扱われないように、死体にロープを結わえ付けて一、二時間、大西洋の中を運行し溺死に見せようとした。そうすれば作業中の突発事故として認定され、未亡人は生涯、夫の年金を受給できたのだった。しかし、こうした慣習を実行するだけの勇気がなかったのか、悲しみに耐えられなかったのか、祖父の同僚たちは遺体を甲板にのせたまま帰港したのだった。年金がふいになったために、オーギュスティーヌは自ら生計を立てるほかない。ひとりで五人の子どもを育てていくためには仕事を見つけなくてはならなかった。じきに缶詰工場に雇われ、毎日毎日、朝から晩までイワシの缶詰作業を何年もつづけた。が、子どもの世話も欠かさなかった。がむしゃらに働き、無我夢中に毎日を送りながらも祖母は常に愛情深かった。

わたしがよちよち歩きはじめたとき、祖母がわたしの手をとってマンネンソウの生えている砂丘まで、歩く練習がてら連れて行ったり、わたしは寝つく前に体を丸くして彼女の首もとに鼻をすり寄せたり、枕にしみこんだ彼女の匂いを嗅いだりした……。

わたしは、この祖母のそばで少女時代、いやわたしの一生の中でいちばん幸せなときを送ったと言える。彼女はわたしを愛し、守り、慰めてくれ、遊ばせてくれた。オーギュスティーヌのそばでしかわたしは存在していなかったのである。

両親との生活は、まったく別のものだった。

オーギュスティーヌと漁師である夫との間には五人の子どもができ、わたしの母マリーはその末っ子だった。マリーはたぶん母親の愛情を必要としていたのだろう。母は学業をつづけ、進学することを夢見ていたが、残念ながら若くして仕事に就かねばならなかった。

一方、祖父母ルネとヴァランティーヌの間に生まれたのが、わたしの父ルノーだった。彼は、両親が若いころ手に入らなかったすべてを与えられ、甘やかされて育った。若いころに電気工として居をかまえたが、エンジニアとなった弟を嫉妬していた。もしかしたらわたしは、父を蝕んでいたフラストレーションとコンプレックスがかけ合わされて生まれた娘ではなかろうか。家族のそれぞれが抱くコンプレックスが結ばれて実となったのが、わたしなのかもしれない。

両親の生まれた実家はそれぞれ数キロ離れた近距離にあった。こうした隣人付き合いが、若者同士、父と母との恋の火遊びに発展し、望んでもいなかった赤子として生まれたのが、わたしだったのだろう。母は十八歳になる前に妊娠した。都会で華やかな仕事に就くことを夢見ていた母には、子どもを産むことですべての夢を諦めなければならなかった。母はウエディングドレス姿で、市役所の正面階段の上で新郎に腕をとられてカメラマンにパチリ、シャッターを切られた。相思相愛？　残念ながら、父と母はしようがなく結ばれたカップルだった。

「妊娠したとわかったとき、罠にかかったと思ったの」と母がもらしたことがある。

この世に出てくると同時に、わたしは誰にも望まれない、偶然がもたらした落し子だった。何年もあとになって、母はわたしを産まないためにどんなことでも試した、と語ったことがある。九カ月の間、絶望のあまり後悔の涙が止まらず、岩場から飛び降りてまで、胎盤にしがみつくわたしを突き落とそうとした。効きめはなく、わたしは強情にも胎盤から引き離されまいと子宮にしがみついていた。

これほどの難関にも耐えて、わたしは一九六五年四月十一日、ポン・ラベ市の病院で元気な赤子として産まれ落ちたのだった。母はすこししか出なかった母乳を与えたが、じきにストライキを起こした。あまりにも面倒だったので授乳を止めてしまい、新生児が腹をすかせて泣き叫んでも胸を開こうとはしなかった。

「あんたのパパと喧嘩したので、おっぱいが出なくなっちゃったの」と母は弁解した。

わたしが幼いころからすでに両親は喧嘩に明け暮れていた。なかでも父ルノー・オブリの変質的な性格には、怒りっぽく、自己中心的で、何をしでかすかわからない衝動性があった。少年時代には隣の女の子が牛乳の入った容器を手にさげているところをわざと突っかかって行って牛乳をぶちまけさせては、げらげら笑いとばしていた。大人になってからの彼はサディスティックな面を見せはじめていた。たとえば、車を運転しながら自転車に出会うとわざと車を接近させていって、自転車と乗り手を道路の溝に突き落とすなど……。

父が嫌っていたのは、アラブ人や黒人、自分より若い青年と年寄りたちだった。総じて彼は自分しか好いていなかった。自分を他人とは異なる常軌を逸する男だと自認しているくらいだから、彼の特性を認めてくれない父親としばしば言い争っていた。

電気工でしかない彼には、エンジニアである弟をいつか見返してやりたい野望を抱くにつれて、実現しそうもない野心に侵食されていった。意味のないことにかっとなり、世間全体が彼を嫉妬しており、皆にだましとられていると言っては怒鳴りちらす。若いときに海軍でもらった柔道の黒帯を自慢しては、誰彼かまわず拳を打ち込むこともいとわなかった。武器では、銃や刃物も好んでいた。なかでも殴り合いの喧嘩は好きだった。

ある日、祖父にたいしてかっとなり、大声でがなり立てた。翌日、彼の義弟がオーギュスティーヌの小さい家で彼と言い争いになった。たいした理由があったわけでもないのに喧嘩腰の議論が罵声に変わり、殴打の勢いでガスコンロが倒れ、炎が天井をなめつくした。このときわたしは三歳だった。怖くて震えが止まらなかったのを覚えている。

これがわたしの父親なのである。誰よりもわたしが愛すると同時に、誰よりも恐れていた父だった。彼は強くて、頭が良く、わたしのパパなのだから、わたしを愛しているのは当然だった。彼は、彼流にわたしを愛している。原因はここにあった。わたしは彼の血肉から産まれたのであり、わたしの血の中には彼の血が流れている。わたしたちが愛し合うのは当然のことなのだ。

彼の理想にそう娘として、わたしはもっとも美しく、賢く、教養のある娘でなければならない。しかし現実にわたしが考えていることや、わたしの幸せとか悩みなどについて父は無頓着だった。彼がつくり上げていくお人形として、わたしは存在しはじめていた。彼は妻にたいしても、自分が地球の中心でいたかった。妻のマリーが彼を誇りにし、どこへでも同伴ででかけるのは良かったのだが、いつもそうとは言えなかった。

あまりにもエゴイスティックな男性と結婚したマリーは、夫の変質的な性格と怒りっぽさに愛想をつかしはじめていた。彼らの激しい口論は、パリ郊外のアパートでの日常的ルーチンになっていた。父は電気製品の修理店に職を見つけ、母は会社の秘書として雇われたので、わたしは近所の子守に預けられた……。

ある日、いつもより早い時間に母が仕事から戻り、わたしを引き取りに来たとき、ちょうどそのとき子守の連れ合いがわたしを相手にうっぷん晴らしによくやる暴力シーンに出くわしたのだ。その男がわたしの頬を目がけて大きな手でビンタをくり返し、そのたびにわたしの火のついたような叫び声が上がる。母はとっさにわたしを抱きかかえて、この得体の知れない危険な家から飛び出したのである。

母は自分の母親オーギュスティーヌに助けを求め、彼女にわたしの面倒をみることを頼んだのである。パリ郊外のカリエール・シュル・セーヌのアパートに、祖母はブルターニュからあの筒型の帽子を被って上京してきた。が、母は仕事に追われる忙殺の毎日、金欠生活、幼児のわたし、姑の同居……じきに口論がくり返されるようになり、しまいには部屋の中を灰皿が飛び交うまでになっていった。

ある晩、母はまだ三歳にもなっていなかったわたしを抱きかかえて地下鉄に飛び乗ったのだった。何もわからないわたしには、過ぎ去っていく駅を眺めながら頭の中が疑問で破裂しそうだった……、どうしておもちゃを置いたまま出てきたのか、パパひとりを家においてきたけれど彼はどうするのだろう……。

こうしてわたしの幼児時代は両親の喧嘩と不安が同居していた。この歳の少女が平安に育つために必要な安全性というものが欠けていた。両親といっしょにいるときも一度も彼らに保護されていると感じたことはなかった。一触即発の状態で口論がはじまるや、どちらかがドアをバシャッと勢いよく足で蹴るように閉めて出て行った。そのたびにわたしは祖父母のところか、別の子守に預けられたのだった。常に親たちの口喧嘩に怖れおののき、しばしば今晩は自分のベッドで寝られるのかどうかもわからず不安に苛まれ、明日はどうなるのか皆目わからなかった。

わたしの両親は、わたしを静けさを知らない少女にしていったのだった。

ふたりが口論するときがいちばん怖かった。両方が気が合っているときはというと、それもさほど居心地は良くなかった。二人がふざけ合ってばか騒ぎし、踊りに行ったり、バーに飲みに行って帰ってきてはわたしの存在も無視してベッドの中で絡まりついた。

わたしが幼稚園に入る年に、両親はブルターニュの郷里に引っ越した。祖父母ルネとヴァランティーヌは定年生活を送っていたので、家財道具や不動産を二人の息子に分けてやることにしたので、二人ともそれぞれ一階に店がついている一軒家を相続することになった。父は電化製品店をもらい、顧客の家に電気器具を設置したり修理しに回ったりし、母が店番をした。二階のアパルトマンをわたしたちの住居にし、父がロフト風に改装した。

当時はすでにロフト式内装が流行りだしていた。壁を全部取り払ってしまい、何にも遮られないようにしたので内部がすべて見渡せた。何でも自分でしなければ気がすまない父は偏執狂的な側面をもち、人の心を操るのにも長けていた。当時流行っていたヒッピー族の倒錯的グループの中心人物にもなれただろう。彼のまわりにはヒッピー以降の自然志向派の友人がかなりいたが、彼らを見下すような面もあった。地元の名士だった商店連盟会長の息子、ルノー・オブリはとりもなおさず代表的なプチブルの御曹子となっていた。そうしたなかで彼は自然に彼独特の家庭環境を築きはじめていた。

まず住居内のすべての壁を取り除くことからはじめた。なぜか彼は、自分以外の者の閉ざされた内面生活が孤立し合うことに耐えられなかったのである。そして家族の者にも彼と同じ感覚を共有させようとした。トイレに行くときもシャワーを浴びるときも彼はドアを開けっ放しにしておき、当然のごとく裸で歩き回っていた。そうするためにアパルトマンの中で遮る物や境界線を取っ払い、誰もが見渡せる共同空間にしたのだろう。そして中央の居間に夫婦のベッドを置いた。わたしの部屋も夫婦固有の寝室もなくなっていた。わたしの部屋と浴室の間の壁だけが残されていたが、ドアを閉めることは許されなかった。

ある日の午後、学校から帰宅したわたしが二階に上って行ったとき、居間の中央にあるベッドの上で両親が二匹のミミズのように絡まり合い愛撫し合っている最中だった。彼らはわたしが階段を上ってくる足音を聞いていて、娘がそばに立っていることも承知のうえで醜態を止めようともしなかった。わたしは、いったい彼らが何をしているのかわからなかったが、そこにいるべきでないことだけは感じとっていた。気まずさのあまり、わたしは自分の部屋に駆け込んで行った。

それは初めて目にした性交シーンだったが最後ではなかった。彼らは欲望にまかせて腕や脚を絡ませながら胴体の上下運動をくり返している。このようなシーンに立ち合いたかったなら、そこにいさえすればよかった。日曜の午後、森に散歩に行ったときも、リビドーが噴出するのにまかせて父は母の腕を引っ張って行って灌木の間に押し倒した。このときわたしは父が命令したように小道を見張っていなければならず、ハミングして彼らの動物的な呻き声が耳に入らないようにしていた。

わたしがそばに立っていることが、さらに彼らの情欲を駆り立てたのだろう。もしくは彼らにとってわたしの存在は何ら意味をもっていなかったから、わたしを無視していられたし、彼らにとってわたしは何の価値もなかったのか。

母が店で商いをし、父が顧客の世話をしていたので、わたしは彼らの時間の隙間にわり込むしかなかった。昼には、祖父母の家の世話をしていたシュザンヌがわたしの昼食を作ってくれていた。が、わたしが食べようとしないのでシュザンヌは泣き顔になって途方に暮れる。デザートのコンポートも口に入れようとしなかった。シュザンヌは優しかったが、わたしは彼女ではなく母に食べさせてもらいたかったのだ。祖母が慌てて家に来て、わたしに食べさせようとやっきになったのでようやくわたしは、スプーン一杯のスープを口に入れたのだった。

当時、わたしは学校のあとは、よく友人たちと街をうろつき、商店が閉まるころまでぶらぶらしているか、家で愛犬ドリーの犬小屋の中に丸くなって閉じこもるようになっていた。

わたしの人生のなかでもっとも嬉しかった思い出として残っているのは、この可愛いダックスフンドをもらいに行ったときのことだった。その愛らしい顔を見るや、わたしは夢中になり子犬を腕の中に抱きかかえたのだった。以来ひとときも離れることなく、わたしはカートンでできた犬小屋の中で丸くなって昼寝をし、ボールを投げては時間も忘れて遊んだものだ。ドリーはわたしを相手にしてくれる唯一の生き物だった。

母にはそれは期待できないことだった。彼女はほかのことで頭がいっぱいだった。夕飯のあと、どんなにか母がわたしの面倒をみてくれることを望んだことか。彼女の気を引くためにいろいろなことをした。キスを頬にしてほしいと彼女に寄って行ったり、寝るときに髪の毛が絡まらないように編み下げにしてほしいとせがんだり、わざとパジャマの前後がわからないふりをして母の注意を引こうとした。

「どっちが前なの、こっち?　着られないわ、教えてよ、ママン」

毎晩決まって同じ場面がくり返され、母を苛立たせていた。わたしがだだをこねればこねるほど、母はいらいらし、神経を尖らせていく。わたしはただただ、母がすこしの時間でもいいからわたしと過ごし、髪の毛をなでてくれて可愛がってくれることだけを望んでいた。母は最低限のことしかしてくれなかった。わたしは四歳を過ぎ、五歳、そして六歳になろうとしていた。幼年期の女の子に気を遣う者は誰もいなかった。

ある晩のこと、両親がレストランに食べに行ったあと、わたしはいつものようにひとりで留守番をしていた。ドリーはちょうどその晩、出産する直前にあった。ドリーが苦しみながら力んでいるのを眼の前にして、どうしてよいのかわからずおろおろしていた。そのうちにドリーの腹から濡れた子犬たちが次つぎに出てくるではないか。何をすればよいのかわからず動転し、両親のいるレストランの電話番号を探そうとするがどうにもならなかった。彼らがご機嫌で戻ってきたとき、わたしが立ち会った感動的な場面などにはなんら関心を示さず、分かち合おうともしなかった。

このころの幼児時代は、孤独と退屈が同居しながら過ぎていく。両親が夜わたしを置いて外出するときの気持ちは、まさに空白以外の何ものでもなかった。夫婦仲の良かったこの時期のある日、祖父母の家で昼食をとったあと、両親が海辺に散歩に出て行ったときも、わたしは祖父の犬ディアンヌとひとりきりで置いてきぼりにされた。お腹がいっぱいの犬はすぐに昼寝をはじめ、わたしは退屈するばかりだった。

退屈しのぎにわたしは箱に入っていたあめ玉をディアンヌに一個、自分に一個と口に入れるのをくり返していた。箱がからっぽになったあと、今度は祖母の部屋に入って行った。彼女の宝石箱の中から指に触れる物は何でも取り出して、耳や首に試してみては部屋の中に散らかしてしまった。そのうちの金のブレスレットはついぞ見つからなかった。

あるときはビタミンCの錠剤をすべて呑み込んだあと、園芸でもしようかと、祖父がいびきをかいて寝ている間、アトリエに入り込んで木の柄がついている植木鋏を持ち出した。庭の入口の横にはニシキギが茂っている。卵形に刈り込まれた木は祖父の自慢の樹木で、長年話しかけるように愛着をもって育ててきた。わたしは植木屋のまねをして、枝葉がおおうその木に直径一メートル、奥行き五〇センチの穴をくり抜いてしまった。散歩から戻ってきた両親はわたしの大作《いたずら》を見て怒った。

「どうしてこんなことをやったの」

「知らないわ」

なぜやったのかわたしは知っていたが、わたしのことをすこしは考えてほしいと言うだけで良かったのだが、一晩中、吐きつづけたのだった。

病に倒れたふりをしても、何の効き目もなかった。六歳になった年のある日、足ががくがくし、耳鳴りがするほどの疲労感を感じながら学校から帰宅した。風邪を引いたのだろうが、店に寄って母に会いに行ったが、たくさん客がいたので母はわたしにどうしたのかと訊こうともしなかった。母はわたしのポケットに五〇フラン札をすべり込ませただけで、わたしはひとりで医者のところまで行くほかなかった。病名ははしかだった。その足で薬局まで行き、薬を買ってベッドにもぐり込んだ。数日そのまま寝ていたのだが、両親は回復を待ってはくれなかった。学校に行かせられたが、先生はすぐに帰宅させた。結局は祖母ヴァランティーヌの家に引き取られ、完治するのを待つほかなかった。

またあるときは、自転車から落ちてひざを擦りむき血だらけになって戻ってきたことがあった。

「二階に行って消毒しなさい」と母は言っただけだった。

何針か縫うほどの傷口だったのに病院にも連れて行ってもらえなかった。いまも残っている傷跡は、幼児時代の哀れな思い出のひとつだ。母は忙しすぎてわたしの面倒をみるひまもなかったのだ。歯科医から内科医、美容室までいつもわたしひとりで行き、自分のことは自分でしなければならなかった。

抱いてもらうことも、安全な家庭も、優しさも、何ひとつ親から得られなかった。六歳のとき、すでに両親の眼にはわたしは存在していなかったのと同じだった。

これから語る物語をとおして、母にとってわたしは邪魔ものでしかなく、父にとっては肉欲を満たすためのオブジェでしかなかったことがわかるだろう……。

3章　パパとわたしの小さな秘密

わたしが最初の「死」を迎えたのは浴室の中でだった。

そのときわたしは六歳だった。わたしは浴槽の中で父に湯を浴びせられながらはしゃいでいた。父はわたしの体をじっと見つめている。わたしは父の視線も気にせず湯船の中で手足をばたつかせ、滴を床に飛び散らせていた。父は黙ったまま、あるひとつのことを考えているようだった。彼はわたしの手をとって、彼の股間にもっていき、硬くなっている彼のペニスを握らせ、握った手を一定のリズムで上下運動させるようにと言った。わたしは父にもういい、と言われるまでかなり長いあいだつづけた。

そのあと湯からもう出なさいと言って、わたしを浴槽から抱き上げた。そして床に四つん這いになるようにと言った。こんなことをさせられるのは初めてだったが、わけもわからず四つ足動物のような奇妙な姿勢だと思いながらも従わざるをえなかった。不安な気持ちでいっぱいだったが、どうして不安を感じなければならないのかわからなかった。体も髪の毛も濡れたまま、滴が垂れ落ちてくる。父がわたしの背におおいかぶさってくるのを感じながら、硬い肉根をわたしの背中の下方に向かって擦りつけてくるのがわかった。

わたしは泣き叫びたかった。そしてドリーの犬小屋に走って行って隠れたかった。が、わたしは父にされるまま、浴室のタイルの上で四つん這いになっていた。わたしの身体はセメントのように硬直し、頭の中だけががんがん鳴り響いていた。何か異常なことがわたしの身体にふりかかっていることだけは感じていた。父が無言でバスローブを引っかけ、いかにも真剣な顔つきで、わたしに言い聞かせた。

「いい子だね、パパといっしょに遊んでくれて。でもこれはおまえとパパだけの間のことなんだ。ママには黙ってるんだよ」

「誰にも言うんじゃないよ。他人には理解できないことなのだから」

父の素っ気ない言い方には、わたしの恐怖心も受け入れない横柄さが込められていた。父がドアの取っ手に手をかけたのはしばらくたってからだった。わたしは受け入れるほかなかったのだ、わたしたちのこの小さな秘密を……。

わたしにはこの秘密を口外することが許されなかっただけに、体内に秘めたまま、それが苦悶となって根を下ろしていく。母が不在のときにきまって、父はわたしに浴室で同じことをくり返し、わたしが泣きながら放つ苦しみのすすり泣きがますます彼をかき立てるのだった。母が仕事や買い物に出ているときの合間をぬって父は夫婦のベッド、またはわたしのベッドの中でわたしの体をなでまわした。それがすんだあとに、外に遊びに行けたのだった。

父の手がわたしの体を弄ぶまま、わたしは鳥肌が立つのを懸命に耐えていた。吐き気を抑えられず、父に止めてほしいと懇願することも怖かった。無言で父のなすがままにされながら、頬に涙が流れつづける。

父はそれに気づこうともせず快感に耽っている。わたしは口もきかない従順な娘、彼のお人形になっていた。

「おまえは墓石のように口もきけないのかい?」父はわたしの体を見つめながら言う。

むしろ父には都合がよかった。性行為のパートナーとして、これほど都合のいい相手を見つけるのは難しかっただろう。父は何も気遣うことはなかった。わたしがひと言でも口外すれば、わたしにも父にも重大な問題がふりかかることをわたし自身が感じていたからだ。

わたしは父から引き離されることを願っていただろうか。わたしの愛するパパを危険にさらすことなどは欲していなかった。もし警官が自宅に来て、彼を逮捕し遠い刑務所に連れ去ったとしたらどうしよう。そんなことは許せない! もしわたしが外部に話したら、わたしもパパも、家庭もめちゃめちゃになってしまう。すべてわたしのせいなのだ。わたしは父の言った言葉に縛られ、秘密を守りつづける。

「おまえこそ、ぼくを愛してくれている唯一の存在なのだ」

この言葉こそ、わたしの幼年時代を通じて父がくり返していた文句だった。彼の言うことは間違っていなかった。なぜならわたしは父を誰よりも愛していたからだ。彼のわたしの抱き方がすこし異様に思えても、わたしがいたずらをしたときにお仕置きにパンツを脱がせて尻を叩いても、父にたいするわたしの愛は変わらなかった。

わたしが七歳になっていたある日、仕事から帰ってきた父が気分を悪くし、わたしの眼の前で倒れた。わたしは動転し、母が彼を車の中に抱きかかえて入れ、わたしが支えながら、母が運転して近くの病院に連れて行った。脳膜炎に罹っていたので、すぐにナント市の総合病院に移されたのだった。そのときのわたしの不安は爆発しそうだった。パパは死んでしまうかもしれない、もうパパといっしょに暮らせなくなる……。

幸いにして父は死を免れた。病院に見舞いに行ったとき、病室には父の両親も来て彼を囲んでいた。一時間ほど話したあと、彼らは近くのレストランに昼食を食べに出て行った。病人をおいたまま出て行くことなどわたしにはできなかった。

「パパのそばにいるの」と言って、わたしは病室に残った。

この日から父ルノー・オブリは、「彼を理解できるのはイザベルしかいない」とくり返して言うようになった。わたしは誰よりも可愛く、誰よりも頭がいいという。彼は父娘の愛情を説明するのに言葉を探す必要はなかったし、世間でいう正常な肉親の関係を踏みにじりながら、父娘の関係を口にするときは言葉にこと欠かなかった。そしてわたしにたいし最高のものを求めていた。クラスで成績がいちばんになること、家ではすべてに従順であること、とくに彼の生活のなかの空白を充分に満たすことだった。そして絶えず誰かが彼の面倒をみてくれることを欲していた。

このころの夫婦生活は充分に満たされなくなっていた。いままで青空だった島々をおおいはじめた灰色の雲がふいに嵐に変わるように不安な状態にあった。この嵐から保護するために、わたしは父の聞き役、腹心、家政婦、セックスのオブジェというように、同時に何種類かの役を果たさなくてはならなかった。

父は夫婦仲の悩みから、妻への不満、嫌悪感まで、わたしに話すようになっていた。彼が大工仕事をするときも、わたしをそばにおいて道具の出し入れをさせていた。母は海岸をジョギングすることもチェスをすることも好まなかったから、わたしが父の相手をすることになる。何度もチェスの相手をさせられるかと思うと、自転車で散歩に出ようと言いだし、雨が降っていようが砂浜の上でもかまわず、股間がサドルに擦れて火が出るような痛さを感じているにもかかわらず父は無頓着だった。

また父は映画に餓えているかのようにわたしを連れて映画館に通っていた。わたしが初めて観た映画は『ジャッカルの日』だった。ドゴール将軍の殺し屋の物語だったと思うが、当時八歳だった少女には良い作品かどうかもわからなかった。父はただたんにコンパニオンを必要とし、彼の欲望を満たしてくれるものなら何でもよかった。妻に満たされない分をわたしによって満たそうとしていたのだろう。

父だけでなく誰もが、わたしは母と瓜二つだと言っていたように、わたしは母そっくりで母のもう一枚のポートレートにもなれたのだ。そのうえ母はわたしに自分と同じ服装をさせるのを好んでいたので、彼女がわたしの妹を身籠っていたときも、ブルーマリーンの布で腹部を膨らませたワンピースを注文し、その残った布でわたしにも極小サイズでそれと同じスタイルの服を縫製屋に作らせたのだった。まるでわたしはミニチュアの妻、それもすべてに従い、いつもそばにいさせられるのだから、父に重宝がられていたのは当然だった。彼はわたしの体に肉根を擦り付けては自慰行為に耽り、わたしの少女時代を奪い去り破壊していった。でも父はわたしを愛していた。彼はいつもそう言っていたし、わたしもそう信じていた。

「大事なおまえのためなら命をやってもいい」とも言っていた。

しかし、わたしはそんなふうに愛されたくはなかった！　ある日、美容室に行くのに母がわたしにお金をくれたので、美容室に入る前に気持ちははっきりしていた。

「できるだけショートカットにしてちょうだい」

「ほんとにいいの、イザベルさん、いまのままロングのほうがいいんじゃないの」

もういや、ロングヘアはもういや。カットした茶色の髪がばさっと足もとに落ちてくるのを待っていた。男の子になりたかった。そうすれば、父もわたしをいまほど愛さなくなるだろうし、わたしを放っておいてくれるだろうから。美容師はわたしの頼んだとおりに断髪にしてくれた。が、この工作は何の役にも立たなかった。なぜならボーイッシュな髪型など父には何の意味ももたず、以前同様にわたしを可愛がっていた。浴室の中でも、居間にある夫婦のベッドの中でも、母が留守のときや、彼女が寝入ってしまったあとでも、父はわたしの体を弄ぶのだった。

わたしにとって地獄だったこの時期がどのくらいの間つづいたのかはっきり覚えていない。いまになって、さまざまな場面がフラッシュバックとなって脳裏に浮かび上がってくるのである。シーツの上にタオルを敷いて、シミなどが残らないようにしたり、泡立てた湯船の水面から彼のペニスが飛び出していたり、わたしの尻に彼のものを押しつけられたり……。あれから三十七年後のいまも、このひとつひとつのシーンを思い出すたびに吐き気を覚えるのである。母はこの三年間、何も気づいていなかったようだ。それともわずかながら何かを感じとっていたのだろうか。

わたしの幼年時代をとおして母は幽霊にひとしかった。家にいたとしてもいないのと同じだった。一日中、店で忙しくしていたばかりか、家にいるときでも手のあくひまがなかった。というよりも娘のわたしに何ら関心をもっていなかった。たんにわたしの外見に注意をはらい、店がよく管理されていて、わたしがきれいで良い身なりをしていて、隣人から問題のない家庭と見られていることだけに気を遣っていた。

したがってすべてがそろっていたのだが、欠けていたものは愛情、両親の愛、優しさ、対話だった。それらは別になくてもいい「余計なもの」なのかもしれないが、母子の愛情関係を築くには不可欠なものなのに、わが家には存在していなかった。母とわたしとの間には超えられない溝ができていたため、夫が娘に強制している苦痛を感じとる必要もなかったのだ。

だが何か不審に思えたのか、ある日、店が休みだったので二人きりで家にいたときのことだった。そのときわたしは七、八歳だった。母は真面目な顔をし、眉をつり上げてわたしを見つめて言った。

「イザベル、服を脱いでベッドの上に横になりなさい」

わたしはそのとおりにした。母はわたしの頭から足のつま先、股間まで調べていった。わたしはそれがかなり長く感じられ、何が起こっているのか皆目わからなかった。母は何かを怪しんでいるのだろうか、あるいは父のわたしにたいする奇妙な態度を目撃したというのだろうか。母は何も質問しなかった。その後も何も変わりなく、ほとんど変化なく毎日が過ぎていった。

わたしは父にされていることを母には話さなかったが、言葉の代わりに行動で示すようになっていた。幸せな家庭という、絵はがきに描いたようなイメージを汚すようになっていたのである。小さいときのようにおねしょをしてはシーツを濡らすようになり、それでも効き目がないので母の財布からたまに、それからは頻繁《ひんぱん》にお金を抜き出すようになった。それにも反応がなかったので、思いきって店のレジから札を取り出すようになった。五フラン銀貨をポケットに突っ込み、そのお金で従弟のために道具箱一式を買ってやった。これでやっと母が反応したのだった、

「五フラン銀貨を？　イザベル、そんなことをしちゃいけないわ。お金というものは働いて稼ぐものなのよ。外で遊んでらっしゃい」

一件落着。しかし、わたしが家で母の代役をつとめていることに気づこうともしない。わたしの独演は

さらにつづいた。両親のベッドのそばには母の体臭のこもった衣類がたくさん入っている戸棚がある。金ボタンがたくさん付いているブラウスやコットン地の美しいシャツがきれいに畳んで棚に置かれ、洋服ダンスには細身のデコルテのドレスが何枚か吊るされている。わたしはやってはいけないと知りつつ、これら色とりどりの衣服に腕を通さずにはいられなかった。まだ胸も出ていない少女の胴体を母のブラウスの中で泳がせ、ぶかぶかなエナメルのハイヒールに小さな足を突っ込み、踵までくるスカートに足をとられないように裾を上げてヘアピンで止めたりした。

それだけではすまなかった。何かがわたしを突き動かしていた。化粧台の上にはいろいろな化粧品が並んでいる。白粉箱があったのですかさず顔面にパフで白粉をなでつけたあと、ルージュを濃くぬってメイクアップを完了した。自分がしていることに不安がないわけではなかったが、道化師に見えてもかまわず、自分にたいする挑戦と思えばよかった。道化師になった自分を見極めればよかった。行き交う隣人には気が狂ったと思われてもかまわなかった。

しかし、盗んだトラックを迷彩色でカモフラージュしたかのようなわたしの奇妙な服装をいぶかしがる彼らの視線を浴びながら、わたしは恥ずかしさでいっぱいだった。それでいて彼らが聞こえよがしにわたしの異様な格好についてささやき合っているのを内心楽しんでいたのだった。彼らはこのハプニングを騒ぎ立てるわけでもなく、家に注意しにくるわけでもなく、たいしたスキャンダルにもならなかった。そこでわたしはさらにエスカレートしていった。

そして学校ではますます意地悪な生徒になっていた。さほど努力しなくても成績は良かったのだが品行は日に日に悪くなっていた。家で味わわされている苦痛に耐えきれなくなっていたわたしは、父の翼の下から抜け出るや完全に解放され、何も、誰も怖れることはなかった。放任主義だった両親のおかげで、わたしの独立心はますます強くなっていた。すでにわたしは学校では親玉になっていた。十人ほどの男子と女子生徒のグループを従えては引っ張りまわしていた。

休み時間の間、喧嘩をふっかけては殴り合いをさせ、わたしもそれに加わった。教師にこっぴどく叱られたが、成績が良かったから三日後には忘れてくれて何も言われなかった。給食の時間もわたしがテーブルのチーフだったので主導権を発揮しては、気に入らない生徒には食べさせなかったり、ホウレンソウの嫌いな子には無理矢理食べさせたりもした。

当時わたしは、従妹にはさらに意地の悪い暴君ぶりを発揮していた。父の卑劣な体質を再現していたことになる。いたずら仲間は従順にわたしの言うことに従っていた。木曜日に開かれる教会付属の少年少女クラブで数人の少女たちと仲良くなったので、彼女らを悪質な収奪作戦に巻き込んだのだ。

ある日、教会の中で神父がほかのことにかまけているときに、献金箱の中にある硬貨を音を立てずにできるだけポケットに詰め込んで逃げだした。そのあと道端のお菓子屋に行って、レグリス（英名リコリス。甘草アメ）を大量に買い、胃が痛くなるほどたいらげてしまった。神父は気がつかなかったのかわたしたちを叱ることもしなかった。この種のいたずらは見つかっても咎められることはまれだった。

父がわたしと寝はじめたのは、母がわたしの妹を身籠っていたころからだった。もともと母性愛に欠けていた母には、お腹が大きくなるにつれて、わたしにたいする愛情というものがほとんどなくなっていた。それは最悪なことがやってくる予兆でもあった。

妹が生まれた日、父が突然ドアを開けてそれをわたしに知らせに来た。朝だったが、まだ深い眠りから覚めやらず、ふたたび寝入ってしまいそうだった。もうすこし静かに寝させてくれればいいのに！　朝寝坊することなどは叶えられなくなるのだった。

母は新生児を抱いて退院してきた。妹の名前はカミーユ。母は可愛いちっちゃな赤子をベッドの上に寝かせた。わたしは、赤子の繊細な髪の毛と、バラ色の肌に細かなしわがよっているのに見入っていた。これが赤ちゃん？　いまにも壊れそうな人形のようで、想像していたのより小さかった。母は布のおしめの安全ピンを取り外しながらわたしに説明する。

「ごらんなさい。おしめをT型に折ってから股とお尻をおおい、安全ピンで止めるの。止めるときに刺さらないように気をつけるのよ。いまから魚屋さんに買い物に行くから、あんたが最後までするのよ」

あんたが最後まで……ということはわたしが父の二番目の妻になることだった。わたしは六歳と四カ月で、妹の母親にもならなければならない。わたしと同じくらい高い、古いブルーの乳母車を力いっぱい押して、妹を散歩にも連れて行かなければならない。散歩のあとは妹に昼寝をさせなければならない。妹が寝ないかぎり、わたしは遊びにも行けない。妹がぐずっている間、そばにいてやり、一分でも早く寝ついてくれるようにと祈りつづける。

「ねーんねーん、お願い、ねんねしてちょだい、お姉ちゃんのために、ね」

催眠術をかけようとしても効き目はなかった。妹が眼を半分閉じて泣き止むや、わたしはつま先で部屋から出て行き、外で待っていてくれた女の子たちと縄跳びや鬼ごっこをしに行った。家に戻って絨毯にそーっと足をしのばせて入って行くと、カミーユの耳はどんな音もキャッチし、胸がはり裂けんばかりに号泣しはじめる。わたしは死にものぐるいで彼女をあやし、小さな声で子守唄を耳もとでくり返し歌いつづける。

　小さな親指をくわえながらまどろみはじめるカミーユはほんとうに可愛い……。わたしには愛らしい妹であると同時に悪夢の張本人だった。おしめを換えてやり、散歩に出、ミルクをやり、またおしめを換え、昼寝をさせたあと、またミルク……と、彼女のおかげでわたしは家に釘付けにされていた。わたしは耳をつんざく泣き叫ぶ声と世話で疲労困憊していた。ママになるには幼すぎ、ママになりたいとも思っていない。どうしてわたしが彼女の世話をせねばならないのかわからなかった。どうして妹のママにならなくてはならないのか、どうしてママはわたしを普通のママのように愛してくれないのか。どうしてパパはわたしを自分の妻のように愛撫するのか、友だちの家では普通の営みがなされているのに……。時間が経つにつれて、わたし自身がノーマルではないのだと感じはじめていた。

　腹の中でうずくこの苦悶の仕返しを、わたしは自分自身にぶつけるようになっていた。七、八歳から夕バコを吸いはじめ、親の財布からお金を抜き出しては近くのタバコ屋に買いに行った。灰皿が一杯になるまで吸いつづけたためか、案の定、扁桃腺に罹り、一カ月間、山地の保養所に送られたのだった。

　山の施設は思い出すだけでも身震いするほど冷たい場所だった。夜はあまりにも寒く、父が兵舎で使っていたへなへなになったカーキー色の寝袋にもぐり込んで歯をガチガチさせて震えていた。あまりの寒さに耐えられず、わたしは隣人のベッドにもぐり込み、体と体をぴったりとつけて寝つくのだった。あげくのはて夢遊病に陥った。誰でもいいからわたしを抱きしめて、脳裏に渦巻く苦悩を鎮めてくれさえすればよかった。自分が異常で他の少女と異なり、家でしていることは他の家庭ではなされておらず普通でないと感じてはいたが、誰にも話す気にはなれなかった。

「誰もわかってはくれないだろうから」

父がよく言うこの文句がわたしの喉元を締めつける。父とわたしの小さな秘密や、わたしを引きまわし疲労させている妹、わたしの存在を無視する母親、これらすべてが悪臭を放つ腐敗物となって喉元につかえている。わたしは他の少女とはまったく異なる毎日を送っていたのだった。学校での休み時間中、わたしの率いるグループの中心人物となり、それでいて彼らに囲まれながらも居心地の悪さと疎外感を感じずにはいられなかった。校庭の片隅に佇み、みんなが遊んでいるのを眺めながら、何となく自分が部外者であると思わずにはいられなかった。

ある日の午後、校舎から抜け出て、誰もわたしのことに気づいていないようだったので、勇気をもって校舎を囲んでいる塀を飛び越えた。空き地の隅に鎮座している岩の上に座り頭を抱えて、誰かが来るのを待ちながら、誰かがわたしの姿を見つけてくれるのを待った。わたしがいなくなったのを誰かが心配してくれるだろうか……、そのとおりになった。二、三時間後に校内が騒がしくなり教師たちが大きな声で話し合っているのが聞こえたのだ。血相を変えてわたしを探し回っているアリの一群を、天空から鷹が悠然と見下ろしているように眺めていた。やっと彼らがわたしを探しあてたとき安堵し、ほっとしている様子にわたしは密かな喜びを感じ、自分もほっとし、仲間のところに戻って行き、おやつの時間をともにした。

これがわたしの最初の失踪だったが最後ではなかった。盗み、喫煙、喧嘩、扮装、おねしょ……。これらすべてを無意識のうちにくり返しながら、ＳＯＳのサインを送りつづけたが、誰も気づこうとはしなかった。母は店の仕事で忙殺されていた。

ある日、父がわくわくしながら突拍子もないものを連れて帰ってきた。マルティーヌ、誰もが心をときめかされるような若い女性。両親がときどき乗馬をしに行くシャトーで働いていた女性だという。父は彼女に会うたびに彼女に親しみを覚え、甘い言葉で誘惑し、ついに家まで連れてきてしまったのだ。

父はたんなる浮気だけでは満足せず、女性関係では野心に燃え、誰よりも勝っていたかった。彼は欲情を満たすのに少なくとも二人の女性を必要としていた。ある日、朝方から夫とマルティーヌが四本の脚をベッドの上で絡み合わせながらハアハア喘《あえ》いでいる場面に母が鉢合わせになった。父は気まずさも見せずに開き直ったかのように、母に有無も言わせず、明日からマルティーヌが家に来て三人の共同生活をはじめるのだと宣言した。母には他のチョイスはなかった。二人の娘を抱え、夫に去られたなら、店は夫のものだったから収入もなくなる。母は板ばさみになっていたものの内心、マルティーヌが夫の相手をしてくれれば、すこしは肩の荷が下りると思っていたのだろう。結局、わたしは同じ屋根の下で二人のママと暮らすようになる。

わたしは満足だった。マルティーヌは、母がわたしに与えてくれなかったすべて、愛情と優しさを与えてくれたからだ。わたしとマルティーヌは長い時間、話し合ったり、くすぐりっこをして遊んだり、朝学校に行く前に彼女はわたしの髪をきれいに編み、お下げにしてくれたりしたので、学校で皆に羨ましがれたほどだった。

ある週末、わたしは壁伝いにそーっと家から出て行こうとしていたとき、両親が何でもないことで言い争いをはじめ、口論が加熱しはじめていた。そのころから、いつも日曜日には気分が悪くなるような場面に出くわした。

マルティーヌが家で暮らすようになってからは一日が瞬《またた》く間に過ぎていた。二人で森にピクニックに行ったり、乗馬を楽しんだり、ときにはラジオを大きく鳴らせてチャールストンを気が狂ったように踊りまくったりした。この時期、母はくじけるようでもなく、マルティーヌが娘二人の面倒を見てくれているので都合が良かったし、わたしも毎日が楽しかった。

母は世間や顧客にたいしては、自分の顔をつぶさないように、またへんな噂が行き交わないようにとりつくろっていた。マルティーヌは住み込みで家で働いていると言っていた。私生活においても二人の女性はうまく分かち合っていた。ひとつのベッドで三人で寝るのだが、父はマルティーヌとは日中も夜も好きな時間に横になれたのだった。

ある晩、母とマルティーヌは子どもたちを家において気晴らしに女同士で外に踊りに行くと告げた。だがこの家の主人である父は、彼女らの言い分を聞こうともせず、自分のハーレムに縛っておきたかった。彼が怒鳴りはじめても女たちの気持ちは変わらず、父をおいてきぼりにして出て行った。

真夜中の四時ごろだった。わたしは殴る蹴るの暴行を受ける女たちの叫び声で眼が覚めた。父は夜中まで怒りを煮えたぎらせて彼女らの帰りを待っていたのだ。父の激怒が頂点に達し、家の中を逃げ回る女たちを追いかけては暴力をふり、女が夫抜きで遊びに行くとどうなるかを見せつけていた。わたしは震えながらすべてを毛布の中から凝視しながら、嵐の過ぎ去るのを待っていた。女たちが打たれるたびに叫び声を上げれば上げるほど、さらに強烈な拳が降ってくる。

眠ることはできなかった。寝ついたのは朝方だった。朝食を食べに行くと、打たれた跡と青あざだらけの母とマルティーヌが、ノコギリをもって父の空気銃を三つに切断しているではないか。母の顔が青あざでひどくむくんでおり、さすがに彼女は店に出ていくことはできなかった。隣人や顧客にどんな眼で見られるかを気にする母は、家庭内の出来事についてはいっさい口外しなかった。

父がマルティーヌと関係をもっていた間、わたしの体にも触れていたのかどうか思い出せないのだ。わたしにいたずらをしたのか、してなかったのか……、わたしにとっては、脇にそれた魔法にかかっているような時期だったのだ。が、もうそうした曖昧な時期にも終止符が打たれたのだった。なぜなら夫に従いながらも妻はそれほど愚かではなく、暴力的でサディスティックな夫に家の中で不倫を見せつけられることにうんざりし、嫌悪感を覚えはじめていた。数カ月後、母は夫とマルティーヌを姦通罪（一九七四年まで刑法に存在していた）で警察に訴えたのだ。

オデット川沿いにピクニックに行ったとき、マルティーヌがわたしの耳もとで、家を出て行くとささやいた。

「大きくなったらわかるわよ」

涙が吹き出すままに、わたしは一日中泣きつづけた。愛していたマルティーヌがいなくなると、またもやわたしは両親だけを相手にしなくてはならなくなり、父のなすがままになるのだ。が、父も家をあとにし、マルティーヌと別のアパートに落ちつくという。店の借金が八〇万フランにものぼっていたから、父は妻子と家も捨てて行きたかったのだろう。が、母もいっしょに彼らのあとを付いて行くというのだ。債権者から逃れるためと、夫の不倫で、彼に捨てられることへの不安に耐えられず、一族郎党の夜逃げを決断したのだった。

ある日、放課後、小学校四年生だったわたしを校門まで父が車で迎えに来ていた。車のトランクにはいくつかのスーツケースが詰め込まれていた。こうして一瞬にして、わたしは家も学校も友だちも失ったのだった。

ブルターニュの突端にあるブレスト市に落ちつくことになり、母は閑静な地区に、父とマルティーヌは海岸近くのバー付きの住居に住むことになった。彼らが営むバーは、じきに港湾労働者のたまり場になりはじめていた。何ごとも喧嘩で終わらないと気がすまない父にはうってつけだった。アルコールが加わり、どんちゃか騒ぎのあとはいつも殴り合いで終わるのだった。

ある晩、いつもより活気づいていたとき、父は催涙弾の入った空気銃を撃って、ひとりの客の眉間に命中させた。この客は眼が見えなくなったのか、命をとりとめたのかわからないが、ひとつはっきりしていることは、父は何ら罪を負わされずにすんだことと、その晩、素早くパリに遁走したことだった。ブレストでの幕はこうして閉じられたのだった。

このはちゃめちゃな出来事のあと、父と母が仲直りしたのだ。しかし、それはわたしにとって悪夢のはじまりだった。罵り合い、食器を投げ合っていた両親が別居したことでほっとしていたところだったのに、ふたたび二人がいっしょに暮らすことになったのである。

いちばん怖れていたことは、父が以前の性癖をすこしも変えていなかったことだった。暴君で怒りっぽい父は、ますます彼が愛する娘への愛欲を強めていた。わたしは彼の視線にぶつからないように下を向き、彼の気にさわらないように、わたしに注意を引かせないようにした。この作戦はまあまあだったが……。

九歳のころだったと思う、バカンスをスペインとの国境近くで過ごしていた。日射しが強く、わたしは父といっしょに砂浜に横たわっていた。そのうちに彼の視線と指がわたしの体の上をなではじめているのに気がついた。わたしを放っておいてほしい！　とっさに波の中に飛び込んで行ったが、父は追いかけてきて水の中でふざけようとし、わたしの体を彼の方に引き寄せようとする。わたしは彼の腕をはねのけて、できるかぎりの力で彼から逃れようと泳ぎつづける。もういいかげんにしてほしい……、得体の知れない怒りが体内に張りつめる。どうしてこれほどまで父はわたしにいたずらをしようとするのか、わたしが彼に何をしたというのか、彼の愛撫にうんざりしているのに。わたしは父から逃れるために何キロでも泳ぎつづけようと思った。怖さと憎悪が怒濤《どとう》のごとく堰を切り、父がわたしたち二人のまわりに築いてきた防波堤が崩壊したと思った。

「わたしにいたずらをしつづけるなら、すべてをママにばらすわよ」

わたしは怒りで顔を真っ赤にして叫びながら沖に向かって泳ぎつづけた。口外すればどうなるのかという父の脅しにもかかわらず、彼だけでなく家族にも災難が及ぼうとも、父がわたしにいやなことをしつづけるのなら、わたしはすべてを暴露してしまおうと思っていた。

わたしのふいの言葉が父を怖がらせたのか、妻にも捨てられ、手首に手錠をはめられた自分の姿が眼に浮かんだのだろう、当惑した顔を引きつらせながら岸に向かって泳いで行った。わたしの異常な怒りが功を奏したのか、それからしばらくの間、父はわたしを静かにさせておいてくれたのだった。わたしの記憶の中に巣くっていた父の陰湿な愛撫のイメージも影が薄くなり、おとなしく脳裏の隅に片付けられたのだった。それ以後はわたしが父にたいして抱きはじめた新たな親しみが、忌わしい過去を忘れさせてくれるだろうと思ったのだ。

ヴァル・ド・マルヌ県スシー・アン・ブリ市からアルフォールヴィル市へ……。引っ越すたびに家を替え、転校していた。両親の不安定な収入で家族そろって暮らすには、最終的にワンルームに移り住むほかなかった。家族全員が暮らす狭い一室では夫婦関係も険悪になっていく。ある日、学校から戻って来たとき、両親が台所で激しい口論をしている最中に出くわした。父の降りつづける拳固にたいして母の手には包丁が握られている……。最後には父の方がドアを激しく閉めて飛び出して行った。もうもとには戻れない破局に至っていた。最終的に両親は別居することになり、父はフォントネー・スボワ市に移り、母とわたしたち姉妹はメゾン・アルフォール市に引っ越すことになった。が、わたしにとっての真の地獄はこれからはじまるのだった。

母は電化製品売場のデモンストレーターとして働くようになった。夜は、彼女の愛人のところに行くのかしばしば留守にするようになっていた。したがって朝から晩までわたしが妹の世話をすることになる。妹のカミーユはとても可愛く、ひとつひとつの動作が微笑ませてくれるのだが、わたしにとって何という重荷になったことか。午後小学校に迎えに行き、家で宿題をさせ、風呂を浴びさせてから夕食をとらせるほか買い物もしなくてはならなかった。

夕方、母はよくテーブルの上に五十フラン札を置いていき、「このお金は夕飯の食材用ね。明後日戻ってくるから」というメモを書き残していった。これらのメモを手にとるたびにわたしはがっくりさせられた。母がそばにいてくれたなら……、わたしはもう母親の役も子守役もしたくなかった。が、わたしにとって宝ものだったカミーユ、彼女の愛らしい眼差しがすべてを忘れさせてくれた。そのおかげで母親の理想像も知らないまま、わたしなりに母親役を演じつづけていた。ときには妹のわがままが神経を苛立たせ、彼女の頬に大きなビンタを放たずにはいられなかった。それは、わたし自身が不機嫌であるためで、何よりも孤独に耐えられなかったからだ。何の楽しみもなく、新しいクラスには友だちもできず、誰ひとりとしてわたしの面倒をみてくれる大人はいなかった。

すでに九歳になっていたわたしには、いままで秘密を守ってきた父による近親姦がふたたび頭をもち上げはじめていたのである。わたしはもう以前のわたしではなく、体もすこしずつ大人になりつつあった。太りすぎていて、格好の良くない自分の体にうんざりしていた。学校から戻ると、妹をアパートにおいて、建物のまわりをジョギングし、カロリーを消耗させようとした。夕飯も妹が食べていても、わたしはバナナとリンゴひとつで間に合わせた。拒食症の第一歩だった。

一方、父はモニックという女性と同棲しはじめていた。パリ郊外のフォントネー・スボアで二人の息子のいる彼女と新たな生活を営んでいるようだった。離婚後も彼は娘のわたしに会う親権を有するので、たまには会っていた。

いま思うにつけ、幼かったわたしと父が秘密裏に織りなした時期をどうやって隠してこれたのか、自分でも理解できないのだ。九歳か十歳のころ、わたしは父がしたさまざまなかたちの愛撫を意識的に無視しようとした。それらのシーンがなす断片的な記憶が隠れん坊するように脳裏に浮かんでは消えていく。はっきり意識していたことは、いかにして拒否できるかどうかを思いめぐらすことだった。

が、普通では信じられない、考えられない、不謹慎な父による娘の近親姦が現実のものになっていた。夜は、わたしを可愛がってくれる父にレイプされ、翌朝はその父が優しい声でいたわってくれる。父の見えない手で徐々に絞め殺されつつあるわたしには、「自殺する」か「すべてを忘却に追いやる」しか逃げ道はなかった。わたしにできることは絨毯の下に隠すように、誰にも知られないようにしておくことだけだった。あとはどうにもなれの投げやりの気持ちになっていた。わたしの身体はがたがたになり、心も怖けきっていた。それでも生きつづけられたのは、自分が受けている性暴力を拒絶しようという意思があったからだった。そのためには恐怖とわたしのエゴの間に障壁を設けることが必要だった。が、暗黒の闇はわたしを保護してくれているようでいて、その影はわたしに付きまといつづけた。ただただそれを押しのけるほかなかったのだ。

父を怖れていたものの、彼の新しい家庭はわたしが送っている生活よりもましだった。彼らのアパート生活は生き生きとしていて、少なくとも二人の兄弟がいて、遊ぶものもあった。モニックの息子たち、ロトマンとジェロームはすこしずつわたしに親しみを覚えるようになっていた。二人ともわたしよりすこし年上だったが、三人でトランプをしたり、宿題もするようになった。

父のアパートではちゃんとした家庭が営まれているのに、わたしの家ではわたしひとりが悪戦苦闘の生活を送っていた。わたしはモニックに、わたしの孤独な生活と妹の世話をする二重の重荷について打ち明けた。途方に暮れている少女の打ち明け話に胸を打たれたのか、モニックが父にわたしを引き取ってはどうかとすすめたのだった。もちろん父は喜んで同意した。最愛の娘が同じ屋根の下で暮らすようになれば、彼の支配下におけ、まさに複合家庭の家長になれるのだった。父とモニックの家族が織りなす暖かそうな家庭を羨ましく思っていたわたしは、彼らのすすめに喜んで同意した。が、母はそのアイデアを受け入れなかった。そこで他の方法を考えついたのだった。いつも妹と二人きりでいるので、

「一年間寄宿舎に入れれば、友だちもでき、教育指導員が面倒をみてくれるのよ」と、母がわたしにすす

めた。
そんなことは問題外だった。わたしの面倒をみてくれるほんとうの家庭に入りたかった。更生施設のような寄宿舎につながれるなんてまっぴらごめんだった。指導員に見張られ、友だちもできない冷たい寄宿舎に放り込まれる自分の姿を思い浮かべていた。恐怖以外の何ものでもなかった。母が寄宿舎に連れていくと言ってわたしを迎えに来たとき、とっさに逃げ出して交番に逃げ込んだ。母が警察署にわたしを引き取りに来たとき、警察官が呼び出した判事が裁断を下した。わたしの進路を決めるのは母の役だというのだ。

その日のうちに寄宿舎行きが決まった。寄宿舎のある敷地への入口に立っている鉄格子の前に着くや、母が建物に向かっていくそのときを狙ってわたしは一目散に逆方向に逃げ出した。自然の中に消え入ってしまえればと走りつづけた。母と判事は、頑《かたくな》なわたしの拒否反応に愛想をつかしたのか、結局は父の身元調査がなされて、彼がわたしを引き取ることになったのだった。当時中学一年生になっていたわたしは、荷物をまとめて父と彼の新しい愛人の住む家に移り住むことになった。

このときわたしはたいして気にとめていなかったが、ふたたびオオカミのもとに身を投じることになるのだった。

4章　パパの家に移る

すてきなワンピースと、それに合った色合いのストッキング、そして新しい靴！　わたしが新しい中学校に転校するのを祝い、父の愛人モニックが買いそろえてくれたのだった。わたしは嬉しさで天にものぼる思いだった。彼女はとてもわたしに優しかった。二人の息子をもち真の母性愛に満ちていた。わたしをほんとうの義理の娘のように迎え入れてくれた。授業のあと、わたしが退屈しないようにジムにも登録してくれた。そのおかげで失われていた少女時代が戻ってきたうえに種々の体操用具にも親しめるようになった。

スポーツは何でも好きだった。自分の体力の限界を超えることや、床に敷かれた体操用のマットに体が落ちるときの快感、体操のときに着るトルコ色のレオタードなどすべて……。授業が終わるとわたしは家まで歩いて帰った。そのときの軽やかな気分、幸せでいっぱいだった。が、それも長くはつづかなかった。灰色のセメントの低家賃公団住宅の上階にあるわたしたちのアパートは冷たくてわびしい。夕飯はいつも定刻になされ、そのあと宿題をしてから床についた。それはどの家庭でも同じだった。この新しい家庭の殻に自分を合わせれば良かったのだが、わたしには難しかった。

このころわたしは思春期の入口に立っていた。なのに何事にも時間を守り、行儀良くし、大人の言うことを聞くこと……これらはいままで一度も体験しなかったことで、大人の言うことをよく聞く少女に戻るということだった。子供時代はすでに過ぎ去っていた。母の娘にたいする無関心さゆえに、わたしは独立心の強い少女になっていた。と同時に、父がわたしにしていたことによって手なづけにくい粗暴な少女になっていた。

十歳になっていたわたしは強情で、自立心が強く、不安定で抑うつ状態をくり返す少女になっていた。ひと言でいえば、育ちが悪く、家庭教育というものを受けていなかった。こうしたことを知らなかったモニックは、たんに道に迷った少女を引き取ったとしか考えていなかったようだ。すこし厳しくすればすべてが解決するだろうと思ったのだろう。そのとおりだが、わたしの問題は彼女が考えていたほど単純ではなかった。

彼女の注意の仕方や威圧的な態度は、調教師によって仕付けられているように思え、耐えられなかった。それに加えて、些細なことにまで気を遣い、プレゼントを買ってくれたり、優しく頭をなでられたりすると、わたしは気まずさを感じずにはいられなかった。それらははたして彼女の本心から出た優しさなのか。わたしにとってまったく新しい情況だった……。

彼女がわたしに寄せる愛情の真意を試したくなり、彼女が耐えられる限界にまで彼女の忍耐力を逆なでしてみたのである。シャワーを浴びるようにと言われると、「いや」と答え、それから数日はシャワーを浴びようとはしなかった。食卓の準備？「いや」。彼女が白と言えば、わたしは黒と答えた。このような毎日がつづく。

ときどき週末に田舎にキャンプに行くのだが、わたしは退屈極まりない時間を過ごすことになる。田園の草木の匂いを嗅いでいてもわたしの気持ちは変わらなかった。倦怠と自分の体にたいする嫌悪、不安……、大きくなっていくにつれて感情が横暴化していき、予想もしていないときに爆発することがある。

ある日の午後、モニックの二番目の息子、ジェロームとわたしとでトランプで遊んでいた。ちょっとした八百長で喧嘩になり、わたしは押さえようのない勢いで怒り狂い、もうすこしで彼を五階の窓から突き落としかねなかった。このような突発事故がしばしば起こり、モニックの怒りは頂点に達した。彼女とわたしの父の間でも喧嘩が絶えなかった。もし父がわたしの味方となってくれていたのなら、夫婦喧嘩は放っておけば良かったのだが、父はどんなことがあってもわたしの父だった。彼は熱風と寒風を交互に吹き分けられる男だった。あるときは彼に従うようにとわたしに命令し、その翌日と次の日にはモニックにたいしてわたしを庇おうとする。愛想をつかしたモニックは、二人の息子を連れて家を飛び出して行った。

「満足でしょ？　わたしたちが出て行きますから」

彼女の思い過ごしだった。彼女らがいなくなってわたしが嬉しいはずはなく、その反対にわたしにとって苦悶の日々がふたたびはじまるのだった。

わたしが中学二年生のとき、父と二人きりになった。ときどき母に会いに行き、二週間おきにメゾン・アルフォールにある母の家に妹を迎えに行き、フォントネー・スボアまで連れてきて父と週末を過ごさせるために、わたしは往復三時間の道のりをこなさなければならなかった。それ以外の日はわたしと父だけの生活だった。父の収入は不安定で月末の帳尻を合わせるのはたいへんだった。そのたびに父は同じ文句をくり返していた。

「これもみんなおまえの母親のおかげさ」

こうして父の家族の破壊工作がはじまる。月末の家計が苦しくなるのは、すべて前妻マリーのためであり、彼女に月々、娘たちの養育費を送金しなければならないからだ、とわたしの鼻先に預金通帳をかざして見せるのだ。ひっきりなしに前妻を罵りつづける。

「バカンスにも行けないんだとママに言ってやればいい」

「彼女はぼくを破滅させることと、セックスすることしか考えてないんだ」

「ぼくからすべてを取り上げようとしてるんだ。イザベル、おふくろさんはおまえのことなんかこれっぽちも考えてないんだ」

これらの愚痴が父の呪いのこもった呪文のように、わたしの脳細胞のひだの間に刻み込まれていった。家族のひとりひとりを支配するために、父はわたしたちを分断させていく。それが効力をもちはじめ、わたしのなかに母にたいする陰険な憎悪が育っていった。

ある日、すこしずつ目標に達しはじめていると感じとった父は、さらに一段上のレベルに進もうとした。

「ママが言ったことがあるけれど、じつはおまえはぼくの子じゃないそうだ」

それから数日後、母がいっしょに過ごそうとわたしを迎えに来たとき、わたしは彼女に付いていくことを拒否した。母は二週間おきにわたしと過ごす親権をもっていたにもかかわらず、わたしはそれを拒絶したのだった。父が苦しんでいるのは母のせいであって、毎月中旬ごろからお金が足りず、毎日スパゲッティ類しか食べられないのも母のせいなのだ。そのうえ父が言うように、彼女が淫らな女だとしたなら……、わたしはこれらのことをすべて彼女に投げつけてやりたかった。母はわたしを迎えに来ては、ドアの前でウサギ皮のコートを引っ掛けてわたしを待っている。

「イザベル、気を落ちつかせて……、さあ出てらっしゃい」。

母がわたしを説得して手を取ろうとしたとき、わたしは台所に駆けて行って油の入った瓶をつかみ、「もうママの声は聞きたくもない」と叫びながら、彼女の顔を目がけて油をぶちまけた。母はとっさに退いて、ひと言も言わずに冷たい眼差しでにらみつけて去って行った。

判事はわたしが母を拒絶する態度を法的に解釈し、母はそれ以来わたしに会いに来なくてよくなったのだ。この日以来、母とはいっさい会うこともなくなり、電話することもなくなった。わたしは母をひどく嫌っていたのでわたしにとってはその方がよかった。母に会いたいという気持ちも湧かなかった。小さいときから母に放って置かれてきたのだから当然だった。彼女を見捨てることは、過去に何もしてくれなかったことへの一種の仕返しでもあった……。

こうして父の戦略が成功したのだった。わたしは十二歳から父と二人きりで孤島に残されたわけである。以前のように、父はどこにでもわたしを連れて歩くようになった。買い物にも、友人宅にも、電気の修理に行くときも……。彼にいやとは言えなかったし、怖くもあり、それでいて父は誰よりもわたしを愛している！　彼が言うには、わたし、「イザボ」（イザベルの愛称）はこの世でいちばん可愛くて、彼の血肉を分けた大事な娘なのだ。モニックが去ったあとパートナーを失った父にとって、わたしはすべてをまかなう娘となった。食事の準備から家事、父が家具百貨店コンフォルマで購入したブルーマリーンのダブルベッド作りも父といっしょにした。それはわたしにとって地獄のベッドになるのだった。

ある晩、わたしが寝室で読書をしていたときだった。壁向こうの彼の部屋から「こっちに来なさい」という声が聞こえた。

「イザ、すぐ来なさい！」

エディット・ピアフの伝記小説を読んでいたわたしは、読んでいたページに紙切れをはさんで、父の部屋に入って行った。

「娘や、おまえは処女を失うべき時期にあるんだよ」

父が言ったことが何を意味するのかわからず、言葉だけが切れ切れに部屋の中を飛び回り、わたしの頭脳には入ってこない。パパはわたしに服を脱いでベッドに入るようにと言う。わたしの体は硬直し身動きもできない。

「イザベル、さあ！」

わたしはベッドの彼のそばに、いてはならないほどの近くに座った。あまりにも近かったので、彼の肌のひとつひとつの毛穴まで眼に入り、ブロンドタバコの匂いのこもった息まで頬に感じる。父はわたしのシャツの下に手をまわしながら、わたしの髪をなでている間、唇をわたしの頬に移らせていき、わたしの唇に重ね合わせた。

「マ プティット シェリ……（ぼくの可愛い子……）」

父はブリーフを下げて、わたしの上にのっかった。その瞬間は完全な闇と化した。痛かったのか、泣いたのか、何も覚えていない。が、死にものぐるいになってもがいたのでもなかった。身体が二分され、体と頭が別々になって、ブルーのダブルベッドの中で父に圧迫されるままにされていた。わたしは抵抗しなかった。なぜならわたしは彼の愛する娘であり、彼はわたしの父親なのだから……。

天井を見つめながら、わたしはほとんど死に果てていた。

父はし終えたとき、立ち上がって、隣の浴室に向かって行った。彼の姿を眼で追いながら茫然自失の状態にあったわたしは、ベッドの中で身体を丸くして縮こまりたかったが、それさえもできず硬直したままだった。嗜眠《しみん》状態から抜け出たのは、父がシャワーを浴びる音が聞こえたときだった。自分の寝室に駆けて行ってベッドの中でシーツにくるまりたかった。が、足を床に置いたとたん、転倒し気を失った。

そのまま永遠に眼が覚めないままでいたかった……。数秒後に眼が覚め、ふらふらした足どりで自分の部屋にたどりついた。わたしがひとりで寝ついたのはそれが最後だった。そのときわたしは十二歳、悪夢がはじまったのはこのときからだった。それから二年二カ月の間、父はわたしの体を自由に犯しつづけたのだった。

もうわたしのベッドは必要なくなっていた。毎晩父はわたしといっしょに寝たがった。彼の言うままに、どんな欲望にも応えてやり、彼の望むどんな体位にも従った。父の命令に従い、彼が感じる快感をも多様化してやれるようになっていた。なかでもフェラチオをさせられるたびに吐き気を覚えたのだ。それを強制されるとき、わたしは顔をそむけては嫌がった。そのたびに父は娘の怯える表情と嫌がる動作に腹を立てた。機嫌をそこね、わたしに口もきかなくなるかと思うと、わたしを愛しているからだとか、わたしに催眠術をかけるようにぶつぶつ彼の論理をくり返したあげく、怒り狂ったようにわたしの身体をわしづかみにした。

わたしはもう、彼の愛する娘イザボでも、可愛いイザベルでもなかった。彼が神経を苛立たせるたびにわたしは恐怖で震え上がり、彼の真っ黒い眼差しがわたしの全身に突き刺さる。彼は拳を握りしめ、気が狂ったかのように息を切らせるのだった。わたしはそこまで至るのが怖くて彼の強制に従うことによって、彼はふたたびいつもの優しい父親に戻るのだった。彼のわたしに寄せる愛情とは、どこまでもわたし如何にかかっていた。当時のわたしにとって生き延びるには、それ以外の道はなかったのだ。

祖父母は遠くで暮らしていた。わたしは母を嫌っていたので彼らにも会おうとはしなかった。父は正常の愛し方ではなかったが、わたしを愛している。だから彼がわたしに強要することを拒否できなかった。恐怖と愛情が混在するなかで、父の愛撫も強烈なキスもすべて受け入れた。父への隷属関係が定着し、夜襲ってくる恐怖がくり返されていくうちに、彼にたいする憎悪がわたし自身に向かってはね返ってきたのだった。父の思うままになっているわたし自身にたいする嫌悪感だった。父が娘の体を欲しているということは、もしかしたらわたし自身がそうさせているのではないか、自分が毎晩生きている地獄とは、わたし自身の過ちでそうさせているのではないか、自分を圧殺している共犯者であり、わたしという少女へのマゾヒスト的性的虐待に加担しているのではないか、ここまできてはもう生きるに値しない……。

いつごろから死のうと思うようになったのかはっきり思い出せないが、確かこの時期からだったのではないだろうか。父が望むすべてを叶えてやりながら、何らの感情も嫌悪感も覚えなくなっていた。ただただすべてを終わりにしたかった……。

ある日の午後、高層アパートに住んでいたひとりのクラスメートの家に遊びに行った。友人は、わたしもぜったいに聞くべきだというレコードを何枚もある中から抜き出した。そのときわたしは窓から、はるか下に駐車している車や歩いている人の姿を見つめていた。ここから身を投げれば、すべてが終わる……。

身を投げようか、投げまいか、死んでも何も失うものはない……。

「ほら、見つかったわよ、グリース、聞いたことあるでしょ？　すごくいいわよ」

このとき聞いたトラボルタの歌こそ、絶望のどん底にいたわたしを救ってくれたのだった。

友人は何も知らない、わたしは自分のアパートの中で起きていることについては何も語らなかった。父にされていることについては、ほとんど会っていない母にも、たまにしか会わない祖父母にも、誰にも話していない。優しい祖母オーギュスティーヌにも話したことはない。ましてや彼女は母といっしょに暮らしているのだから。

父による近親姦は、わたしと他者との間に厚い壁をつくり上げていた。父からは絶対に口外してはならないと言われていたので、わたしは彼の命令に従った。でなくてもわたしが父にされていたことを、どういう言葉で言い表していいのかもわからなかった……。はたしてそれが異常なことなのか判断する知識ももち合わせていなかった。もちろん耐えがたかった。でもそれをどう言い表せばいいのか。異常だったのかというと、そうとも思えないのだ。

父は常に暴力的で、暴君で、破廉恥な淫行を楽しむ男なのだ。それでいて父から離れてクラスや体操の時間には、わたしを蝕んでいる地獄を括弧でくくり、ふたをし、つかの間の解放感に浸れるのだった。学校ではサイバネティック装置に操られているかのようだった。すべての教科に強かったわたしも、このころから成績が落ちはじめていた。とくに数学はひどかった。良かったのは体操だけになっていた。モニックもいなくなっていたが、体操だけは止めなかった。喜びを感じ、ドラッグに酔うような快感をともない、家での地獄から逃避できる唯一の時間だった。父から遠く離れて、体育館のマットの上で夢中に体を回転させることができた。その間だけは、少なくとも保護されている気持ちだった。コンペティションのためではなく、どこまでも自分を乗り越えるためだった。身体をコントロールできることと、平均台の上で体を二つに折り曲げること、平行棒で体を回転させ飛び跳ねること、それらすべてが体を弾けさせ、心地良い痛みを覚えさせた。

家では地獄に向かって螺旋階段を下りていくかのような毎日を生きているわたしにとって、体操は麻薬を味わうかのような快感を覚えさせたのだった。体育館では自分の体を支配し、やりたいことだけをすることができた。体操用具を使って訓練するときは、危険を怖れたり、苦痛に抵抗してはならなかった。皮肉にも両親がわたしに叩き込んだものと言えば、この二つだった。訓練と粘り強さによって、がんばりとおすことができたのだ。何ごとにも耐えること。それを教えてくれたのは体操とエディット・ピアフだった。

ピアフこそわたしの憧れだった。彼女に関するすべての伝記小説や雑誌の特集、ルポタージュ記事は全部むさぼって読んでいた。しまいには自分をピアフに当てはめていた。わたしのアイドル、ピアフも苦しい人生を送ったのだ。二歳になった娘を髄膜炎で亡くしただけでなく、深く愛していたボクシング選手、セルダンを飛行機事故で失っている。アルコール中毒だった彼女の母親は娘の面倒もみることなく、父親は父親で、まだ小さい娘を売春宿に預けてしまった。栄養失調で視力を失いかねなかったエディットは、父親と街角で見せ物芸をやっては街行く人に物乞いをした。

わたしと同じようにピアフは、苦しみがどういうものか体で知っていた。そして彼女の崇高な歌声を聞くたびに全身が震え上がった。

ウィークデーは来る日も来る日も
むなしくうつろな音ばかり……
けれど一週で一番いやなのは
見栄張りな日曜……
日曜日は嫌ひ……
街は人だらけ……
あっけらかんとした表情で
ぞろぞろ通り過ぎる
とめどもない行列……
（塚本邦雄訳　一九七五年）

ピアフが歌っているこの詞こそ、わたしの人生に当てはまるのだ。彼女がわたしの耳もとでささやく……「耐えるのよ」と。わたし、イザベル・オブリに向かって言う、「人間はどんなことにも耐えられるの」と。ピガールのどん底生活のなかで少女時代から歌いはじめたピアフはフランスを、そして米国をも征服できたのだ。わたしもきっといまの生活から飛び出す出口が見つかるはずなのだ。ピアフの歌に何度も耳を傾けることによって、わたしは虚しさという引力に引き込まれることに逆らうことができたのだった。耐えるために、ピアフの勇気のひとかけらでもいいから欲しかった。

学校またはジムから帰宅しても、それで一日が終わるわけではない。家の中で父は横のものを縦にもせず、すべての家事をわたしにさせていた。財布を渡されて、買い物から洗濯、料理、掃除まですべて。小さな一部屋を乾燥室として使い、学校から戻るとそこに洗い物を吊るした。父は帰宅するや夕飯に何が食べたいかと言う。

「今日は子羊の腿肉のローストと、デザートはアプリコットのタルトがいいな」

あるとき、ジャガイモの皮を剥いていたときだった。ゆっくりしすぎていたためか、父が腹を立てはじめたので剥くのに拍車をかけたが間に合わなかった。

「なんだ、それは！　おまえはわざとのろのろしてるのか」

五分後には怒り狂いだし、手当たり次第に皿やコップまで投げつけ、ジャガイモの皮を地べたに叩きつけた。

「急げったら！　早くしろ！」　わたしの顔から二センチのところまで接近して叫んだ。

この日から食事の準備は瞬時のうちにするようにした。夕飯は何がいい、と父に言われるや、大急ぎでコートをはおり、近所のスーパーに走って行って必要な食材を買い求めた。野菜の皮を剥き、洗い、煮込んでは手早く食事の用意をしなければならない。食べるのはキッチンではなく、父はいつも居間で食べたがった。食欲もなかったわたしはひと口かふた口、口に入れるのが精一杯だった。父はお腹がいっぱいになると、満足げに言う。

「そのままにしておけ、明日やればいい」

父はわたしにタバコを一本差し出す。食卓に食器を置いたままにして、わたしは父のベッドに入らなければならない。しばしば父はカメラを備え付けて、ベッドでの姿態をビデオに固定化した。そういうときは、わたしは裸で恥ずかしいポーズのモデルにならなければならなかった。

彼がやるべきことをし終わっても、わたしの役はそれでおしまいにはならず寝ることも許されなかった。常に誰よりも自分が優秀であることに確信をもっている父は、自分の博識ぶりを披露するために演説をはじめるのだった。もちろんわたしが聞き役にされた。どんな時間でもかまわず、とくに夜が多かった。なかでも得意なのは、彼のお気に入りの王様、別名「ヨーロッパの蜘蛛」と呼ばれたルイ十一世についての解説だった。

ルイ十一世とは、マキャヴェリ（イタリアの政治家。一四六九〜一五二七年。『君主論』の著者）の政治的格言「支配するために分割せよ」を地でいった王様だった。父はこれを自分に当てはめていた。ルイ十一世は陰険で残酷で、武力と権謀をもって貴族階級を制圧した。父はこの種の資質を好み、腹黒い権謀に長けた支配者らを尊敬していた。父は密かに自分を王様やマキャヴェリのようなえらい思想家と混同しているようだった。

種々の軽犯罪を犯し、他人を傷つけ、税金をごまかし、娘をレイプし、顧客をペテンにかけたりしても一度もパクられることはなかった。電化製品の修理代もこすからくごまかしてはいい気になっていた。ヒトラーを崇拝しており、第一次、第二次大戦間のヒトラーの台頭から政権支配まで精通していた。

深夜にわたしを起こしては、ドイツ語でナチズムを賞賛する演説をはじめる。ルノー・オブリが崇拝する偉人たちが眠る彼のパンテオンには、ヒトラーのほかにナポレオン、そして意外にも『考える葦』を後世に残したパスカルも安置されている。電気工でしかないのに、父は毎日この哲学家の著書をポケットに忍ばせていた。そしてわたしにも同じことをさせた。夜明け前の四時にわたしを叩き起こしては、パスカルの思想について質疑応答のしごきを行なうのだった。

彼の病的な饒舌はわたしを疲れ果てさせ、立ったまま睡魔に襲われ、立っているのがやっとだった。しばしば失神しベッドに崩れ落ちた。翌日の夜中も同じシーンがくり返されるのだと思いながら、さらに深い絶望のなかで眠りにつくのだった。

父がほとんど毎夜わたしに課したこの精神的拷問に疲労困憊し、疲れ果て、わたしは身動きもできなくなっていた。かといって父に歯向かうなどということは考えられなかった。パパを尊敬し、慕っていたからだ。父はインテリで教養がある。が、いったん神経を尖らせると凶暴さを発揮した。とにかく、いまは父がわたしにとって唯一の家族なのだからどうしようもなかった。

当時のわたしには別の生活があるということも考えおよばなかった。父に服従することがわたしの属性ともなっていたのだ。父が帰宅すると同時に鳥肌が立つ。高層アパートの前に空き地と駐車場があり、台所の窓からそれが見えた。宿題が終わるや窓際に立ち、父の車が駐車するのを見つめていた。彼の姿が眼に入るや心臓が破裂するように高鳴り、絶えず恐怖のなかで過ごしていた。

父はというと、非常に幸せそうだった。欲求を感じるやわたしをベッドに押し倒し、用を足すや「タダの女中」にして突き離した。しかし父はそれ以上に効率の良いわたしの使い道を考え出し、野心的な計画を立てはじめていた。

「イザベル、おまえが十八歳になったら、歩道に立たせるからな。そしてパパの子を産むんだ」

そうなることはうすうす感じてはいた。クリスマスに祖父母がブルターニュからやって来て、数日わたしたちの家で過ごすことになった。その間はもとの子どもの生活に戻ればよかった。自分の部屋で眠り、以前のように本やカセットを楽しめるのだ。祖父母は、可愛い孫娘イザベルの面倒をみている独身の優しい父親を確認したようだった。しかし、わたしは思春期も過ぎたのに、洞穴で体を丸くしている生き物のように非社交的な女の子になっていた。しばしの猶予の時間を過ごしながら、祖父母には何も明かさずに自分の役を演じていた。

わたしが体験していることを誰にも知らせる意思はなかった。誰もわたしに質問しなかったし、父もそう願っていたからだ。わたしがしゃべったなら、最後は父が刑務所にぶち込まれるのだと、何度彼に言われてきたことか。わたしは沈黙しつづけたのだが、どうしてこれからも耐えつづけなければならないのか……混乱しはじめていた。

父を拒否しないでいることは、わたしがそれを望んでいるからなのか……。父のしていることを警察に密告する権利など、わたしにはあるのだろうか。それが父の娘にたいする愛情の表し方だとしたら、わたしはそれを受け入れるほかないのではないか。わたしの父は普通のパパとは異なり、例外だとしたならば……。

祖父母ルネとヴァランティーヌは何も疑わなかった。わたしたちがブルターニュの突端、フィニステールの彼らの家に休みを利用して行くときも父娘の関係を疑うことなどはしなかった。祖父母がいる間、わたしは自分の生きている地獄については何も明かさなかった。わたしが祖父母にも秘密を守れたことに父は勢いづき、次の段階に進む意志を固めていた。それはわたしを乱交パーティーに参加させることだった。

ある晩、父が突然、祖父母に告げた。

「友人宅に急ぎの仕事について話しに行かなければならないのでイザベルを連れていく。彼女の気分転換にもなるだろうから」

祖父母たちは快く留守を引き受けてくれて、テレビの前で過ごすという。父は彼らの二馬力のオレンジ色の軽自動車を借りて走り出した。行き先はパリ十六区のポルト・ドーフィンヌのアパルトマン。パートナー交換のスワッピングを楽しむパリジャンの集まる場所だった。

祖父母パピーとマミーが寝静まっているその間、わたしは見知らない男の前で裸で立たされていた。父以外の男がペニスをわたしの口のまわりに擦りつけたりするのは初めてだった。そしてひとりの女性と彼女の夫と父とで乱交というものをさせられたのも初めてだった。わたしの考えははっきりしていた。すべてが一刻も早く終わることを願っていたのだ。いまではこのカップルの名前と顔つきは記憶から抹消してしまったが、その他の男と女たちは数えきれない……。

週を重ねるにつれて夜の外出の頻度が加速化していった。何十台もの車が行き交う出会いの場所、ポルト・ドーフィンヌで父はまるでディズニーランドにいるかのように興奮する。変態性のある輩たちには、十三歳の少女はプラスアルファの性欲を刺激するのだろう。運転席にいる男がわたしを見つけるや父の車に接近し話しかけてきた。助手席に座っているマダムが、父の風貌に眼をやり、無言のまま眼で同意のサインを送った。こうして父は毎晩マダムたちとわたしを交換し、わたしが体を与えた男と同数の女たちと関係をもったのだった。父は自分の欲求を満たすためにも、この交換システムをできるだけ長く楽しもうとしていた。

そのためにある土曜日の午後、パリ郊外ロニー市のショッピングセンターにわたしを連れて行き、値段など気にせずに衣類を買いそろえ、貧相な格好をしていた少女をセクシー満点の若いブルジョワ娘に変身させるのだった。高価なドレスにメイクアップ用品、そしてランジェリー専門店に入って行き、わたしのサイズのものを買いそろえた。

バレンタインデーやクリスマス時期でもないのに、男性をぞくぞくさせるような下着を妻にプレゼントするために、父親が娘といっしょに選んでいるのだと思ったのか店員は眼を細めている。彼の妻とは、くたびれたジーンズでパトガスのスニーカーを履いて店の前で待たされているわたしだった。夜になると、父が買いそろえた黒いストッキングやガーターベルト、ウェストまで締めつけるビスチェなどを身につけてプロの娼婦にも負けない格好をさせられた。

ときには父の車の中で行なわれることもあったし、見つけたカップルを自宅に連れてきたり、わたしたちが彼らのアパルトマンに行くこともあった。彼らの家は郊外のうらぶれた公団住宅などではなく、パリでもシックな高級レジデンス街にある豪勢なアパルトマンだった。乱交シーンがくり広げられた小さなパレスにもひとしい高級アパルトマンのひとつをよく覚えている。少なくとも一〇〇平米はある広大なサロン、浴室は天井まで鏡でおおわれている。

乱交パーティーはプロレタリア階級が楽しむものではなく、医師や弁護士、公認会計士……といったハイソサエティに属する人びとが楽しむものだった。わたしの脚の間に身を投げだした男たちは自由業者が多かったが、ときには公務員や芸術家たちも混じっていた。ブリーフを下ろす前に自分の職業を言わない者もいた。父はわたしを彼のパートナーとして紹介していたので、誰ひとりとしてわたしが彼の娘であるとは思わなかった。わたしの年齢と童顔からして眉をひそめる者もいたが質問などはしなかった。それは当然のことで、青少年保護などに関心のある輩ではなく、どこまでも性的快楽を求めに来ているだけなのだ。わたしはそのためのオブジェでしかなかった。

父がよく自宅に連れてくる男は、北欧から来ていた写真家だった。彼と過ごす時間はまさに地獄だった。射精するだけでは満足せず、その快感が長時間つづくことを要求した。耐えるのがどんなに辛かったことか。神さまが聞いてくれるなら、一刻も早くこのアーティストからわたしを解き放してくれることを祈らずにはいられなかった。ある晩、部屋の中に彼と二時間閉じこもっていなければならなかった。その間、父は彼の妻といっしょに居間で辛抱強く待っていた。性的拷問が終わったあと、わたしが居間に戻ってくると、父はわたしをにらみつけて言った。

「いったい何をしてたんだ? こんなに長くつづけるなんて……」

父は嫉妬しているのだ。怒りが心頭に達しそうだった。

そのあともこの写真家夫婦とは頻繁に会っており、レストランや映画館にもいっしょに行くこともあった。偶然だったのか、ある日、母親と息子の近親相姦を語る映画『ラ・ルナ』を観に行った。父はわざとこの映画を選んだようだった。ときにはカルチエ・ラタンのポルノ映画専門の映画館に連れて行くこともあった。もちろん未成年者入場禁止だったが、父は自主検閲などするような親ではなく、切符売り場の係員も、三十五歳前後の男が若い女性といっしょに入ることには眉をひそめることなどしなかった。たとえば修道女たちの密かな肉体関係を描いているシーンを父娘で覗き見する感じだった。この種の映画はゴマンとありテレビの深夜番組でもよく放映しているものだ。父は映画、レストラン、週末はナチュラリストたちとのキャンピングと……、いつも新しいスワッピング相手とはこの種のレジャーを楽しんでいた。

そして週に何回か放蕩的なパーティーをオーガナイズしていた。出会いの場所、ポルト・ドーフィンヌの常連になったいま、かなり多くの人たちと知り合いになり、パーティーに招待しては、父は小さな手帳に彼らの電話番号などを書きとめていた。

さらに父はわたしをナイトクラブにも連れていき、知っているカップルと落ち合っては共犯同士のひときを過ごすのだった。あるナイトクラブには、十人もが横になれる巨大なベッドがあり、最後はそれぞれが肢体を絡み合わせていった……。そういうとき、わたしはできるだけ女性たちを相手にするようにした。男ほど嫌悪感を感じさせなかったからだ。

男たちのなかには異常な性癖を見せる者もいる。暴力的な性交を強要する者、わたしの体を二つ折りにするほど押さえつけ、その数日後は体のここかしこに青あざが浮き出て、歩くのも辛かった。が、父と寝るよりはましだった。父とさせられるときは恐怖と憎悪以上の地獄だった。そのたびにナイフで手首の血管を切りたくなるのだった。見知らぬ男と過ごすときはそれほどの苦しみは感じなかった。

カップルが家に来るときは、いつも父が女性とどこかに行き、その間、わたしは男といっしょにいなければならなかった。乱交パーティーのときも父はいつも新顔の女性に飛びついては、複数の女性と過ごし、夜明けに帰宅するころには疲れ果てていたので、その分だけわたしに襲いかかる回数も減った。

父と二人だけでいるのを避けるために、わたしは自衛本能からかポルト・ドーフィンヌあたりの誰かのアパルトマンでの乱交パーティーに参加することをすすめた。怯えきった動物のように、恐怖から逃れるために、父に襲われる悪夢を見ないために、彼ひとりを相手にするのより見知らない十人の男と寝る方がましだった。ここで「十人の男」と言うとき、それは抽象的なイメージではなく実際の数だった。

翌朝、わたしは前の晩に何もなかったかのように通学した。教室に着くや、わたしの肉体の半分は眠り込み、もう半分は真面目に勉強し、誰とも仲の良い女生徒になりきった。自分自身の半分を隠すことは辛かったが、できるだけ自分のことは話さずに、友人たちのくだらない心配事などに耳を傾けるようにした。皆の聞き役になってやり、おどけ役も引き受けた。意味のないことにひとりで高笑いし、押さえ切れないほどの爆笑に変わることもあった。その笑いが嗚咽《おえつ》に変わってはならなかった……。

成績は芳しくなかった。成績が落ちているばかりか、机の上に頭を伏せて居眠りしていた。教師の説明はまるで子守唄のように優しく、英語や歴史の時間も深い睡魔に襲われた。教師たちはわたしの成績の急落を心配しはじめ、ついには主任教師が父を呼び出したのである。

「あなたの娘さんは以前はたいへん良い成績だったのですが、最近は何も身につかず居眠りばかりしているので心配です」

父は深刻な表情で主任教師に事情を打ち明けるかのように小声で語る。

「じつはわたしの娘イザベルは治療の難しい難病に罹っておりまして、そのための治療がかなり体に負担をかけており、疲れているのだと思います」

父は訳の分からない病名を新聞か何かで見つけ、適当に言い訳をしてにごした。わたしには眠ることが大事だということ。稀な難病に罹っている娘には、数学の点数などは問題にしなくてもよかったのだ。主任教師は、父の説明に心を動かされたようで、医師の診断証も要求せず、娘を看病する父親に同情するのだった。

父は、悪賢かったルイ十一世の生き写しだった。

ある晩、父がわたしにこの痛快なエピソードを語ったときの表情は、ルイ十一世をしのぐ自分の狡猾さに酔いしれているかのようだった。

その後は教師たちを安心させるために、父はわたしの成績が上がるように心がけるようになった。中学校の授業から体操、もちろん家事全般まで、その他に宿題、復習、予習の予定表まで作り上げ、彼が帰宅するると、すべてが万全になされているかをチェックした。彼の命令に従っていては体の方が追いつかない。父がでたらめに言っていた訳のわからない病に本当に倒れてしまったのだ。

ある晩、父はわたしを知人カップルの家に連れて行った。いつものスワッピング・パーティーだった。わたしは憔悴《しょうすい》しきっていたうえ、数日前から眼がくらみ、頭痛がひどくなっていた。そのアパルトマンに近づいていくその一歩一歩が脚にくい込むようだった。エレベーターから出るや、知人のアパルトマンのドアの前に崩れ落ちたのだった。父が計らったのか、この家の主人は医師、つまり外科のインターンなのだ。彼がわたしを抱き上げて行って居間で頭から足まで全身を診察する。

なかば霞の中で、彼の声が聞こえる。

「検査を受けたほうがいい。どこが悪いのかはっきり言えないが普通じゃない」

インターンはわたしの体を細かく診察したあと、当然のようにわたしの体をものにした。サロンにいた十人ほどの男たちも同じことをしたのだった。

数日後、父はわたしを病院に連れて行き、血液検査から脳波検査までひと通りの検査を受けさせた。診断は貧血症と過労だった。

父とわたしには新たな問題が生じはじめていた。というのは父が乱交パーティーを行なうときは、いままで一度もコンドームというものは用意されていなかった。七〇年代後半、避妊薬はまだそれほど出回っていない当時、わたしには生理がまだなかったのでその必要もなかったのだ。

が、「用心深い王様」と言われたルイ十一世を鏡とする父は、そのころから気を遣いはじめていた。わたしを婦人科医のところに診察に行かせ、妊娠などしていないことを確かめさせた。この婦人科医はわたしを診察することも質問することもせず十分ほどでわたしを帰らせた。時間がもったいないからなのか、この医師は手早くすませたかったようだ。わたしは妊娠していないのかという質問に、思春期前には妊娠しないのだという。ということは生理がはじまる前に男と寝るということは自然の理に反することなのか。だとすれば、わたしの年齢で肉体関係をもつことは間違っているのか……。わたしはいままで一度も自分の日常生活について疑問をもったこともなかったが、このころから悶々と考え込むようになっていた。

この当時、父はパリの会社で電化製品の修理工として働いていた。そこで同僚のブリジットと出会ったのだ。彼女は電話交換手だった。感じが良く親切だが、頼れる家族がいないのか足が地についていないようだった。わたしとたいして年齢の差はなく二十歳くらいだった。父はこの理想的な生餌にパスカルの詩を朗読してやり、このきれいな若い女性をいとも簡単に自分のものにしてしまった。

彼らのロマンスを知ったとき、なんと嬉しかったことか。彼女が父の世話をし、家事もしてくれるので、わたしはやっと休養がとれるのだ！

しかし彼女が同じ屋根の下に暮らすようになっても父はわたしを放っておくことはしないだろう。夫婦生活時代に慣れていた三人で行なう性行為、トリプルプレーを懐かしんでいるようだったが、当分それはおあずけにしたようだった。最初はもちろん、そんな気配は見せなかったが、彼女が移り住むようになったころからは、父は彼女にたいして非常に優しく、機嫌よくもてなした。やっとわたしは自分の部屋で眠れるようになったのである。

父に魅せられたブリジットは、威圧的な男の虜《とりこ》になってしまっていた。そのうちに父は、わたしの眼の前で彼女といちゃついては熱々の接吻をしたりした。そしてドアを開けたまま性行為を行なうようになった。こうして父は徐々に準備段階を踏んでいた。彼がとどめを刺すのはいつも夜の間でだった。

ある晩、不遜にもわたしが彼らの部屋の前を通り過ぎようとしたとき、まさに彼らはセックスの真っ最中だった。

「イザベル、おいで……」

わたしは彼らの部屋に入って行きながら、何をしなければならないのか心得ていた。長い間、父に条件付けられた自動人形のように、わたしは完璧に自分の役を果たすことができた。父がわたしにしてほしいことは心得ていた。もしそれに従わなかったならどうなるかも知っていたから選択の余地はなかった。父に利用され、し終わったあとはベッドの上に死体のようにおいておかれる。それを拒否することはできず、父の要求に従ったあとやっと眠りにつけるのだった。ブリジットも、彼女の眼の前で父親が娘といっしょに寝ることは知っていながら何も言わなかった。反対に彼女も私たちに合流し、三人でいっしょに寝るようになっていた。

ブリジットが移り住んで来てからは、父はスワッピングや他のことでパリには行かなくなり、わたしたち三人はパリ郊外のアパート暮らしを送る。そして父の悪癖がふたたび頭を持ち上げた。アルコールは際限なかった。

ある日、父はわたしにドラッグの味を味わわせるというのだ。こうして初めてハシシュを吸い、定期的に吸うようになったのは十四歳のときからだった。父は家族にも倒錯行為を分かち合わせるのを楽しんだ。ある日、妹のカミーユがわたしたちの家で週末を過ごすために来たときだった。

「ブリジット、イザベル、二人で抱き合ってキスしてみろ」

二馬力の軽自動車の中でブリジットが補助席に、カミーユとわたしは後車席に座っていた。

「さあ、女たち、唇にキスするんだ。早く……」

ブリジットが後ろの方に向き、八歳にもなっていない妹の前でわたしにディープキスをした。このときわたしの体内に得体の知れない感覚がわき上がったのだ。それは強烈な不快感だけでなく、内臓がちぎれるほどの恐怖感だった。これまで覚えたことのなかった、ついに妹もわたしが通ってきた道にはまり込むのではないか……、わたしのように妹も心身ともに汚されることへの恐れだった。カミーユがオオカミの誘いにはまろうとしているにもかかわらず、わたしは何もしてやれない無力感にうろたえた。日曜日の午後、妹が母の家に戻って行ったとき、どんなにか安堵したことか。

ブリジットもわたしも途方に暮れていた。わたしたちは二人でひとりの男を共有していることになる。わたしたちはじきに友だち同士になり、自分たちの不幸を語り合う仲になっていた。わたしは自分の悩みを打ち明け、父を責めることに明け暮れた。そしてわたしの初恋の男性、ピエールについても語った。彼を知ったころ、わたしにはボーイフレンドはひとりもいなかった。できることと言ったら、自宅でのパーティーで思いきり踊り明かすことくらいだった。

ピエールとは夏のあいだ、ブルターニュにいたときに出会った。彼は妻と子ども二人とでわたしの祖父母の家の一部をバカンス中に借りていた。彼は四十歳くらいだった。わたしがいちばん惹かれたのは、彼の優しさだった。子どもの面倒みも良かった。

ある晩、わたしが洗濯室に向かったときに、薄暗い台所の食卓に座り、脚を組んでいる彼の姿が半分ほど見えた。子どもたちは寝静まっていた。タバコの煙がグレーの輪となって彼の頭上を取り巻いていた。わたしと同様にニコチンの匂いのこもった孤独のひとときを送る家庭の良きパパ……。この二つの要因が結合し合ったときに、思春期前の少女の頭脳にどのような現象が生まれるかわからないが、この瞬間にわたしはピエールに魅せられてしまった。

このとき当然、わたしはピエールに恋したと信じてしまった。いま振り返ってみると、当時のわたしがいかに破廉恥なまでにセックスとアムールと愛情を混同していたかがわかるのだ。絶望的なまでに優しさと保護に飢えていた少女は、相手の気持ちなど無視して、理想のパパと見立ててピエールに白羽の矢を立てたのである。

何週間もの間、わたしは彼のことしか頭になかった。電話帳で彼の番号を調べ、ひっきりなしにダイヤルを回した。彼の声が聞こえるや、言うべき言葉も見つからず受話器を置いた。言葉に詰まったときは、わたしは自分の分身、ピアフに身をやつし、彼が何のことか理解できないのを承知のうえでピアフの歌「ミロール」の歌詞を彼の耳もとでくり返した。

このピエールとの物語のすべてを把握したブリジットは、くじけそうになるわたしを勇気づけてくれた。彼女の応援で勇気をふりしぼり、ついにわたしは彼に電話することを決心する。彼にいますぐ会いたいと切願し、パリ十七区のポルト・マイヨーで待っていると告げた。彼への恋心で胸がはち切れんばかりのわたしは、重苦しく、手はねばつき、幼い女の子のように頬をバラ色に染めていた。わたしの心を動転させてしまったこの四十代の男性をどれほど愛しているかを伝えたかったのだ。彼の耳もとに愛情のこもった言葉をささやけば、彼も同じ気持ちだと言ってくれることを待ち望んでいた。

「イザベル、どうしてぼくに会いたいの？」

「あなたといっしょに寝たいから」

カフェクレームのカップを前にして、彼が十三歳の少女の口から聞いた言葉だった。彼は驚いたようだったが、わたしにはその理由がわからなかった。わたしにとってアムールとはセックスによって実現されることで、それ以外の手段は考えられなかった。でなければ、まがいものの愛でしかない。ではなぜ父はわたしといっしょに寝るのだろうか。

ピエールははっきりした口調で言った。

「わかった。すぐそばにあるホテルに行こう。そしてそれきりふたたび会わないことにする。もしくはこのまま別れて友人のままでいよう。どちらかを選んだら？」

「ホテルに行く」

歩きながら、ピエールがわたしを袋小路に追いつめているのはわかっていた。彼と寝れば、そのあとは絶対に会えなくなることも。何もしなくても彼がわたしを愛していないのははっきりしていた。どちらにしてもわたしの負けだった。底知れない哀しみに襲われ、わたしは小声で言った。

「地下鉄まで送ってくれる？」

ホテルの一室に行っていたとしたら、はたして彼がわたしの体に飛びのっていたか、それともそのとき興奮しきっていた少女の体を押しやっていたかどうかわからない。いまも覚えているのは、ピエールと別れたときに感じずにはいられなかった過酷な絶望感だった。

これから職場に向かう彼は、反対側のプラットホームに佇んでいる。このとき突然、わたしはレールの上に体を投げ出したくなった……。涙をこらえながら帰宅した後、気絶する寸前のわたしはこの絶望的な結末をブリジットに話して聞かせた。父にはこの出来事についてはいっさい知らせなかった。

彼女はこのエピソードの秘密を守ってくれて、それから長い間、意気消沈していたわたしを支えてくれた。この当時、彼女だけがわたしの真の友人だった。が、わたしと同じように不安定な心境にある彼女の存在を父は煙たがるようになっていた。ふたたびベッドでのトリプルプレーを楽しんだ挙げ句、父は自分を愛してもいないこの若い女性にいらいらし、手を上げるようになった。彼女は持ち物をまとめて、ほかに何も要求せずに去って行った。

これでふたたびわたしは父と二人だけの生活に戻る。しかしこのときわかったのは、自分の苦しみを隠しておかずに誰かに打ち明けることで救われるということだった。

が、ルノー・オブリにとっては、反対に悩みの種が芽生えはじめていた。

5章　父がわたしにしたこと

父の家で暮らすようになってから四年経つ。そのうちの二年間、彼はわたしをセックスのおもちゃのようにして楽しんだ。わたしは自分の生をそのまま受け入れ、父がわたしになすがままを受け入れた。しかし、ときが経つにつれ、わたしは自分がおかれている状態に疑いを抱くようになっていた。疑問に思っていたのは、わたしたちがしていることははたして自然なのか、ノーマルな性関係をもつ前にそれを体験してしまっていいものなのか……。

ある晩、なんとも奇妙なことが起きたのだった。

わたしが居間との境に立っていたとき、二、三メートル離れたところにテレビが点いていた。民営テレビ局TF1でロマンチックなテレビ映画が放映されていた。画面では主人公同士が悩ましい仕草で抱擁している。そのとき父がわたしの体を引き寄せて唇に激しくキスしたのだ。

映画の主人公たちは三十代で、愛し合っている。もちろん家族同士などではない。愛し合う者同士が抱き合うのは自然だ。

父とわたしは彼らと同じことをしている。父親と娘、それもまだ幼い娘と。彼らとわたしたちは同じではない……。ふと直感的にわたしは間違っていると感じとったのだ。長い間、わたしを締めつけてきた父に抱かれることへの嫌悪感のほかに、いままで感じなかった新しい感情……拒絶感がこみ上げてきたのだった。父を拒否できるだろうか、父との関係は異常なのだから、わたしには彼に抱かれることを受け入れる義務はないのだ。それにいま十四歳、赤ん坊だったときや幼かったときに父がしていたように、これからも彼が好きなことをわたしにしつづけるとしたら、拒絶すべきなのだ……、でもどうやって？

徐々にだが、強迫観念に似た感情が脳裏に横たわりはじめていた。襲いかかってくる父から逃れること、だがわたしは彼を愛していると同時に恐れている。ひとつわかっていることは、わたしがいなくなると彼の性生活は空虚なものになることだった。父が見知らない女性を自分のベッドに連れ込めるのは、わたしがスワッピングのパートナーになってやれるからだった。したがって限られてはいたが、わたしなりの作戦を練ることもできるようになり、できるだけ男たちの獲物になることを拒むようにした。

「あんな男はいやよ、年を取りすぎてるわ。ほかの男を探そうよ」

ポルト・ドーフィンヌから離れるときなどは、いかれた男や感じの悪い男とベッドに入るのはできるだけ避けるようにした。そう努めたのだが、ほとんど選択の余地はなかった。父に「今日は二十人と寝るんだ」と言われると、それにたいしては何も言えなかった。が、たまに父はわたしを自由にさせておくこともあった。

ある晩、わたしがカップルを選び「交渉」することもあった。そのカップルに彼らのアパートにするかわたしたちのアパートにするか、アパートは遠いのか、何人くらい来るのかなどあらかじめ訊いておく。

父も、わたしが座席にしかめ面《つら》をして黙って待っているより、車の窓から彼らと交渉している方を好んでいたようだった。なぜなら、わたしが疲れきって沈んだ表情をしていたりすると、そのあとの楽しみに水を差されると思っていたからだ。わたしはどこまでもセックスのオブジェにすぎなかったのだが、カップルたちと交渉することで、少なくともわたしは無意味な存在ではなく、話すオブジェになれたのだ。

日中もほんのわずかでしかなかったが、おやつの時間ほどの自由を味わうことができた。家で父がわたしにいたずらをしようとしたり、唇にキスしようとすると、わたしは「いや」と言うようになった。そういうときは、むかつくとか、お腹が痛いとか、台所をお掃除しなくてはならないとか、宿題があるからとか、どんな言い訳でも良かった。

が、父は小さな悦びでもわたしが拒絶すると腹を立てた。そしてわたしへの愛の言葉をくり返しては、わたしに襲いかかろうとする。わたしは彼の最愛の娘であり、彼の血肉、ハートであるのだから、どうして彼につらくあたるのか、彼の悦びをなぜ拒否するのか。こうした甘い言葉による作戦では効き目がないとわかると戦略を変えて、こんどは何時間もの間、沈黙戦術で反撃してきた。そのうちに神経を苛立たせて低いテーブルを叩いては、ひっきりなしにタバコを吸いつづける。父のプレッシャーが強まっていくにつれてわたしの恐怖が増していく。父はもうわたしを可愛がってくれないのではないか、わたしを殴るのではないか、わたしを殺すのではないか……、これら幾重にも重なる恐怖心に耐えられなくなり、わたしは父のあとに付いて寝室に入っていくのだった。

寝室に足を踏み入れる前に自分を納得させようとする。いままで何度もしてきたことなのだ、ここでもう一度するかしないかはたいしたことではない、思考を静止状態にして何も考えないことにした。しかし父のすることに折れてしまったあと、その前にどうして拒否できなかったのかを考えれば考えるほど悔しさで死にたくなるのだった。

わたしが「いや」と言っていたとしたら、どんなにか父を裏切ったことになるか、その呵責に苛まれると同時に、父の汚らわしい淫行に譲歩してしまったことへの罪悪感に締めつけられる。わたしは父にたいしてあまりにも優しくて可愛い娘であり、彼がわたしを愛し、異常な可愛がり方をするのもすべてわたしのせいなのだ、こうして生きていることこそ、責められるべきなのだ。

唯一、休息できる時間は戸外にしかなかった。体操の時間やクラスでヴェロニックやヴァレリーなど友人たちと過ごすときだった。彼女たちこそ少女同士でいたずらのできる仲間だった。十四歳の少女として、わたしの体は二つに分断されていた。一方の半分はすでに死んでおり、もう片方ははち切れんばかりの生を満喫していた。家では消耗し意気消沈していたが、友人たちといるときだけは陽気でいられた。彼女らとは音楽や映画、本、モードなどについておしゃべりした。彼女たちと過ごすひとときは、一時的にでも自分の汚らわしい面と、死にたい欲求を忘れさせてくれるとともに、脳髄までも洗い流してくれた。わたしには彼女らとおしゃべりすることが必要だった。

父はすこしずつ風向きが変わりつつあることを感じとっていた。わたしが成長しつつあること、友人たちといっしょにいることを欲していること。なのに父は規制を強めはじめていた。夜は彼といっしょでなければどこにも行ってはならない。女友だちとパジャマパーティーをするなどもってのほかだった。父が友人たちを冷たくあしらうので、彼女らも家に足を踏み入れなくなっていた。

それからはわたしは外で好き勝手なことをするようになった。中学校の校庭ではグループのボスになり、わたしの大胆なルック、パトガスシューズに、サックには大麻の葉を張り付けて飾りにしたりして、皆を従えた。わたしたちは教師がいても無視して、校庭に椅子を並べて馬乗りをしたりしてふざけ合った。もちろんわたしたちは従順な生徒ではなかったから、教師たちに可愛がられることもなく、教師たちもそれほどマゾヒストではなかった。だがわたしは生徒たちに人気があったから、学年代表にも選ばれたのだった。わたしには学校側も手をこまぬいていた。自宅ではいつもうつむいているのに、学校では御しがたい生徒として振るまっていたからだ。

ある日、給食に出たフルーツケーキの賞味期限が切れていて腐りかけていたのだ。それで大騒ぎとなり、わたしは中庭に飛び降りて行き、集まってきた生徒たちを前して即興演説をはじめた。

「みんな見た? 給食でどんなものを食べさせられてるか!」

わたしは憤り、抗議の演説をつづける。カビ臭いケーキを生徒に食べさせるというひどいスキャンダルにたいしてひとつの戦略を提案する。ストライキを決行すること。熱をおびた演説を一時間ほどつづけたあと、生徒たちも興奮し、二百人ほどがわたしを囲んで群衆の輪をつくった。やった! ジャン・マッセ中学校全体が時限ストに突入した。と同時に校長がわたしたち代表を呼び入れ、これからは絶対にこういうことが起きないようにすると約束した。

わたしたち代表、ヴァロッシュとヴェコとわたしは、中学生組合の初の勝利を祝うため、わたしたちの本部である近所のビストロ「ラ・ベルジュリー」でコーラで乾杯した。中学校付近にあるこのカフェに、授業が終わるといつも集まっておしゃべりをした。友人たちはコーラで、わたしだけはビールでエネルギーを補給した。

家ではアルコールは水と同じ飲料水となっていた。わたしは学校に行く前も、校内でも、帰宅後も飲んでいた。授業がはじまる前にコップ二、三杯をぐい飲みし、半ばふらつきながら席についた。

時間があるときはスーパーで衣類を盗みはじめていた。かっこいいジーンズやTシャツをジャンパーの中に丸め込んで出てくるので、警備員も監視カメラも感知できなかった。レジ係に他愛ない笑みを送りながら店から出ていく。学校でこれらの盗品を友人たちに二束三文で売ってやり、そのお金でタバコを買った。何が悪いというのか。が、心の奥では警察に捕まりたかった。誰かがわたしが生きつづけている悪夢を止めてほしかった。警官がわたしに手錠をかけている場面を夢にまで見ていた。これだけ悪事をはたらいているのだから逮捕される理由にはこと欠かなかったはずなのに。

初めて捕まったのはC&Aデパートでだった。デパートから出る矢先、警備員がわたしの腕を捉えた。ジャンパーの中には値段が付いたままのブラウスが数枚押し込んであった。警備員はわたしを警察署に直行させた。すこしも怖くはなく、むしろ満足だった。司法と治安が保障されているこの国の警察署に連れられていく。制服を着た若い警察官たちは、刑法という力でわたしのはめを外した生活を正常に戻すこともできる。わたしがどうしてこれほど悪い道にはまってしまったのか尋問することもできるのだ。調べようと思えば、郊外の公営住宅十五階のアパートの一室でどれほど異常なことがなされているかがわかり、調査を遂行すれば、父は逮捕を恐れて姿をくらますだろう。そうなればわたしは解放されるのだ。

残念ながら警察は、わたしみたいな少女の悩みごとなどには関心を寄せなかった。わたしの盗みにたいして軽い忠告を与えただけだった。誰もわたしの生活に関心を寄せる者はいない。デパートで衣類を盗んで連行される青少年少女たちは警察署に列をなしているからだ。ひとりの警官が父に電話をし、それから数時間後に父がわたしを引き取りに来たのである。警察署から出ると、父はわたしの肩に手をおき、わたしの眼をまっすぐに見つめて言った。

「娘よ、よくやった」

ルノー・オブリは、彼が若いときにしたように、わたしが不良の世界に足を踏み込んだことに明らかに満足しているようだった。社会規制を迂回しながら彼がわたしにしてきた教育が実を結びつつあることに喜んでいるのだ。

デパートの警備員はわたしを捕えたことにほくそ笑み、警官はわたしを叱りつけたあと、父親に身柄を引き渡せたことに満足げだった。彼らはそれぞれよく任務を果たしたことになる。しかしこの歳の少女がなぜ急に盗みをはたらくようになったのか疑問に思う者はひとりもいない。あまりにも日常的な非行の裏にどんな問題が潜んでいるのか、それを知るために尋問する者はひとりもいなかった。店で盗んでも何の役にも立たないことがわかり、それからは盗みは止めることにした。

このころ誰かがわたしの非行を問題視して、調査してくれることをどれほど望んでいたことか。警察官は何もしようとしないから何も期待できなかった。それから二年間の間、わたしたちのアパートでのスワッピングに入れ替わり立ち替わり男女が入り浸る。十四歳の少女が老いぼれ男と寝ることを誰も気にしない。父親による近親姦を初めて目撃したブリジットも、彼女のあとに来た女性もこのことについては警察に届け出ようとはしなかった。

そのあとに父が連れてきたシルヴィは、それほど若くはなく、他の女性ほどの落ちこぼれではなく、感化されやすくもなかった。彼女はわたしにメイクアップの仕方や洋服の着方なども教えてくれて、二人でドレスアップしては見せ合ったりした。わたしは彼女が好きだった。ただ彼女が精神的にも均衡がとれていて、かなりの洞察力をそなえていたのが、父にとっては厄介なことになっていく。

ある日の夕方、バルコンでアペリティフをすすりながら、父が彼女の眼の前で娘の股をなではじめた。そのときシルヴィの顔が引きつった。これで以前楽しんだトリプルプレーはもう不可能だということが父にはわかったのだ。それから数日後に彼女は、スーツケースに自分のものを詰め込み、父親が十四歳の娘といちゃついているのには我慢できず、家から飛び出して行ったのである。なんという勇断！　ここから逃げ去るのだ。彼女の決断を見せつけられたあと、こんどはわたしの番……。

ある日、ついにわたしは耐えきれず、家出することにした。が、その直前までわたしの心は定まらなかった。夜はどうしていいのかと思うと気が沈むいっぽうで、学校の友人たちの冗談にも気が晴れなかった。今晩も料理をしたあと、父の言いなりにならなくてはならないのかと思うだけで気が狂いそうだった。

授業が終わり友人たちが帰路についたあと、わたしは何をしていいのかわからずぶらついていた。ひとつだけはっきりしていたことは、父のアパートには金輪際、足を踏み入れないことだった。父はひとりでどうにかやっていけばいいのだ。ふと、そのとき名案が浮かんだ。

「アロー、ピエール、わたしイザベルよ」

彼だ、会いたいのは。ピエールこそわたしを慰めてくれるだろう。わたしのミロール（ピアフが歌った恋人の名）、失われた恋人……。

彼のオフィスに直接電話をし、彼の会社の前で待っていると伝えた。パリの反対側のある道路の交差点で彼の車が待っていた。わたしは車に飛び乗り、細かいことには触れずに父にうんざりしていること、家出したこと……などについて話した。彼は無言で聞いている。わたしたちの「ロマンス」に話が進んだとき彼が言った。

「しかしイザベル、またぼくと寝たいなんていうことは言わないでくれ。前にも話したように、できないことなんだ。ぼくが結婚しているのは知ってるだろ……友だちでいようよ」

わたしのミロールはわたしを愛してないの？　なぜ？　なぜ？　なぜ？　万策尽きて、わたしは一か八かの最後の勝負に賭けた。

「もしわたしひとりだけと寝るのがいやだったなら、あんたの奥さんも入れて三人でしたら？」

彼はじっとわたしを見つめ、それからしばらくしてから言った。

「妻に話してみるよ。明日電話してほしい」

ピエールはわたしをRER線の駅の入口に降ろして去って行った。たぶん、彼に乱交パーティーをプロポーズした家出娘は結局、父親のアパートに戻って行くだろうと思っているのだろうか。しかし、わたしはそうはしなかった。駅の入口で革ジャンの若者たちが通行人に手を差し出しては小銭を乞うていた。彼らからそれほど離れていないところに座った。そのうちに口をきくようになり、わたしは彼らの輪に加わった。地べたに置いた野球帽にはすこしずつだが、小銭が投げ入れられていた。彼らはドラッグ中毒者だった。ドラッグをディーラーから買うために、こうして毎晩座って硬貨を集めているのだという。

「きみはドラッグは？」　ひとりがわたしに訊いた。

「まあね、クサくらいだけれど」

「マリファナかヘロインを味わいたくないかい？」　もうひとりがわたしに訊いた。

わたしは後者のほうを望んだ。そのうちの二人がパリ中心に買い物に行くと言って去って行った。家出の路上で味わうこの感覚はじつに奇妙だった。不快なものではなく、二つの世界の間を浮き草のように漂いながら、現実の外にある余白部分に漂流している感じだった。時間というものは存在せず、日常も消滅し、眼の前には真っ白の広大な白紙だけが横たわっており、そこに好きなものを描いていいのだ。

ふらふらしながらでもRER線に乗って家に帰ろうかと迷いながら、線路から完全に外れる方を選ぶ。五分前までは口もきかなかったドラッグ中毒者たちと、彼らの野良犬とビール缶の間に座って、わたしは静かに注射針が腕に刺さるのを待つ。こうしている間、少なくともわたしは父からは離れていられる。その間、父はわたしに何もできないのだ。わたしが生きてきた悪夢がその間だけは停止する……。

しかしそう長くはつづかなかった。

ヘロインを買い求めに行った二人の青年は戻って来なかった。結局、わたしは公園の中で眠ることにした。夜明け前にシェパード犬に顔をなめられて眼が覚める。若者のひとりが彼の家で朝まで待たないかとすすめてくれたので、数人とハードロックのカセットを聞きながら、数種のドラッグの味を比べ合った。ハードロックグループACDCや麻薬など、わたしはまるで無関心なのだ。母親と暮らすこの哀れな中毒者などには興味もなかった。いちばん欲していたのは、ピエールと電話で話し、彼もわたしに会いたいと言ってくれることだけだった。

待つ時間、一時間ほどしてピエールの返事を聞くために電話をした。彼の奥さんも入れた乱交パーティーは？　やるの？　やらないの？　彼女は承知したの？

「ぼくたちは反対ではないけれど、とにかく家で話し合おう」

ついてる。わたしは勇んで彼らの家に向かった。ピエールの小ぎれいな一軒家に足を踏み入れるや、わたしの恋するピエールが奥さんと可愛い子どもたちに囲まれているのが見えた。その瞬間、夢がことごとく砕け散ったのだった。

そのあと間もなくドアのブザーが鳴って、ピエールが他の来客を出迎えたのである。なんと母と父が客間に通されてくるではないか。まさにわたしへのとどめの一撃だった。ピエールはわたしを裏切った、家出は何の意味もなかったのだ。わたしは抹殺されたのと同じ気持ちで両親のあとに付いて行き、ふたたび父ルノー・オブリのアパートに戻され、旧の木阿弥《もと》に帰したのだった。

わたしは精神的にもぼろぼろになっていた。救助口を必死で探し求めたあげく、最後に考えついたのは母の家に行くことだった。母は新しい夫と暮らしているが、彼女の家に移りたいと父に告げた。二年間ほとんど会っていなかった母だが、家出した娘を迎えに来たということは、彼女に期待できないでもなかった。母はわたしに会いたかったとは口に出さなかったが、いままでこれほどの暖かみを示したことはなかったし、とにかく会いに来てくれたのだ。わたしが彼女にときどき会いに行ってもいいかと訊くと、「もちろんよ、イザベル、その準備をしましょう」。即座に返事が返ってきた。

ふたたび娘と会うことを彼女はほんとうに望んでいるのだろうか、幸せに思っているのだろうか、わたしにはわからなかった。彼女は感情を表に出さず自分の心にしまっておくタイプの女性だった。わたしが最近体験したことや、家出や、ピエールにプロポーズした乱交パーティーなどについてはひと言も口にしなかった。沈黙こそがすべてをかき消してくれることをわたしはよく知っていた。話すことといったら、たいして意味のないことだけだった。

「そのスカート、気に入ってるの？」

「イザベル、食卓の準備をするのを手伝ってよ。今晩はカネロニ（筒状パスタの料理）を食べるから……」

「妹に言いなさい、食べるからって」

母との会話はいつもこのくらいだった。それでもかまわなかった。とにかく父の牙から遠ざかれればよかった。母といる間は少なくとも彼から離れていられたのだ。が、父から逃避したことへの仕返しがふりかかってくるのは時間の問題だった。彼は、わたしが母に何もかもばらしてしまうのではないかと疑っていたに違いない。わたしが母親に会いに行くことには反対できないのだが、その憂さ晴らしにわたしをこっぴどく殴りかねなかった。ちょっとしたことでも父の気にさわると、わたしに暴力をはたらくようになっていた。

ある日、母の家からの帰り、父のアパートに向かう間、腸がよじれるほどの痛みを感じだした。腕時計の針はすでに三十分も帰宅時間を過ぎていた。想像するまでもなかった、父は部屋の中を歩き回りながら怒りを煮えたぎらせているに違いなかった。思っていたとおりだった。父はわたしの顔を見るや大股で近づいてきて、わたしの顔を目がけて強烈な一撃を食らわせた。

「どこにいたんだ？　何時だと思ってるんだ」

彼があまりにも激しく殴りつづけるので返事をすることもできなかった。わたしの髪をつかんで引き上げ、頭を壁に向かって何度もぶつけ、ぐったりしたわたしを床に投げつけたあと、タバコを吸いはじめたのだった。

狂人、わたしは狂人と暮らしている。

ここから逃げるのだ、さもなければ殺されてしまう……、父はわたしを殺すこともできる。この恐怖が全身を震え上がらせた。さらに恐れるのは、妹が週末に父に会いに来ると、彼が異様な眼差しで彼女を見つめていることだった。わたしは直感的に、父が次女を欲していると感じたのだ。彼がわたしにしてきたことを妹にもするのではないかと思うと、いてもたってもいられなかった。止めさせなければならない、でもどうすればいいのか、これ以上は我慢できない……。

わたしが父に強制された卑猥な淫行を誰かに話さなければならない。でも母には話せない。彼女には定期的に会っているけれど信用できない。買い物や食べ物、隣人の噂ぐらいしか話さない母に、彼女の離婚した前夫が娘をレイプし、暴力をふるっているなどと密告できるだろうか。母はわたしをブティックに連れて行っては洋服を買いそろえてくれるが、わたしの気持ちをほぐすことまではできない。どうにかしてわたしの体内から吐き出してしまわなければならない。

そこである日、学校の洗面所のタイルの上に座り、タバコのスティヴザンを指に挟んだまま、親友のヴェロニックに思いきりぶちまけた。学校の洗面所は、誰にも邪魔されずに打ち明け話をするには最適な場所だった。

この朝、わたしは根が尽きていた。もうたくさん、父にも、生きることにも、彼に殴られることにも、家に縛りつけられていることにも、ひとりで外出もできないでいることにも、家の掃除をすることにも、自分を神と思っている暴君のセックスの奴隷でいることにも、もう我慢できない！　いやだ、いやだ、いやだ！

「わたし疲れてるの。この前も父に殴られたの、あんたには言えないけど……。夜はね、父といっしょに誰かの家に行って何人かとセックスするの、わかる？　そんなことを頻繁《ひんぱん》にやってるのよ。何人もの男たちと、ときには女性も加わって乱交パーティーするの……。もう疲れ果てたわ」

　ヴェロニックは黙ったまま、じっとわたしを見つめる。タバコの煙を吐きながら輪をつくるふりをする。

「父親ともセックスしてるの……」

　授業のはじまるベルが鳴った。ヴェロニックは吸い殻を便器の中に投げ入れてからカバンを手に取り、わたしに向かって言った。

「次のくだりはこの次に……」

　これが彼女の返事だった。わたしが打ち明けたことの意味を彼女ははたして把握したのだろうか。わたしの強がり、もしくはでっち上げとでも思ったのだろうか。他を突き放すようなわたしのクールな話し方と、学校で見せている陽気な性格を知っているから、ヴェロニックはわたしが話したことの信憑性《しんぴょうせい》を疑っているのではないだろうか。もしかしたら、いま聞いたことを消化するのに時間が必要なのかもしれない。どちらにしてもヴェロニックの反応の仕方は意外だった。わたしが家で父にされていることを話しても親友は驚きもしないのだからノーマルなことなのかもしれない。自分が不幸せであるのは宿命であると信じていたから、洗面所内で親友に話したあと、ますますわたしは八方塞がりの運命論者になっていた。わたしの話を聞いてくれることによって、苦しみを軽くしてくれる誰かを必死で探し求めていたのに。

　このころ幸いにしてわたしの近くにフランソワーズがいた。フランソワーズ・アベイユ。彼女はわたしたちが住んでいる同じ建物の十五階のアパートに住んでいて、いつでも入って行ける、わたしにとっては砂漠の中の唯一のオアシスだった。

三十歳くらいのまだ若いこの女性は魅力的で優しく、いつもちゃんとした身なりをしていて、かなり高級な香水の香りを漂わせていたので、わたしはいつもうっとりしてしまう。わたしより二回りも年上だけれど、そんなことは問題ではなかった。彼女はわたしを好いてくれていた。わたしが話すことのすべてに興味を寄せてくれて、冗談を言えば笑いとばしてくれた。彼女は、わたしが毎日していることについても聞きたがった。彼女のそばにいると、わたしは保護されているように感じられた。また一方では、主婦である彼女にとってわたしといるときは、清い泉水で沐浴をしているようなひとときだったのではないだろうか。わたしはひとりで、ときには友人たちといっしょに彼女のアパートで頻繁に過ごすようになっていた。

フランソワーズの眼は節穴ではなかった。父が帰宅する時間が近づくにつれてわたしの様子が変わっていくのを見抜いていた。わたしが漠然と話したことから、ルノー・オブリがわたしに家事だけでなく他のことまでさせていること、父が望んでいる時間に夕食の用意ができていなかったりすると、怒り狂いわたしをこっぴどく痛めつけることもわかっていた。

フランソワーズは異常体質の男として父を警戒しはじめていた。わたしたちがバカンスで留守のときは、彼女が観葉植物の水やりを引き受けてくれたりしたが、どう見ても父のわたしの育て方を理解できないようだった。父はあまりにも娘に厳しく、風変わりで、暴君的すぎると見ていたようだ。とくに娘をアパートに閉じ込めていることについて不可解な疑問を抱くようになっていた。

「ねえ、フランソワーズ、生理がまだなければセックスしてもいいの?」

フランソワーズはこの質問にドギモを抜かれて口がきけなかった。少女から抜けきらない女の子がこのような質問をするなんてとても考えられなかったからだ。

「いい？ イザベル、肉体関係をもつにはあんたはまだ小さすぎるのよ。ある歳になって恋をしたときに、そういうことは自然にするようになるの……」

やっぱり彼女は知っていたのだ！ ときどきわたしは彼女の前で喉をかっ切ってすべてを終わりにしたい、と叫びたかった。わたしが毎日されていることはあまりにも苦痛で、全身が常に汚らわしく感じられる。父に愛撫されるより、殴られる方がましだった。友人たちと同じ生活を送りたいのに！ 家事や、卑猥な性行為を強制する親ではなく、娘の面倒をみてくれる親を、朝まで安心して寝られる家庭を欲しているのに。

わたしが暗い顔をし、ぼんやりしている様子を見てフランソワーズが訊く。

「どうしたの、イザベル、何かまずいことがあったの？」

「何も、もうたくさんなの。いまの生活にうんざりしてるの……」

そう言って、わたしは彼女の寝室に入って行き、マットレスの上で飛び跳ねてはバネの軋む音を立てて気を晴らした。

フランソワーズは、隣人の家で異常なことがされているのを感じとり、何となく思い当たることがあったのだが何も口にしなかった。家では夕飯の用意やアイロンかけも残っていて、わたしが急き立てられるように彼女のアパートをあとにするとき、フランソワーズはわたしを抱きしめて勇気づけてくれるのだった。このときわたしは、わたししか演じられないシンデレラになったかのようだった。ポルト・ドーフィンヌでのランデヴーについては語らなかったが、彼女にはわたしが毎日していることすべてを話してしまった。初潮を迎えたときも、数学のテストに失敗したときも、急いで彼女に知らせに行った。

学校が休みに入り、祖父母の家に一週間ほど遊びに行くことになった。彼らの家は以前のとはまったく異なっていた。祖母の健康が優れず治療が必要になったため古い家から中心街のアパートに移っていた。祖母は循環系統の障害で体の一部が麻痺していたので、簡単な動作もおぼつかなかった。字を書くことや歩くこともできなかった。彼女は自分の弱体化を十分に認めており、ある晩、このまま生きているよりも死んだほうがましだ、とわたしにもらした。今度ブルターニュを去れば、祖母と会うのはこれが最後になるのだろう。

フォントネー・スボワの父のアパートに戻って来たとき、彼が仕事からまだ戻っていなかったのを幸いに、故郷フィニステールに寄せる哀しみで眼を涙でいっぱいにしながらフランソワーズのアパートに飛び込んで行った。が、彼女がドアを開けるや、わたしがいちばん愛しているフランソワーズの表情にいつもの明るさが陰っているのに気がついた。わたしを座らせてから、彼女はアイライナーを引いたきれいな眼でわたしを直視する。

「イザベル、こっちを向いてちょうだい。パパとへんなことをやってるんじゃないの？」

わたしは答えなかった。

「先週、植木に水をやりに行ったとき、あんたのパパの部屋で血のついたタンポンを見つけたの。あんたのだと思うけど、もしやあんたはパパと寝てるの？」

沈黙。鯉のように黙りこくる。ほんとうのことを話せばたいへんなことになるのを予感していた。フランソワーズの真剣な表情にそれが読みとれたし、彼女は返事を得るまでは執拗に食いさがろうとしている。

突然わたしは強烈な恐怖、戦慄《せんりつ》に襲われる。

「イザベル、パパはあんたにあれやってんの?」

「うん」ついに言ってしまった。

それで地球が崩壊するわけでもない。

わたしが死ぬのでもない。

でもわたしはもうじき死ぬだろう。なぜなら、わたしたちの秘密を他人に打ち明けたことを父が知ったなら、彼は自分の手でわたしを殺すだろうから。彼は怒り狂って即座にわたしの首を締めつけるにちがいない。もしくはわたしを、死ぬまで殴りつづけるだろう。どちらにしてもわたしが死ぬことは確実だった。

わたしはフランソワーズに誰にも言わないようにと切願した。母親か警察のどちらか、または両方に会いに行くべきだと彼女は言いはる。わたしはどう答えていいのかわからない。もし父が逮捕となっても警官はすぐには拘置所に閉じ込めないだろうし。そうだとしたら、父はその前の晩にわたしを殺してしまうだろう。

そして母は、わたしと父のことを知ったとしてもはたして信じるだろうか、わたしを引き取ってくれるだろうか、わからない……。動転しきったフランソワーズも、どうなるのか何も言えない。が、わたしたちの秘事を知ってしまったいま、彼女は、その晩、夫のルネに打ち明けるほかなかった。彼の返事はいとも簡単だった。

「何だって?　立ったまま眠る?」

妻が語ったことをルネが全然信じなかったので、翌週末、フランソワーズはわたしを彼の前に突き出して、壁を隔てた隣のアパートの一室で何が起きているのか語るようにと迫る。わたしはルネの質問に簡単な言葉で答えた。

「はい、パパといっしょに寝てます」

「はい、夜はパパといっしょに他の男に会いに行きます」

これ以上、自分がしていることを細かく話す気にはなれなかった。自分が語っていることへの羞恥が胸を締めつける。自分の口から重大な事実が飛び出しつつあることを意識せざるをえなかった。わたしの告白以上に、ルネの顔が蒼白になっていることの方がわたしにはショックだった。彼は唖然としたまま無言でいる。何が起きたというのだろうか。フランソワーズもルネも、どう対処すべきかを考える余裕もなく、ただただ呆然と黙りこくっている。

この日からフランソワーズはわたしを父の毒牙から引き離すために、授業のあとも、週末もわたしを彼女のアパートに連れ帰ってはおやつを食べさせ、時間があると、ヴァンセンヌの森に息子たちといっしょに散歩に連れて行ってくれた。これでやっと誰かに話すことができ、誰かが聞いてくれたことによって苦しみが和らげられるのだった。何という安堵感！　打ち明けるということの何という解放感！　情況は何ら変わらなくても、少なくともわたしはもうひとりではない。

初めてのボーイフレンド、ジュリアンとひとときを過ごすのもフランソワーズのアパートでだった。彼とはジムの部活で出会った。彼は全国チームのメンバーでもあり、わたしが父なしで会える数少ない青年のひとりだった。美青年で、健康的で、ユーモアがあり、近寄りがたいほどの素敵な青年。わたしは夢中だった。これほど愛していて、彼も同じくらいわたしを好いてくれるようにするには彼と寝ることだ。わたしは恋愛感情を実践するために、この直撃作戦に何ら疑問ももたなかった。わたしにとってはセックスこそ、男の優しさを獲得するための唯一の手段だった。

さっそくジュリアンにフランソワーズのアパートでロマンチックな夕べを過ごさないかとプロポーズした。ジュリアンの他にヴァレリーやヴェロニックなど数人のパーティーをオーガナイズしたい一心でフランソワーズに懇願する。

フランソワーズはわたしの気持ちをよくわかってくれていた。彼女は隣人が娘を閉じ込めてレイプしていることを知っている……。娘を破滅させているばかりか、友人と過ごすことも禁じている！　フランソワーズは、彼女のアパートでわたしが数人の友だちと過ごせば、わたしの落ち込んだ気持ちが立ち直るだろうと思ってくれていた。しかし、それは失敗に終わったのだった。

フランソワーズの寝室で褐色の髪をした好青年、体操の選手と寝たのだが、彼がわたしに示していた好感は情事のあとは消え去っていた。わたしは完全に見捨てられたのだった。フランソワーズはどうにかしてわたしを元気づけようとし、自分が中学生のときに味わった失恋の悲しさを語って聞かせるのだった。片思いの失恋こそ辛いことはない。と同時に、この失恋はある意味でわたしにとっては輝かしい勝利とも言えたのだ。

ジュリアンのおかげでわたしは自由への第一歩を踏み出したのだった。わたしはまだ未成年で相変わらず囚われの身だったが、自由を勝ち取った女の第一歩を踏み出したのだ。この青年との関係は取るに足りなかったにしろ、少なくともわたしひとりで選び、ひとりで決心して行動した。誰にも強制されずに自分の意志で彼と寝たのだ。そういうことをしたのは初めてだった。彼を愛せたのも、父の監視の眼を逃れて、つかの間の自分の時間を獲得することができたからだった。解放されたというか、ほんの小さな足踏みにすぎなかったが独立の第一歩を踏み出せたのは確かだった。

父はたぶん感じはじめているはずだった。母がふたたび姿を見せたということと、多少なりともわたしが外部の者と付き合いはじめたからだろう。父は娘の信頼を得るために生活を変えようとした。まずトリプルプレーやスワッピング・パーティーなど、放蕩的な行為をすべて止めることにしたのだ！　それからは雑誌の五行広告で自分に合う女性を探しはじめた。悲嘆にくれている未亡人や、子どものいない四十代前の独身女性には、彼は責任感の強い理想的な独身パパというプロフィールを書いて送った

彼の新しいイメージにそうべく、わたしはおとなしくて行儀の良い娘にならなければならない。さもなければせっかくの獲物を逃しかねない。幸せな夫婦生活を待ち望んでいるこれらの女性たちにへんな憶測をさせないために、わたしは自分の部屋に戻されたのである。

次から次に女性たちがやって来ては父の餌食《えじき》になったかと思うと、ポイと捨てられた。が、父の性癖はじきに戻ってきた。ベッドに二人の女を横たえたまま、わたしをも引っ張り込むのだった。たまにだったが、父がわたしの体を押さえるときの猛々しさは何よりも耐えがたかった。そのうえ彼のペニスが吐き気を覚えさせる、チーズが腐ったような臭いを放ち、わたしの肌に彼の肌がべたっとくっつき、彼の唇がわたしの小さな乳房をなめまわす……。

しかし、わたしを絞め殺そうとしたのはそれらではなかった。わたしはないのと同じ存在、セックスの道具、オブジェ、価値も言葉ももたない、尊厳もない、エア人形の代わりをつとめるものでしかなかったのだ。父が劣情を抑制できないのは、もしかしたらわたしのせいではないか……。

彼が寝込んだあと、じつはわたしこそが異常なのではないかという自責のムチが襲いかかってくるのだった。父に愛撫されるたびに、これが最後、彼は自分に合う相手を探し出し、わたしを自由にしてくれるだろうと、自分に言い聞かせる。彼はもう絶対にくり返さないだろうと願っているのに、またはじめる。毎晩、彼に呼ばれるのが怖い、存在することさえもう耐えられない。

ある日、授業が終わったあと家には帰らずに、母のアパートに行くことにした。いまは月に一回週末か、もっと頻繁に母の家で過ごすようになっていた。母の家では何ら問題もなく、喧嘩もせず、大きくなった妹に会えるのも嬉しかった。妹のカミーユは可愛い、にこやかで朗らかな子に育っている。歳の違いと、何年か離れて暮らしていたのでやや疎遠になっていたものの、ふたたび会えて嬉しかった。

母が再婚した夫ダヴィッドは、少なくともわたしを放っておいてくれた。それに母の家では料理も掃除もしなくてよかった。できることなら母の家にずっといたかった。

「パパの家には金輪際、帰らないわよ」

この言葉に母はべつに何も答えなかった。なぜわたしが彼女の家に住みたいのか訊こうともしなかった。が、笑顔で落ちついた声で言った。

「いいわよ、イザベル、今晩は泊まってもいいわ、考えておくわ。お休みなさい、疲れてるんだから」

翌日の午後、どのくらいの間、昼寝をしたか覚えていないが、眼が覚めたとき母が言った。

「パパと話し合った結果、成人するまであなたを寄宿舎に入れることにしたの」

母がわたしを迎え入れることへの危惧……。わたしが母親のもとで暮らすことを恐れている父は、わたしをできるだけ遠いところに追いやることを考えついたのだ。さもなければ母は、以前反逆して家出をしたり、油の入った瓶で彼女の頭を打とうとした娘を迎え入れる気にはなれないのだろう。どちらなのかわからないが、はっきりしているのは、両親ともわたしを寄宿舎に閉じ込めることに同意したのだ。

確かにこの数カ月、妻子のあるピエールに乱交パーティーをすすめてみたり、ドラッグ常用者と路上にたむろしたり、ブティックでこそドロなどもしていた。こんなわたしを父は、これ以上は我慢ならないと言って、遠くの寄宿舎に送り込み、そこで仕付けられる必要があると母を説得したに違いなかった。

しかしわたしは、母の家庭に落ちつかせてもらい、安全な家庭の中に自分の居場所を見出したかった。ふたたびわたしを家庭環境の外部に追い出すとは、あまりにも酷い。両親ともわたしを欲していないのなら寄宿舎でもどこでもいい、父の家以外ならどこでもかまわなかった。

寄宿舎への荷物をまとめるために、母と父のアパートに戻る。衣類をそろえながら不思議に気持ちが軽くなっていく。この呪われた家をあとにするのだ……。

ドアを閉める。終わった、すべて終わった……もう絶対ここには戻っては来ない。エレベーターを待っていると、フランソワーズがドアを開けた。わたしの腕を取り、

「イザベル、スーツケースをもってどこへ行くの？」と訊く。

「家出なんかしたから、成人するまで寄宿舎で暮らさなきゃならないの……」

「そお？　ほんと？　それじゃ、元気でね」

フランソワーズはわたしを強く抱きしめたあと、母にお辞儀をしてからドアを閉めた。彼女から離れるのは辛い。

寄宿舎に向かう前日の午後、母と義父がアパートから出て行って、わたしひとりで留守をした。その間、

テレビを見たり、雑誌をめくったりしながら半分居眠りをしていたところに母とダヴィッドが戻って来た。彼は眼を真っ赤にして、そのまま自分の部屋に入って行った。母はわたしに近づき、涙ぐみながら訊く。

「ほんとなの？　パパがあんたにあれをしたの？　言ってちょうだい、パパにされたの？　どうなの？」

わたしはうなずいた。

訊いてくれるだけでよかったのだ。

6章　犯罪人

フランソワーズ・アベイユが母に話したのだ。

わたしが彼女に打ち明けたあと、彼女が母に想像もつかないことを知らせる決心をするまでに何週間、何カ月待ったのかわからない。大事なことは、彼女が口に出して言ってくれたことだった。わたしが荷物をもって出て行くところを見たとき、彼女は怒りで震えていたに違いなかった。

両親が見せしめのために、わたしを修道女たちが管理している寄宿舎に放り込めば、父は何も恐れることなくのんびり暮らせるはずだった。あるいはわたしが母の家に住みつけば、父は安心して暮らせることを知っていたからこそフランソワーズは、良心に逆らってまで母に密告する気になったのだろう。

その日、フランソワーズはわたしと母が帰宅したあと、じきに母に電話してきたのだった。

「娘さんを愛してらっしゃるのでしたら、すぐにわたしに会いに来てください」

じきに母は再婚したばかりの夫とともにフランソワーズに会いに行った。母は彼女に呼び出されたことを迷惑そうに腰かけることもせず、手袋をはめたまま、すすめられたコーヒーも断った。母は、娘のことにちょっかいを出すこの見知らぬ女性の家に何のために呼び出されたのか理解できないようだった。が、彼女が耳にしたことは想像を絶することだった。

「まさか！　あなたは正気でそんなことを言っているのですか」

フランソワーズが語ったことに唖然とし、母は声を上げた。

フランソワーズ・アベイユは語る。

「ええ、あなたの前夫、ルノー・オブリ氏はイザベルさんを毎日のように犯しているのです。これは彼女自身から知らされたことです」

わたしが歳に似合わないセクシーなランジェリーを身に着けていること、父親といっしょに同じベッドで寝ていること、放蕩的な乱交パーティーにも参加させられていること……彼女は知っているかぎりの事実を母に伝えた。母は最後まで聞きとる前にひざまずき、気を失った。フランソワーズは湿った冷たいタオルを母の額に当てて意識をとりもどさせ、長椅子に横たわらせた。母はしばらくしてから立ち上がることができ、震える手でハンドバックを握りメゾン・アルフォールの家に戻って行った。

父が逮捕されるまで、フランソワーズは外出しようとはしなかった。父が空気銃で彼女を撃ち殺すのではないかと恐れていたのだ。ルノー・オブリは普通の男ではない。フランソワーズは彼の凶暴さを充分心得ていた。

彼女は母に密告するまでにかなりの時間を要したのだった。誰かに話すことの怖さ、父への恐怖心、この事実が明るみに出ることによって彼女にふりかかる危険など……にもかかわらず彼女は口にしたのだった。眼をそらせることなく、聞かなかったふりもせず、母に話す前に何度も考えあぐねたすえ黙することなく、隣人の若い娘が生きている地獄を自分の問題のごとく身を挺してくれたのだった。

彼女が母に話してくれたその日から、わたしの人生は変わっていった。わたしの将来が母の手に託され、それからはすべての問題が母マリーの肩にかかっていく。

「そんなの考えられないわ……、彼がそんなことをあんたにしてきたなんて……」

母がフランソワーズの家から戻って来たあと、悲惨な表情で真っ青な顔をして台所の中を歩き回り、むせび泣きしながら同じ言葉をくり返す。

「彼があんたにあれをしたの……、あれを……」

動転し、わたしの手をとる母をこれほど近くで見ることに、わたしの方が緊張し茫然とする。わたしは母とのスキンシップに慣れていなかった。母の頭上で地球が崩壊したのと同じで、すべてはわたしのせいであると思うにつけ自分を引き裂きたかった。消えてなくなりたかった。が、もう手遅れだった。

「一刻も早く警察に届け出なければ」母はうわずった声で口走った。

十二月の寒いときで、わたしは毛糸で編んだベレー帽を被る。凍てつくなかで疲れきっていたわたしは、厚いコートを着ていても震えていた。警察署では二人の私服警官が事情を聞いてくれた。彼らは司法警官だった。彼らの階級などはわたしには関係なく、ただわたしの言うことを優しく聞いてくれることだけを願っていた。実際に彼らは優しかった。

「あなた方に密告すると、父はわたしを殺すでしょう。わたしの姿を見ればすぐに殺すでしょう……」

わたしはもう金輪際、ルノー・オブリには会うことはないし、彼はあと数時間後には逮捕される、と言って警察官らはわたしを安心させる。ほんと？　ほんとうに？　警官はそのとおりだとうなずいたのでわたしは話しはじめた。

パリ十六区のポルト・ドーフィンヌあたりのレジデンスでのスワッピングから、環状道路脇に列をなしていた男たちがわたしとセックスしたこと、素っ裸のまま父に撮影されたり、ポルノ映画を見せられたり、バカでかいブルーのベッドで何をされたかまで、何から何まで全部話して聞かせた。わたしが六歳のとき父が浴室で何をしたかまで語った。

警官たちは一度としてわたしの語ることを疑わなかった。ときにはわたしに質問しては、わたしの答えることを細かくメモしていた。わたしの言うことを彼らが信じることだけでも驚きだった。わたしに耳を傾け、理解し、これほど関心を寄せてくれることを知るだけでも心が揺さぶられるのだった。大粒の涙がぼろぼろと流れ出てきて泣きじゃくった。四時間の間、わたしはむせび泣きながら話しつづけた。この初めての尋問のあと、ふたたび泣くことはなかった。

翌朝、父はわたしを寄宿舎に連れて行くために母の家に迎えに来たときに、建物の脇で待ち伏せていた警官に逮捕され、手錠をはめられて警察署に連れていかれた。このとき、わたしはまだ眠っていた。

この日から母がわたしの面倒をみることになり、事件の調査にも応じることになった。母の話によると、予審判事が指名され、父のアパートが家宅捜査された。警官らは手当り次第に押収した。スワッピング・カップルたちの名前と電話番号が記された手帳から、彼がわたしのために購入したセクシーなランジェリー類、メイクアップ用の化粧品、わたしたち二人が撮られているポルノ写真まですべてをカートンに詰め込んだ。

父は長時間にわたって尋問され、すべてを自供した。判事はそれだけでは満足せず、ポルト・ドーフィンヌ界隈の一斉検挙に踏み切った。父の手帳に電話番号が記されていた人たちを探し出そうとした。両親の隣人や友人、ブルターニュにいる祖父母たちも調査に呼び出され、父の品行に関して参考人として尋問された。予審判事の調査ぶりは見事で、母も満足していたようだった。

が、わたしはまるで無関心だった。わたしを静かにさせておいてくれることだけを望んでいた。疲れきっていた。警察官に話したことによって、乾きかけていた傷跡からふたたび膿《うみ》が噴き出しただけでなく、これまでのわたしの生活がどれほど倒錯し、狂っていたかがやっといまになってわかったのだ。

どうしてこれまでわたしは父の淫行を受け入れてきたのだろう。父から解放されたいま、彼のそばにいたとき以上の苦悶のどん底に突き落とされていた。父は刑務所につながれ、母がショックから立ち直れないのも、すべてわたしのせいなのだ。わたしのおかげでスキャンダルとなったこの事件が肩に重くのしかかり息苦しくさせていた。すべてを忘れ去りたい……。

そのうえわたしは予告もなしに新しい家庭に放り込まれたのである。まるで何もなかったかのように、四年以来たまにしか会っていなかった妹と、二年間会うことを拒んできた母といっしょに暮らすのだという。そして全然知らない義父と共に暮らせというのだ。これからは自分から合わせなければならない新しい家庭環境に、記憶に残る鮮明なイメージが次つぎに重複して浮かび上がってくるのである。

バーのカウンターにひじをついて立っている父の前で五人の男たちがわたしの服を脱がせようとしている場面……。錯綜する記憶から乱交パーティーのシーンを一生懸命排除しようとしながら、普通に暮らしているふりをしなければならない。母といっしょに食事をし、シャワーを浴びたあと寝室に向かうと、常に父の姿がそこにある。父はわたしといっしょに浴槽に横たわり、わたしの体を洗いながら、皮膚の上に指先を這わせている……。ストップ、テレビを見ながら妹とすこし遊んでやったあとは明かりを消す。暗闇の中でベッドの端に父が裸で座っている。写真を撮る前に彼の体をなでてほしいと言っている……。

これらのイメージはわたしの脳裏から消え去らない。外見的にはわたしは普通の少女に見えるが、体内は荒廃そのもの。地獄を生きてきたわたしなのに、いまこうして平安しか知らない人びとと共に暮らしている。彼らのあいだにいてもまるで異なる地平にいるようだった。いわば地獄からの生還者なのに、どこにいても居心地が悪い。母の再婚した新しい夫ダヴィッドはわたしの再教育に乗り出すのだが、実父はわたしを夜遊びに慣らさせたうえニコチン中毒者にしてしまっていた。十四歳でタバコを吸いすぎて不眠症になり、ふたたび起きてはもうもうと吸いまくった。昼と夜が逆転していた。義父は少女のこうした不健康な過ごし方に唖然とし、正常なレールにのせて再起させようとした。

目標は簡単だった。悪夢を見なくなったいま、わたしは普通の生活のリズムを取り戻し、問題を起こさない女の子にならなければならない。皆が期待するような普通の女の子に脱皮するためには、精神療法が必要だということには誰も考えつかない。「良い子」になるには、奇跡によるしかないと思っているようだ。

「イザベル、これからはちゃんとした家庭で暮らせるのだから、自分から新しい環境に合わせるように努力し、正常な生活を送るべきなんだよ。タバコを吸うのも止めてさ、学校に通うのにメイクアップなんて必要ないんだ」

義父ダヴィッドがわたしの耳に叩き込んだ長々としたお説教はいまも忘れてはいない。彼は一生懸命、良い義父になろうとしている。母は過去の忌わしい思い出はすべて忘れ去るべきだと思っているのか、一度たりとも過去のことを口にしようとはしない。

しかし、彼らのとった作戦は逆にわたしをますます打ちのめすことになる。打ちひしがれた老犬のように眼に見えない苦しみに喘《あえ》いでいる。昨日まで父親のおもちゃだったわたしは、彼が逮捕されてからも同じなのだ。誰もがわたしをノーマルな型にはめ込もうとするオブジェでしかない。ノーマルな時間割に合わせて、夜は寝て、日中は勉強するという通常の鋳型にわたしをはめ込むことの困難さに誰もが頭を抱える。

父は、自分を刑務所にぶち込んだ娘を恨み、母と義父は実父のおかげで頽廃的になってしまった娘に失望しきっている。わたしのひとつひとつの動作が無作法でどこかずれていて、どこにいても何をしても誰かに監視されているような脅迫観念につきまとわれる。わたしは父が締め殺した生きる屍でしかない。こんなわたしを可愛がってくれる人がいたら、猫のように体をすり寄せて行きたかった。すべてが嫌になる、頼れる人もいない……。

環境を変えるために母と義父は、わたしをジャン・マセ中学校から、彼らのアパートの近くにある中学校に転校させた。一月からはじまる二学期から中学三年生のクラスに入れられたが居心地は良くなかった。知っている友人がひとりもいないだけでなく、教師たち全員がわたしの問題に通じていた。裁判手続きなどで授業を欠席することもあると母が説明しておいたからだ。父親にレイプされつづけてきた娘……、わたしにはこのレッテルが貼られていた。

クラスの仲間ともうまくいかなかった。学期の中途から入ったわたしは孤立していた。わたしの心を暖めてくれた旧友たち、ヴァレリーやヴェロニック、そして誰よりも優しかったフランソワーズ、彼女たち全員が一夜にして消えてしまっている。はたして彼女らに代わる新しい友だちをつくる力がわたしにはあるのだろうか。

とくにフランソワーズのことを想うたびに心が引き裂かれるのだった。

彼女に会いに行くためにわたしは家出することを思い立った。メゾン・アルフォールの母の家から十キロ離れている、父のアパートのあるフォントネー・スボワまで歩いて行った。が、父の隣人フランソワーズのアパートに着いて間もなく母と義父がわたしを迎えに来たのだ。彼らの考えははっきりしていた。過去のページを閉じ、完全に忘れること、旧友たちにも会ってはいけないというのだ。

「イザベル、彼女たちはあんたの過去をよみがえらせるだけなのだ。いまはまったく新しい生活を送っているのだから、新しい目標に向かって進んでいかなくてはならないのだよ」

生活の指針……わたしにはそんなものがあるはずがない。必死で休養を欲しているわたしに、新しい生活にアダプトしろという。さらに辛いことは、一生懸命過去を忘れ去ろうとしているのに、予審判事がそれを再現するようにと要求するのである。

何カ月にもわたって調査がつづき、次から次に通知がくる判事による取り調べのために毎日が引き裂かれる。まず弁護士に会わなくてはならない。母が義父と相談して選んだ弁護士だった。前夫に裁判費用を支払わせるのなら、と母は躊躇《ちゅうちょ》せずに弁護士会最高の女性弁護士に白羽の矢を立てたのだった。

スターのように名高いこの弁護士が男性の支配する司法界でどれほど闘ってきたか、母はわたしに話して聞かせた。この弁護士は、とくに強姦事件や近親姦関係の裁判を専門としており、その分野では有名だった。弁護費用として、当時二万五千フランを支払ったが金額は問題ではなかった。彼女こそわたしになくてはならない弁護士だったのである。

スター並の弁護士との面談は短時間ですみ、わたしと母は彼女の協力者に託された。チーフ弁護士とはその後一度も会うことはないが、それはたいしたことではなく、この弁護士事務所に通うことをできるだけ早く終わりにしたかった。

予審判事による取り調べに出頭するのはまるで屠殺場に赴くのと同じで、その数日前から恐れおののいていた。ストレスでわたしが怖気づかないように、母は出頭日の前日にしかわたしに知らせなかった。尋問に答えるべきでない事項も前もって知らされていた。母は裁判のことについてはほとんど話さず、父がわたしにしたことについても話題にすることを避けていた。たぶんそれらについて語れば、わたしがさらに傷つけられるだろうと気遣っていたのだろう。

そして家族の誰もこの問題については感情を表に出そうとはしなかった。個人の問題や感情を害する話題はほとんどタブーになっていた。わたし自身、身体の中でとぐろを巻いている苦悶をぶちまけたところで気が楽になるとは思えなかった。第一、母にも心の内を話したことはめったにないのに、父に強制されて生きてきたわたしの人生を細々と司法官や精神分析医に語らなければならないのだ。わたしが望んでいることは、ただひとつ、口を閉ざしてすべてを忘れることなのに。予審判事に尋問される前の数日間は眼を閉じることもできず、当日は非常に苛立ち、怯えるのだった。

尋問を受けに行くときは、できるだけ良家の娘に見えるような身なりと化粧をして行った。そのために母はエレガントな洋服を購入してくれた。いつものジーンズに安っぽいセーター、どた靴は禁物だった。が、どう工夫しても父親による近親姦被害者を思わせる容貌にはなれなかった。しかし、良い家庭の上品な娘を装うようにと言われることは、頬に平手打ちを食らうのと同じだった。わたしは何ら咎められるようなことはしていないのに、「潔白であるかのように」見せるべきだというのだ。当時流行っていたコントラストを強調するような髪型は奇抜すぎると言って、弁護士が自然な髪型にするべきだと注意することもあった。

「まあ！　イザベルさん、そんな格好では予審判事に会わせることはできないわ、ピンで髪を留めるかしてなんとかしなきゃ……」

この弁護士の言うことをわたしが理解できないのを知っていながら、彼女が言うような髪型に変えれば良からぬ疑心を招かなくてすむと思っていたのだろう。わたしが父を放蕩の道に向かわせ、頽廃的なアバンチュールに誘ったのでは？　というとんでもない疑いをかけられないようにするためなのか。この二年間、父に犯されてきたことは事実であり、わたしはその被害者であることを証明しなければならない。そのためには外見的にもその痕跡がうかがえるようにしなければならないし、そのうえ社会がおとなしくて優しい少女に求めるイメージを装わなくてはならない。乱交パーティーにも引き回された少女なのに……。

上流社会に属する司法官らがはたして信じるだろうか。素顔のポニーテールの少女を父親がスワッピングの夜会に連れて行ったと想っているのだろうか。わたしはまるで、盗んだトラックをカモフラージュさせるために極彩色に塗り変えるように派手なメイクアップをほどこし、セクシーなラメ入りのボディースーツにレーシーパンティストッキングで固めた売春婦姿で男たちの相手をしていたのだ。それらの痕跡は一夜にして消えるものではない。いまのわたしは父がつくり上げた売春少女になってしまっているのだ。

それなのに、予審判事の前に出頭するときには、体に沁み込んだ過去を隠蔽《いんぺい》して、通俗的な三面記事に書かれているような哀れな被害者少女の表情を装うべきだという。誰も、わたしという存在から、わたしが感じていることまで、すべてを真面目に理解しようともしない。またしてもわたしは存在していないのと同じだった。

おとなしい、優しい少女に扮して初めて予審判事のオフィスに入って行った。わたしは女性判事に数えきれない質問を浴びせられ、終わるころには心身ともにずたずたになっていた。誰と、何時、何処で、どのくらいの時間、どのような体位で、そのときわたしはどんな格好をしていたのか……まで説明しなければならない。判事は詳細を尋問しつづける。

これらの吐き気をもよおさせるシーンを言葉で再現することは耐えがたかった。それらをすべて記憶の深奥に埋もれさせようとしてきたのに、この判事はわたしが二年間に交わした性交相手とのアポイトメントの詳細までも述べるようにと迫る。父がふたたびわたしとの関係を再開してからの期間はわりと簡単に復元できたのだが、乱交パーティーをくり返していた時期を説明するのはそう簡単ではない。

一九七九年七月十二日から十三日にかけての夜、そのときまだ幼かったわたしは数人の男たちにされていたことが破廉恥な淫行であることも知らず、その男たちが誰なのかも知らなかった。一晩で十五人もの男とセックスをさせられたうえに、彼らの住所や氏名まで手帳に記すなどという考えが浮かぶだろうか。父は几帳面にそうしていたのだが。

ある日、まる半日、判事は父の二冊の手帳に記されてあった乱交パーティー仲間のひとりひとりの名前を挙げては、わたしが覚えているか、何処で会ったのか、その人物の特徴を言えるかと、一枚一枚皮を剥いでいくように尋問しつづける。おそらくわたしは彼らのほとんどとセックスしているはずだが、彼らの身元は皆目わからない。ファーストネームでさえごちゃまぜになり、ミシェル・デュポン、知らない。パトリック・デュランは？　あ、ウイ、たぶんその男は、金ぴかの調度品がいっぱい並んでいる豪勢なアパルトマンに住んでいて、父がときどきわたしを連れて行って会わせた相手かも……。ほとんどの名前については返事に窮し、何も答えられなかった。それでも判事は諦めない。

「ロベール・デュピュイは？　ロベール・デュピュイとは会いませんでしたか」

「わかりません」

セックスした相手の名前も覚えていないこと自体が恥ずかしかった。もし彼らの名前を言えたとしても、判事が信じてくれないのではと怖かった。判事はわざと架空の男の名前を挙げていたので、さらにわたしを困惑させていた。わたし自身のことが問題にされるたびに、判事を置き去りにして飛び出したくなるのだった。

「イザベルさん、結局全部で何人の男と寝たのですか？」　判事は叩き込むように訊きただす。

このとどめの一撃を食らっても、何も答えられない。蜘蛛の巣をかいくぐるようにわたしは思い出そうとする。わたしたちの家、仲間のアパルトマンでのスワッピング、ヌーディストのキャンプ、環状道路沿線をうろついている男たち……数えきれない。とても判事に告白する気にはなれず口を閉ざす。

「イザベルさん、重要なことなの、思い出してちょうだい」

概算すれば、少なくとも五百人の男女と寝たことになるだろう。毎週、毎週末、数十組のカップルを相手にしたことになる。乱交パーティーがくり返された一年の間だけでも、見知らない数百人の男女がわたしの体を獲物にしたシーンが眼に浮かび、そのたびに判事の厳しい視線が突き刺さるのだった。五百人……、判事にこの数字が信じられるだろうか。彼女が信じられる妥当な数を挙げたほうがよいと思い、

「五〇人くらいです」と言ってみた。

「被害者イザベル・オブリは、父親に頻繁にスワッピングや乱交パーティーに参加させられ約五〇人の男と関係をもたせられたと答えた」と予審判事は調書に書き込んだ。

わたしの証言の内容を確かめるために、判事はわたしをこの分野の「専門家」のもとに出頭させた。近親姦関係の訴訟では彼らの分析が重要な役割を果たすのだ。児童被害者の証言も、性犯罪容疑者の供述も、家宅捜索による押収品も、司法警官の細かい調査も、この種の裁判にはまだ不十分なのだ。医学アカデミーのお偉方が慎重に分析していき、真の証言と偽証を選り分ける必要があるのだ。

これらの偉い専門家たちのなかでまず精神科医に会いに行かねばならない。そこで母とパリの有名な精神病院にアポイントメントをとる。わたしのケースを担当する精神科医は、まずわたしが語ったことの信憑性と意識との関係を秤にかけるため、精神科病棟で問診を行なうという。

わたしたちが病棟の廊下を進んでいく途中、明るい色のパジャマを着た患者たちがわたしたちを取り巻いてあとに付いてくる。彼らは体をすり寄せて来たりし、わたしたちにおおいかぶさろうとする者もいて、小さな待合室にたどり着いたときやっとほっとする。看護婦がドアに鍵をかける。格子戸の後ろでは患者たちが壁に頭をぶつけ、その叫び声がわたしたちのいる部屋まで伝わってきた。

わたしのいるところは何なんだろう? 顔が火照ってきて、居心地が悪く息がつまるようだった。時間が経つにつれ恐怖心が高まっていく。母はわたしの気持ちを鎮めようとし、落ちついて座っているようにと言うが、不安は増すばかりだった。それにしても精神科医はどうしてこんなに待たせるのだろうか。気の狂った人たちといっしょにいさせられるということは、わたしが何かひどいことをしたからなのか、わたしがしたことはそれほどひどいことだったのか、どうして誰も説明してくれないのか。

一時間ほどして、待合室のひとつのドアが開いた。ドアの向こうには白衣姿の三人の医師が座っている。

「イザベル・オブリさん、あなたの番です」

医師たちはすでに一時間前からこの問診室に待機していたのだ、わたしたちを待たせておいたまま！　わざと？　わたしたちを何と思っているのだろうか、怒りがこみ上げてくる。わたしたちが問診室に入るや、ひとりは正面に、もうひとりはわたしの後ろに、三人目はわたしの横の椅子に座っている。わたしが彼らに飛びかかるのを防ぐかのような包囲態勢、まるでわたしを押しとどめて背中に焼印を押すべき動物であるかのように。正面に座っている医師が棒読み口調で言う。

「イザベル・オブリさんですね？　一九六五年四月十一日生まれ。ではお話しください」

この言葉に怒りが爆発する。わたしのことを何と思っているのだろうか、そんなに簡単に人生を語れると思っているのだろうか、わたしが生きてきた恐怖をくり返し何度も何度も語れというのか、初対面の彼らに、毎晩くり返された淫行を詳しく説明できると思っているのか。第一、精神病患者が集められているこの病院になぜわたしがいなければならないのか、医師たちは説明してくれるのだろうか。声を張り上げて言い返すほかなかった。

「わたしが生きてきたことをもう一度話すことなんてできません。わたしに関する調書は読みきれないほどありますから、それらに眼を通されればすべてわかります。もう我慢できません、一時間以上も待たされたあげくに、わたしがされてきたことをもう一度語れなんて！」

医師たちはすべてをメモしている。そのうちのひとりが立ち上がってわたしに近づき、耳もとにささやいた。

「イザベルさん、指を広げてみてください」

わたしがそのとおりにすると、

「爪をかじりますか?」

「ええ」

彼はそれをノートに書き込んだあと、わたしの血圧を調べた。それだけだった。全部で十分しかかからなかった。これだけの問診で精神科医たちはわたしの健康状態と、父親による近親姦が少女のわたしにもたらした影響について五ページにわたる報告書を作成した。

が、わたしに関する報告書は矛盾だらけだった。結論として、わたしが体験したことは、生活のなかではさほどの影響はもたらしてはいないが、精神的外傷はかなり深刻であり、どのように立ち直っていけるかが問題だという。彼らはわたしの気持ちなどはまったく問題にしようとはしていない。弁護士は別の精神科医に再鑑定を依頼した。

その手続きを待つ間、わたしはもうひとつの分野の専門家の手に引き渡された。婦人科医だった。わたしが何十人もの男たちとセックスしたと判事に述べたことの証拠が必要なのだ。行き先は八区のフォッシュ大通りにある婦人科医の診察室。診察にあたった医師はかなり高齢で、貧相なまでに痩せこけていたので、こちらのほうが気が滅入る。

「性交でしたか、それとも肛門性交でしたか」

「横になってください」

二分後、ひと言も言わずに医師はわたしの膣内を指でかき回したので、叫び声を上げるところだった。そのあと数時間後に、検査は一回では信用されないのか、もうひとりの婦人科医の診察を受けることになる。医師はまたもや男性だった。午前に同僚が行なった検診により膣内が出血していることがわかった。手荒な婦人科医が多いようだった。

そのあと弁護士が、婦人科医による診断結果を母に説明するのだが、内容からして三人で別室で話し合うのかと思っていたのだが、弁護士はクレテイユ地方裁判所のロビーで話そうという。判事の事務所を出るや、彼女は大きな声で歩きながらわたしの処女膜の検診の結果を話すのだ。わたしは弁護士が話すのを止めてくれるよう願っていたのだが、まるで軌道にのった印刷屋の輪転機さながらべらべらと微に入り細をうがって、空中に両手をかざし、ジェスチャーを交えながら性器の内部まで説明しようとする。

「いいですか、ここに膣があるとしますね、その上部に外子宮口があり、子宮けい管との間の水門の役を果たします。婦人科医によると、現在の状態からして、間違いなくイザベルさんは処女ではないということです」

この驚くべき事実を確認するために二人の婦人科医による検診が必要だったのか……呆れかえりながら弁護士の話に耳を傾ける。

「膣の壁がぼろぼろになっていますが、ところどころ……まだ残っています」

若い女性弁護士の口の中で医学用語がころがされ、裁判所のホールに鳴り響く。近くを通り過ぎる人びとは、解説付きの膣内散策の断片を楽しんでいるようだった。それなのにわたしは鉢に植えられた植物のように、そこにじっとしているほかない。弁護士と母は、まるでわたしの存在を忘れ去り、かまおうともしない。彼女らが話していることがどんなにかわたしを傷つけているかなどはおかまいなしに、わたしの子宮内の状態を聞こえよがしに話しつづける。きのうまでは父親の看板娘だったわたしを、いまは母親が世間の晒《さら》しものにしているのだった。

わたしは処女でないことが判明したわけだ。しかし取調べをつづける予審判事にはまだはっきりしない点があった。わたしと性交した男たちのひとりとして、わたしの年齢を考えなかったなんてありうるのかという疑問だった。

判事は、十二歳から十四歳までのわたしがどのような少女だったかを調べるために健康手帳とホームドクターからデータを入手したあと、調書用に鑑定写真家に全身の写真を撮ってもらうようにと命じた。鑑定写真家は写真を撮るアーティストとはいえ、わたしの性器の状態を診た手荒い婦人科医より賢いとは言えなかった。壁を背にしてわたしを立たせ、名前と調書番号が記された紙切れを両手に持たせられてポーズさせられた。映画でよく見るような、軽犯罪容疑者や殺人容疑者、マフィアなどが胸の前にもたさられるプレートと同じだった。ここではわたしも彼らと同じことをさせられ、真正面からフラッシュを浴びせられ、まるでわたしは犯罪容疑者のようだった。

しかし、これらすべてが父の弁護のためだったのだ。彼は、性的虐待から乱交パーティーまで全面的に自供したのだが、すべての責任は娘のイザベル・オブリにあると主張しつづけた。わたしが父の気を惹き、誘惑したというのだ。証拠は？　男たちに会うためにわたしがポルト・ドーフィンヌに誘ったのだという。家で父に犯される怖さから逃れるために、父の性的暴行を受けるよりは見ず知らずの男と寝たほうがましだったのだ。

そんなことはもうどうでもよかった。父の弁護士たちはわたしたちの家庭情況を逆手にとり、ルノー・オブリは無実であるということを前提にして、異常なエディプスコンプレックスに囚われた、フロイトの言う少女の欲動に応えたにすぎないとぬかすのだ。

「あなたが許したのでしょう?」

春のある朝、判事の事務所に座っていたとき、判事にこの質問をされた。わたしにはまったく理解できなかった。

「イザベルさん、お父さんがあなたと性交したとき、それを拒みましたか? 暴れましたか? いや、と言いましたか」

「いいえ」

十二歳の娘が愛するパパに強制されることを拒むことができるだろうか。父はわたしを彼のベッドに引き込んだとき、脅すような態度は見せず、殴りつけることもしなかった。彼は父であり、わたしが深く愛していると同時に恐れている父親なのだ。彼のさまざまな倒錯的欲情にわたしが応じるようになるまで時間をかけて条件づけてきたのだ。わたしが嫌がると、彼は機嫌を悪くし、神経を尖らせた。彼に抱かれるときの吐き気を覚える不快感をどうすることもできなかった。かといって父はわたしを犯すのに暴力をふるう必要もなかった。彼がわたしを殴りつけるだろうと知っていたので、それを避けるためには彼に従うほかなかったのだ。

刑法のなかで強姦とは、「暴力、脅迫、強制、不意打ちによって性器を挿入する」ことである。したがって刑法によれば、わたしは強姦されなかったことになり、「許したのだから」犯されたことにはならないのだ。このように弁護士に説明されたとき、わたしの怒りが爆発し、すべてをぶち壊してやりたかった。手の震えが止まらなかった。

そのとき、弁護士が最後のとどめを刺したのだ。わたしが六歳から九歳までの間に父がわたしの体を弄んだことは訴えられないのだという。すでに「時効」になっているからだ。「時効」とはどういうことなのか。

「性的虐待を訴えるには実際に犯された後、三年以内なのです。したがって遅くても九歳から三年後の十二歳になる前に警察に届け出るべきだったのです。もう遅すぎます」

もう何も聞くことはない、これがフランスの刑法なのだ。

日ごとに裁判の日が近づくにつれて、まるで流砂の中に足がのめり込んでいくようだった。精神科医らはわたしのことなどまったく問題にしておらず、婦人科医には痛い目に合わされるし……、わたしは存在していないのと同じだった。尋問がくり返されるにつれて、わたし自身が容疑の対象にされつつあるのだった。

えんえんとくり返される尋問や、わたしの鑑定写真、問診と検診報告書から、わたしにたいする疑いの部分がますます濃くなっていく。裁判所は、わたしに罪を着せようとしているようだった。父が強要したことをわたしが拒まなかったという罪、つまり父にされるままにしていたという罪、父に向かって「いや」と言わなかったから、わたしに罪があるのだという。罰せられるのはわたしの方なのだ。

父は釈放されれば、わたしが彼を告訴したことで必ずやわたしを殺すだろう。わたしは長くは生きられないのだ。昔の友人たち、フランソワーズやヴァレリー、ヴェロニックらももう助けてはくれないだろう。心を暖めてくれたこれらの友人たちとも会えないからだ。わたしの恋人、ジュリアンもわたしのことを忘れてしまっているだろう。耐えがたい孤独と哀しみに直面させられていた。

わたしが悲惨のどん底に突き落とされていたとき、弁護士が言うには、精神科医による再鑑定を受けなければならないという。もう一度？　気の狂った患者たちのいる病院で？　これから何人の精神科医の問診を受けなければならないというのか。わたしの言うことを信じられないのだろうか、判事が疑いを解くためにさらに何を調べる必要があるというのか、判事はすでに充分な証言と事情聴取も得ているというのに。

わたしはもうこれ以上は耐えられない。精根尽きて疲れ果てている。話す力もなく、その気にもなれず、食欲もなく、何もする気になれない。ひとつだけ意識にあったことは、苦しみから解放されることのみだった。この司法手続きというプロセスから抜け出したかった。嫌悪する自分の体を切り裂きたかった。あれほど忘れ去りたかったわたしの過去について、ふたたび話すなどということはしたくない。

どうすればいいのだろう。再鑑定を拒否したりすれば弁護士は憤るに違いない。家出？　母は、ミルクが沸騰するのを避けるときのようにわたしを見守っている……、悪夢はつづく……。ドイツ語のクラスで校内で一番嫌われている教師の顔を見つめながら、ふといい考えが頭に浮かんだ。すべての苦しみを解消するためには、自分を抹消することだった。わたしの苦悩もそれで消えてなくなるのだ。

ことは簡単だった。ひとつの考えが浮かんだのだから、次は実行に移すだけでいい。そうすれば手品のように苦しみも消えてなくなるだろう。わたしを摩滅させてきたこの苦悩から解放されることに興奮し、授業の終わるのが待ち遠しかった。

ベルが鳴るや、校舎から飛び出しアパートに向かって駈けて行った。まだ他の授業が残っていたがかまわない、自宅の薬箱だけが頭にあった。あるだけの薬を取り出して、ベッド脇の小テーブルの引出しにある睡眠薬も、死ねるのなら何でもかまわなかった。色付きの錠剤に、半透明のアンプル剤、丸薬、ゼラチン状のカプセルなどを、大きなコップに水を入れてガブッと飲み込んだ。これでおしまい……、底なしの深い眠りに落ちていく……。

「これでいい、すべてが終わる……」

この言葉を最後に、霧が濃くなっていく。永遠の眠りに入っていく……とわたしは自分に言い聞かせている。が、家庭薬はどれもたいした効き目はないようだった。なぜなら「夕飯よ」と母に起こされて、わたしは霧をかきわけるようにして食堂に向かって行った。わたしってなんてばかなんだろう、自殺することもできないなんて……。頭の中に綿が詰まっているようでいながら、できるだけ早く死んでしまいたいということだけははっきりしていた。生きているから苦しむのだ、もう耐えられない。いちばん辛いのは、法廷で被告席に座っている父を前にして証言する自分の姿……、証言しても誰にも信じてもらえないと思うだけで耐えられなかった。

この世に生き返ったことが悔しくて涙が止まらなかった。が、望みのかけらもないわけではなかった。食卓で義父ダヴィッドがサラダとステーキを皆に分け与えている間、ふとわたしは九階から下をのぞける居間の窓が眼に入った。立ち上がってバルコンの前まで行き、窓を開け、欄干に手を支えながら一方の脚をまたがわせ、もう片方の脚を宙に突き出そうとしたときだった。義父が駆け寄ってきてわたしを押さえ込み、頰に激しい往復ビンタを食らわせた。

「ほっといて！　死なせて！　死にたいのよ！」

死だけがわたしを救ってくれるのにダヴィッドはなぜ止めるのか！　わたしが死んで何が悪い！　死ぬ決意を阻まれたことへの怒りがこみ上げる。長い間、わたしを蝕んできた恐怖と心痛が衝突し合い、爆発した。ダヴィッドと母がわたしを押さえ込もうとするが、喉をかっ切られる羊のように暴れ狂った。暴れながら彼らを夢中に叩き返したが、自分自身に向かって叩いていた。

死にたい！　死なせて！　自分自身を打ちつづけ、体の各所を引っ掻き、首の皮膚にも爪がくい込み、指に血がはね返る。フォークをつかみ取って自分の手の甲に突き刺し、椅子に顔をぶつけて眼をつぶそうとし、壁に頭を打ちつづけるわたしをダヴィッドが床に押さえ込んだ。

救急医が着くや、かなりの量のバリウムを注射された。鎮静剤の効き目はたいして感じられなかったが、母が付き添って最寄りの病院に入院させられた。救急科に着いたとき、わたしは意識と無意識の間を彷徨いながら、壁が真っ白の大部屋に入れられた。看護婦が背を向けるや、わたしは手にするものは何でも引きちぎった。シーツと枕カバーも歯で噛み切ろうとした。「放っといてよ！」と看護婦に叫びながら、まわりにあるものを手当たり次第に投げつけた。

完全なブラックアウト。

意識を取り戻したときは、アパートの建物のエレベーターの中にいた。母がダヴィッドに何か言っているのが聞こえた。

「薬局に行って薬を買ってきてちょうだい」

母が言い終わる前に、わたしの自殺を阻んだ仕返しにダヴィッドに平手打ちを食らわせた。アパートに入るやわたしは浴室に直行し、浴槽がいっぱいになるまで湯を入れた。溺れ死にしようと思ったのだ。頭まで沈めて何度か息を止めてみたが、水を飲み込むだけで息を止めたままでいることはできなかった。死ぬことは難しい……。そのとき母が浴室に飛び込んできた。そのあと義父と母はわたしの両手をスカーフでベッドに結わえつけて、自傷行為に走らないようにした。わたしは枯れた大木のように深い眠りについたのだった。

眼が覚めたときもわたしはベッドにつながれたままだった。母は電化製品店に出勤し、掃除機とミキサーの販売促進キャンペーンで新製品のデモンストレーションで忙しかった。それでダヴィッドがわたしの看病をしていた。わたしは気が狂ったようにベッドの中で手足をばたつかせ、数センチ離れていた小テーブルの上に置いてあったクリスタルの重い灰皿を手にとって、それで頭を打ちつけようとしたが手が届かないので、必死に体をのばしてつかもうとした。そのときダヴィッドが手をわたしの頭にのせて、優しく、優しく髪の毛をなでてくれた。

「愛しい子、小さい可愛い子、気を鎮めて。ぼくがそばにいる、愛しているよ……」

彼はわたしを愛している。彼の手がゆっくりとわたしの首、そして肩のほうに向かってなでていく。彼の優しい言葉で気持ちが落ちつく。耳に優しく響くささやき声は心地良かった。彼の優しさ、安らぎと安心感が奏でるメロディが、傷つき、恐怖で震えているわたしの心を慰めてくれる。やっとわたしの苦しみを抱きしめ封じ込めてくれる人が現れたのだ。

そのうちに彼の抱擁にすこしずつ力が込められ、わたしの胸へ、腰のあたりへと手がのびはじめていく。わたしは鎮静剤の余波で半分無意識のなかで無言のままでいた。わたしの手がまだスカーフでベッドに結わえつけられているのにもかかわらずに、ダヴィッドがベッドに腰かけながら服を脱ぎはじめたのだ。わたしは彼の優しさを必要としていたので、優しさをそそいでくれたこの男のなすがままにしていた。嫌悪感も快感も感じなかった。彼がわたしを愛し、わたしの回復を願っている、彼を拒む必要はない……彼の欲望を受け入れた。こうして普通の生活にもどっていく……。

夕方仕事から戻ってきた母には何も感づかれなかった。何も言う必要もなかったのでわたしも黙っていた。新たにひとりの男と秘事をもつことになるのだが、わたしはそういうことには慣れていた。

わたしの自殺未遂以来、弁護士はわたしをカウンセラーに会いに行かせるようにと義父にすすめた。予審判事に、わたしが深い精神的外傷を負っていることを証明するためでもあった。

「イザベルさん、カウンセラーに会いに行きなさい」

弁護士もわたしに助言し、カウンセラーの住所まで教えてくれた。

どうしてカウンセラーに会う必要があるのかわからなかった。調書のうえでそのほうが有利になるくらいはわかっていたが。母は働いていたので、わたしひとりででかけて行った。

廊下で待っていると肥満体の女性が呼びに来て問診室に導いて行った。女医はそこから三メートルくらい離れたところにいるので、彼女の質問を聞き分けるには耳を澄まさなければならない。口にするのもはばかれるような無神経な質問が次つぎに投じられるのだが、わたしは会ったこともないこのカウンセラーの質問に答えるのを拒んだ。彼女は判事から費用を支払われているのだろうか。わたしが語ることを他者に伝えたり、裁判での証言に使ったりするのだろうか。彼女が何者であるのか、どうしてわたしが会いに来なければならないのか、わたしにとってどういう利点が加わるのか、いかなる権限のもとに彼女は介入できるのか、わたしの語ることを秘密事項として保管するのか……。

わたしはなぜ彼女の問診室にいるのかわからなくなり口を閉ざした。半時間ほどそのまま沈黙しつづけた。彼女は懸命に誘導質問をしていくが効果なかった。そのあと何度か女医の問診室に足を運んだが、黙ったままハエが飛ぶ羽音を聞くのにはうんざりし質問してみた。

「これからもここに来なければならないのですか」

「いいえ」。カウンセラーはわたしの眼を見つめて穏やかな声で答えた。

わたしは廊下で太った看護婦に挨拶をして去った。それ以来、そこには一度たりとも戻らなかった。彼女との一対一の問診がわたしの病を癒してくれるとは一度も思ってもみなかった。いままでわたしのために誰ひとりとして関心を寄せることも、耳を傾けることもなかったのだから、彼女がわたしを助けられるなんて思わなかった。彼女も誰もわたしがカウンセラーに会う必要性を説明してはくれなかった。彼女に話すことは、もしかしたらわたしの気を休めるためなのだろうか。

裁判のはじまる前のこの時期、わたしは過食症と拒食症をくり返していた。三日間、何も口に入れずにいたあと、冷蔵庫に入っているものを平らげたあと密かにトイレに行っては全部吐き出していた。高校ではやっと生きている感じだった。授業には出ていたがついていけなかった。何人かの友人がいたが彼女らの話も耳に入らず興味も湧かなかった。話に加わっても的外れだった。まるで幽霊のように、空になった紙袋のようだった。

が、その反動となって激しい衝動がこみ上げてくる。がつがつむさぼり食う過食症や、自分を痛めつけたい自傷癖、ニコチンに浸りたい欲求……などが襲ってくるのだった。毎日タバコは二箱ずつ吸い、夜の間中、首のあたりを爪で引っ掻きつづけた。はじめると止まらず爪跡が肌に食い込んでいくのが感じられた。痛みを感じるのは生きている証拠だった。わたしを痛めつづけた父はもういないから、わたし自身がマゾヒスト的行為を引き継いでいるのだった。

「イザベルさん、あなたはお父さんを愛していますか」精神分析医が質問した。

もちろん、わたしは父を愛している。誰よりも父を愛している。わたしの父であるから彼を愛しているし、彼もわたしを愛している。彼は歴史もドイツ語も哲学も美術も理解している教養のある父親だ。彼の抱擁は、彼がわたしに寄せる愛情の表し方なのだ。

わたしは父を愛しているけれど、彼がわたしに押しつけてきた性行為にはもう我慢ならない、もう終わりにしたい。父を愛しているのと同時に恐れ、嫌悪していたから刑務所に彼を追いやったのだ。彼がずーと拘禁されるためならわたしは何でもする。彼が出所したらきっとわたしを殺すまで殴りつづけ、自分の手で殺すだろう。父の顔をふたたび見ることの怖さに加えて、父は、自分をブタ箱に追いやった娘を憎んでいるにちがいない……と考えるだけで心身が焼かれるようだった。こうした恐怖のなかで悶々としていた時期に判事に呼び出され、被害者と容疑者同士の対質尋問が行なわれた。

あとでわかったのは、それは父ルノー・オブリと娘との対質尋問ではなく、わたしたち二人がひとりの参考人に会うためだった。判事の取調べ室に入って行くと、すこし頭が禿げかかった四十代の男が座っている。漠然とだが何となくどこかで会ったことのある男だが、どこで、いつだったのか……謎！

判事はわたしを見すえながら、この男は、わたしが乱交パーティーに行きはじめた初期のころにわたしとセックスしたという。そう、二年前のことだ、思い出す……、彼の妻の甘みがかった香水、疲れきった絨毯、この男がソファの上でわたしの体をなでまわしているときに、彼の金髪の妻と父が寝室から居間に出てきたのだ。やっと思い出した。

しかしわたしが十三歳のとき、確かにこの男と寝たかどうかは思い出せない。父はどうにかしてこの男をも容疑者のひとりにしてしまいたいのだろう。彼ひとりではなくこの男にも未成年者への性犯罪の疑いを着せられれば、近親姦容疑者としての罪が軽くなるのだ。

しかし、わたしは父が刑務所から出てきて欲しくない、出所したらどうなるか……あまりにも怖い。ここでは嘘をつくほかない。このハゲ男の嫌疑を晴らしてやるのだ。判事と書記に向かって、彼とわたしとの間には何もなかったし、性交渉もなかったと証言した。

そのとき父の顔に怒りと落胆の表情がにじみ出ていた。部屋の片隅に座っていた父が体をのり出してわたしの眼を凝視する。彼の鋭い視線がわたしを震え上がらせる。それを感じとった判事は間をおかずに注意した。

「オブリ容疑者、すこし離れていてください。娘さんを直視することを禁じます」

いままで父がこれほど厳しく誰かにグウの音も出なくさせられたのを見たことはない。わたしはいくらか安心し、わたしの虚言により父に最低三十年の懲役刑を科せられるのを内心願っていた。これについては誰もわたしが間違っているとは言わないだろう。はたして母も同じ考えだった。

「最も重い懲役刑を受けるに間違いないわ。罪科があまりにも重いのだから、彼が娘にした狂気の犯行をどうやって弁明できるというの」

ある日、母は弁護士と電話で話したあと興奮ぎみに話していた。もう疑いの余地はなかった。わたしたちはそう信じていたのだが、弁護士は確信をもっていなかった。

わたしは最初に会わせられた精神分析医たちを追っ払い、その次の精神分析医も同様に、彼の問診室には足も踏み入れなかった。それからは元気を取り戻した。しかし、わたしは医師たちの前では鼻をすすり涙を流し、長い間、父から受けてきた性暴力の跡が血の色となってわたしの顔ににじみ出ていなければならないのだ。なのにわたしは虚空に眼を漂わせながらタバコを吸いつづけている。体内がこなごなに砕けてしまっているのに外見には何も現れない。それはわたしが小さいときから母が仕付けたことで、叱られたりすると他のことを考えるようになっていたからだった。

弁護士が判事に言うには、わたしは「超然とし」、「苦しみをマスクでおおっている」のだという。しかしもっと厄介なことは、わたしの態度の問題ではなく、わたしが一度も父に向かって「いやだ」と言わなかったことだった。それがいちばんの難点であり、弱みだった。

弁護士によると、フランスでは軽い性犯罪は軽罪裁判所で裁かれるのだが、重い性犯罪や強姦罪は市民からなる陪審員が判決を下す重罪院で裁かれるのだという。不思議に思ったのは、弁護士は父を重罪院ではなく軽罪裁判所で裁かれるべきだと助言したことだ。なぜなのか理解できなかった。父は真の犯罪人ではないのか。日常的にわたしにしたレイプや乱交パーティーについて彼自身がすべて自白しているではないか。わたしが間違っているのだろうか。

「ええ、イザベルさん、重罪院では市民である陪審員たちがあなたの父親を娘にたいする強姦罪で裁くわけです。でも予審判事に、あなたは父親と性交したとき、一度も脅迫されたり暴行を加えられたりしなかったと証言したでしょう。陪審員たちは司法の専門家ではないので、あなたが父と寝ることに同意していたのだと解釈し、強姦されなかったと判断するでしょう……」

その点はわからないでもない。父の自白やわたしについての精神分析の結果にもかかわらず、父とセックスすることをわたしが望んだのだと考える頭の弱い人がいるかもしれないのだ。

ここでわかったのは、刑法はわたしのような被害者は無視するということだった。強姦とはあくまでも被害者が殴られるかナイフを突きつけられるかして、強制的に性交された場合に限られるということだ。心理的な脅迫は、刑法には存在しないのである。父親の強要にたいしてわたしは「いや」と言わなかったのだから、重罪院で裁判がなされるのなら、弁護士は軽罪裁判所の場合以上に弁論戦術を練る必要があるのだ。したがって重罪院での判決では、父は自供しているにもかかわらず、軽い刑罰、あるいは処罰も受けずに釈放される可能性もあるのだ。そうなると、強姦と近親姦問題を専門とする弁護士には敗北を意味し職業的評判にもかかわるのだ。

第一、わたしを担当する弁護士は重罪院での弁護資格はなく、彼女の上司だけが弁護できるのだ。軽罪裁判所でこと速やかに裁判が行なわれれば、誰にとっても好都合なのである。わたしが受けた性暴力容疑は軽く扱われ、二年間父親に性的虐待を受けてきたことなどはたいした問題ではなくなるのだ。誰にたいしても迷惑をかけずに、とにかく裁判が行なわれたことだけに意味があるのだ。

「よく考えてみてください、イザベルさん、もし重罪院で裁かれれば、陪審員らはあなたに反感を覚え、お父さんは釈放される可能性もあるのです……」。弁護士はわたしを説得しようとする。

釈放？　わたしを説得するのにはそれ以上話す必要はなかった。父が重罪院で無罪放免となり釈放されれば、数週間後には必ずわたしに仕返しをするだろう。わたしは弁護士にすすめられたとおり軽罪裁判所による裁判を選んだのだった。

拘置所の中で父は小躍りしたにちがいない。重罪院で未成年者強姦罪が確定すれば二十年の懲役刑になるのに、軽罪裁判所でなら長くても十年くらいが相場だからだ。そして父は娘への「強姦罪」容疑者としてではなく「強制猥褻《わいせつ》罪」の軽犯罪容疑者として裁かれるのである。わたしの一生を踏みにじった父は、犬のひき殺しや鶏泥棒と同じような扱いで被告席に立つのである。しかしわたしがいちばん望んでいるのは、父が刑務所にできるだけ長く留まることだった。最終的には、わたしは自分が生きた地獄を裁判で認めさせることもできずに、父による被害が矮小化されることによって、父にたいへんなプレゼントを贈ることになる。

裁判の日、法廷は黒い法服を着た司法官たちでいっぱいだった。未成年捜査班から風紀取締警察、司法警察までが関わった裁判として、十人ほどの弁護士が出席していた。この裁判は傍聴禁止となったので傍聴人らは外部に出された。検事と二人の判事、そしてわたしたちが前列に座っている。法廷に父が入廷した。

痩せ細った父は、茫然自失の容貌を完璧に演じている。すり切れた黄色いコーデュロイのズボンをはき、形の崩れたセーター、ネクタイなしで頭を下げて、容疑者としてうってつけのしょげきった表情をしている。わたしは小さな葉っぱのように震えている。あまりの怖さに耐えきれず、弁護士にどうか証言台に立たなくてすむようにと頼んだ。

起訴項目の陳述を聞きながら頭ががんがんするほど耳鳴りがし、判事が陳述する言葉も耳に入らなかった。次に被告である父に発言が許された。検察長が求刑を述べたあと、弁護士が立ち上がった。わたしは何も聞こえない。頭から離れないのはあの証言台だ。そこに立って証言せよと言われないように……、静かにしておいて欲しい……そればかり考え、気をもんでいたのだが誰もそんなことは要求しなかった。

いよいよ父の主任弁護士が弁論をはじめた。長い、長い弁論がつづく。荘厳な表情をし、両手で小刻みにゼスチャーを交え、口角がやや両サイドに下がり気味の口からは、いちばん重要な真実が飛び出してくるように思えた。

ひとつだけ理解できたのは、このえらい弁護士は、すべてをわたしの背に負わせようとしていることだった。ルノー・オブリを誘惑したのはわたしであり、彼を挑発したのもわたしで、わたしが彼を欲したのであり、ポルト・ドーフィンヌに誘ったのもわたし、すべてわたしのせいなのだ。わたしの衝動が常軌を逸したのだという。そう、わたしの強いエディプスコンプレックスがそうさせたのであり、満たされない愛の欲求がそうさせたのだと弁じる。それに対して優しくて気の弱い父は娘の欲動に応えてあげただけで、彼に責任はない、あったとしてもわずかでしかない。

これらすべてが嘘、欺瞞のフレーズ、あまりにも卑怯な言葉のひとつひとつにわたしは耐えられなかった。なんという仮面劇！　そこにいる被告、父は打たれた犬ころのように座っている！　裁判官が真実を知ってさえいたなら！　わたしは立ち上がってドアの方に駈けて行って法廷から飛び出した。ホールでタバコを吸いながら判決が下るのを待った。十五分ほどしてわたしの弁護士と母が出てきた。

「懲役六年と二万五千フランの損害賠償金とそれに対する利子よ」と、母が判決を知らせた。

このときわたしは十五歳、それまでの二年間、父はわたしを犯しつづけたうえ、毎週数十人の男たちにわたしの体を提供し、乱交パーティーにも連れて行った。それなのに彼には最高の懲役刑は科せられず、その半分以下にも満たないとは……。

さらにひどいのは、ルノー・オブリは情状酌量のおかげで四年後に出所したのだった。

7章　地獄のあともうひとつの地獄

わたしの少女時代は二つの粉砕機によって砕かれてきた。ひとつは父による近親姦によって、もうひとつは司法機関による粉砕だった。

娘を二年間地獄に突き落とした未成年者性犯罪によりルノー・オブリに六年の禁固刑が下った。が、わたしに性行為を強要した男たちはひとりも罰せられなかった。唯一、病院のインターンのアパートで乱交パーティーがくり広げられたとき、わたしが意識を失い、容態を診たあとでわたしとセックスしたそのインターンには、わたしが未成年者であることを知りながら犯した科で二年の懲役刑が下った。

あのとき十四歳だったわたしはまだ初潮を迎えていなかった。婦人科のどんな医学生でも、診察すればわたしが少女だったことくらいはわかっていたはずなのだ。十数人の男たちは何の罪にも問われず、わたしがただ一回だけ寝たこのインターンに二年の禁固刑、父にはそれより四年多いたったの六年……。

罪状に見合った刑罰を科すという罪罰均衡原則にそっていないこの判決には合点がいかなかった。娘を犯しつづけた父親には、もっと刑が重くていいはずなのに、父は情状酌量の理由で刑期より早く釈放されるとは、何というからくり！　裁判所は彼にたいして如何なる減刑の理由を見出したのか。ミステリーそのもの！　司法官らがそう決定した動機も理由も説明されてはいなかった。これには母も、弁護士も、わたしも推測するほかなかった。たぶん裁判官たちは、父の弁護士の言う、父を挑発したのはわたしだという、巧みに歪曲された弁舌に呑まれてしまったのか。わたしが父を誘惑し、故意に刺激を与えたというのか。司法官らが一度でも肉親に性交を強制されたことがあるなら、それがどんなものであるかわかるはずなのに……。

「扇情的な少女ということ？」

母はわたしの子供時代の写真の貼ってあるアルバムをめくりながら呟《つぶや》く。

シャイで人見知りする十歳の少女……垂れ下がる前髪の間から寂しそうな眼差しをのぞかせている。

訴訟は終わった。が、母の怒りは収まらなかった。わたしには話さないが、裁判の数週間後、母が電話で弁護士に抗議しているのが聞こえることがあった。もはや自分がひとりぼっちではないことに勇気づけられるのだが、母の喧嘩腰の態度は鼻についたものの、やっと気が落ちついたのだった。

もう判事の尋問を受けることも、精神科医に会いに行くことも必要ないのだ。身も心もくたくたになっていた。司法手続きがつづいた長期間の間、わたしが生きてきた悪夢を反芻しては、自分に罪が着せられるのではないかと恐れながら泥沼の中を泳ぎつづけてきた。やっといま、忌わしい過去にふたをし、生きることを考えなければならない。なぜなら父は釈放されるや、わたしが告発したことにたいして復讐するだろう。出所すれば必ず彼は、生ける屍であるわたしを抹殺するだろう。

裁判が終わったあと、自分の過去に麻酔をかけ、頭脳の中で御しがたいタコの足のようにのたくり回る醜悪な記憶を戸棚の中に閉じ込め、苦悩を見えないところに追いやったのだった。

自分が生きたことをふり返るや全身に鋭い痛みが走る。そのためにすべての思い出と感情をもみ消さなければならなかった。生きていると感じるためには徹底的に生きる必要があった。そのために過食症になり、猛烈に空腹を感じては手当り次第に呑み込み、数分後にすべてを吐き出した。

あまりにも長い間、父親に痛めつけられていたために、わたしは自由に飢え、すべてを忘れ去ることしか望んでいなかった。苦しみはスポーツによってかなり解消される。裁判と悲惨な思い出をスポーツのなかに溺れさせてしまいたかった。そのためには小時間ではだめで、毎週数時間のジムのほかにダンスやサイクリング、空手、競走、どれも毎日最低一時間は費やした。が、苦悩を忘れるためにはスポーツだけでは充分ではなかった。父は毎日の時間の割りふりやわたしの体の使い方まで規定していた。その限界以上にまで父に飼育されていたわたしは、逆に手に負えない少女になっていた。

夏のバカンス中、母はわたしをモルバン地方のコロニー、林間学校に送り込んだのだが、現地に着くや、わたしは指導員たちにとっておぞましい存在となった。初日からわたしはキャンピング場のいちばん奥にあるシャワー室に入ったまま出てこなかった。同室の仲間たちとおとなしい男子生徒たちとすれ違うや彼らをシャワー室まで付き合わせて、髪を洗うまねをしたあとテラスではポルトーやパスティスをがぶ飲みした。こうして初日から多量のアルコール飲酒による昏睡状態に陥る。コロニーの責任者は即刻、わたしに帰宅命令を出すところだったが諦めたようだった。そのあとにつづく二週間はさらに荒廃していった。わたしはマリファナに浸り、無断で外出し、アルコール飲料をがぶ飲みしていた。さらにはウィンドサーフィンのコーチと寝たのだった。

「すごいな、あんたの歳にしてはよく知ってるじゃないか」

十八歳の若い指導員はわたしがやってみせたセックスのノウハウにびっくりしていたようだった。わたしは彼より三歳しか年下でないが、この点についてはそんじょそこらのセックスパートナーではない。ひらひらしたセクシー満点のランジェリーを着て淫《みだ》らないたずらごっこをし、卑猥《ひわい》な手つきで相手の体をなでまわし、エクスタシーに達したことをわからせるための呻《うめ》き声、それらは男たちの情欲を刺激しさらに恍惚とさせた。わたしはそれらのテクニックをすべて心得ていた。父に修得させられたので、それらをうまく演じることもできた。ひとつのポルノっぽいメロディを奏でているように見せるのだが、わたしには味も素っ気もなかった。ただただ早く終わらせたい一心。これらの茶番をとおして、わたしがいちばん欲していたのは、そのあとに感じるもの、いくばくかの暖かみだった。愛を欲していたから、いくらかでもそれを感じられればどこででも誰とでも良かった。

ウィンドサーフィンの可愛いコーチとのサマーロマンスは、コロニーの責任者にはよく思われなかった。義父も腹を立てていた。わたしが家に帰るや、わたしの小さな脳みそに、あれしちゃいけない、これしちゃいけない、とえんえんと注意しつづけた。

ダヴィッドときたら自分を何と思っているのだろう！　教育、品行、義務などについてさんざん説教をたれたあげく、妻の姿が見えなくなるとすぐにわたしの体に手を出した。ある晩などは、妻が寝ているベッドの中でわたしとセックスしたのだ。彼女には何も聞こえず、何も眼に入らず、何も感じられず、びくともしない。そのそばでわたしは苦しみあえぐ。苦しみを押しつぶそうとする沈黙がわたしを絞め殺そうとする。

母に話すべきなのか。いままで彼女は一度もわたしの話を聞いてくれようともしなかった。母はあまりにも忙しく、仕事に追いまわされていたから、一度たりともわたしに気を配ることはしなかった。今回も同様、わたしは自分の悩みを母に話すこともできず、母は娘に手を差しのべてはくれなかった。

家では近親姦については誰も話題にしなかった。裁判中でさえ、その話題は誰もがペストのように避けていた。しかし裁判が終わったいま、中世時代に拷問に使われた鉛のマントを着せられたかのように誰もが無言を強いられているようだった。

祖母のオーギュスティーヌはわたしたちの家に住んでいるが病身なので、この惨めな裁判劇からは遠ざけられていた。すでに二カ所にガンが転移しているばかりか、心筋梗塞も患っており、たびたび彼女は低い声で「死にたい……」ともらしていた。わたしは祖母を見つめながら、彼女の腕のなかで丸くなりたいと思いながら自分を抑えていた。優しい頬ずりなどは祖母からもらうことも、こちらからしてあげることももうできなかった。祖母に愛された少女時代はずいぶん昔のことだった。家族のなかでいちばん好きだった祖母ともいまはほとんど話すこともない。彼女は衰弱しているうえ、わたしはもはや自分が生きた地獄などについては話したくもないし、話すこともできない。

近親姦というフランス社会のタブーのなかのタブーが、自然にわたしと家族との間に虚偽の無関心という溝をつくっていた。互いにきまり悪さと面子を保つための沈黙が支配していた。九歳になった妹も、わたしに何が起こったのか知らない。彼女も実父とはもう会うことができないのだが、その理由を誰も説明していない。家族の誰ひとりとして、それについて話そうとする者はいなかった。

「人生とは、小石のようにすべすべしてなくてはならないの」

これが母の哲学だった。悩みごとが豪雨のように降りかかってきても、溺れないように頭だけはのけぞらせていなければならないのだ。彼女の前夫ルノー・オブリが恋人を家に連れてきたときも、世間を前にして鎮座している大理石のようにびくともしなかった。夫が殴ってできたあざをカモフラージュするようにメイクアップを濃くし、顧客や隣人、家族にもわからないようにしていた。

夫が恋人と駆け落ちしたときは、スーツケースに衣類を詰め込んで彼女の方が家を出て行った。父娘の近親姦についても同じだった。自分の尊厳を保ち、世間体を守るために、隣人は何と言うだろうかという懸念も封じ込め、何もなかったかのように母は暮らしつづけた。

母の無関心と冷たさは、わたしにとって何よりも屈辱だった。母がわたしに話しかけてくれたなら……、わたしの体内で渦巻く苦しみと憎しみを知ってくれたなら！　何でもいいからわたしに話しかけてほしい……、母に愛されたい、もっと優しく……、母の沈黙がつづけばつづくほど、さらに強い怒りが体内にとぐろを巻く。親に愛されなければそれだけ愛しにくい娘になっていき、アグレッシブになり、頑になり、おぞましい存在になっていく。わたしが引き起こす混乱を母はまるでスポンジで拭きとるかのように、さっぱりした出立ちで毎朝出勤する。母の頭の中には、わたしは存在していなかった。

母の冷酷さにたいし、わたしは自分の体で仕返ししようとした。彼女の二番目の夫と性交をくり返したあげく、ついに妊娠してしまったのだ。朝方わたしがトイレで吐いているのを見て、母が最初にそれに気づいたのだった。わたしは何も感じず、外見にも気を遣っていたし、自分の体内で起きていることなどは気にもしていなかった。母は妊娠中絶のため社会福祉課にわたしを連れて行った。二人の女性職員の前でわたしは、ある男友だちと寝たために妊娠してしまったと、ダヴィッドが前もってわたしに吹き込んでおいたことを述べた。職員はそれ以上のことは訊かずに、病院に堕胎手術の手続きをとってくれた。この日はわたしの十六歳の誕生日だった。そのあと母は何もなかったかのように掃除機を販売しに店に戻って行った。

いまも母は母親としての任務を果たそうとし、娘の住居を保証し、食べさせてくれて、高価な衣服も買ってくれて、美容室での代金も払ってくれて、医療費も負担してくれる。娘がきれいで、おとなしく、上品な身なりをし、育ちが良い娘であることを願っている。それなのにわたしは彼女の描くきれいな家族の図を台無しにしようとしている。母は絶望的になっている。

ある日、街を歩いているわたしを見ながら言った。

「あんたは挑発的すぎるわ」

わたしはこの言葉にひどく傷つけられる。

「イザベル、きみの生活ぶりは不道徳そのものだ」

家族との口論のあと、これが義父が吐いた文句だった。わたしは彼との関係をこれで終わりにし、彼にひじてつを食らわせた。実父が刑務所で服役しているかぎり危険もなくなったいま、保護者役を演じる義父もいらなくなったからだ。

わたしは自由と自立の味がわかりはじめていたから、ルノー・オブリにたんまり痛めつけられた、かつての威圧的で狡猾な育て方などはもうごめんだった。義父はもはやわたしの体に手をまわさなくなったが、夜間の外出を禁じつづけていた。そしてわたしがウィンドサーフィンのコーチにラブレターを送ることに怒り、書くことも禁じたかと思うと、わたしの日記も盗み読みするようになり、わたしを部屋に閉じ込めるのだった。わたしはそれに耐えられず、叫びつづけ、荒れ狂った。義父との関係はますます険悪になっていき、互いに罵り合うまでになっていた。彼に言わせると、わたしは図々しすぎるという。彼こそいまでわたしの体を自由に利用してきたくせに、いまではわたしをいまいましそうに見下すのである。

結局、実父が勝ったのだ。裁判はわたしの無実を疑っていたし、母も義父もさらにそれに輪をかけて、わたしが「挑発的」であり、「不道徳」であり、手に負えない娘だと罵る。そういう娘につくりあげたのは父なのに！　それでもまだ足りず、わたしの生きた過去は自業自得だと言い、祖父もそう信じているようだった。

祖父は昔、公園でクリケットをしてわたしと遊んでくれたり、木工細工の削り方も手をとって教えてくれた優しいおじいちゃん……。孫娘がどんな地獄を生きてきたのかまるで知らない祖父は、自分の息子がどんなに卑劣な人間であるか信じられないのだ。しかし息子が孫娘を犯し、乱交パーティーにも連れて行き、数十人の男たちとのセックスを強要した未成年者性犯罪者として宣告された重罪判決を突きつけられて、祖父はどうしていいのかわからないのだ。自分が生み育てた息子が性的倒錯者であることを認めないために、もうひとつのストーリーを考え出そうとする。そう、スキャンダルを生み出した者に責任を着せること、つまりわたしに。

ある日、わたしは喉が締めつけられる思いで、父と暮らしたアパートに自分のものを取りに行ったときだった。彼が息子ルノーに宛てて書いた手紙が眼に入ったのだ。彼は刑務所に転送されると思ったのだろう、薄い紙にのたくるような字で書かれた文章に眼を走らせるや、ひとつひとつの言葉が眼に突き刺さってきた。

「このチビ売女に憤慨している……」

チビ売女とはわたしのこと。

「……おまえを牢獄に送り込んだあばずれチビ公は、天国なんかに行けるもんか」

あばずれチビ公とはわたしのこと。

裁判が処罰したのは父なのに、家族にとって犯罪者はわたしなのである。あまりにも可愛くて、軽薄で、常軌を逸し、頼るものもなく道に迷ったがために罪を着せられる。祖父にとって、理想的な家庭のロマンを破壊させた張本人はわたしなのである。

警察官たちは事情聴取のためにブルターニュの故郷、フィニステールに住む家族まで取り調べたのだった。容疑者ルノー・オブリとはどんな人間なのか、故郷の隣人から従妹たち、親戚まで聴取し、引出しという引出しをすべてかき回して証拠品を押収し、調べ上げたあげく、裁判官は祖父の次男を有罪とし、禁固刑六年の判決を下したのだった。

人口八千人のポンラベ市は町ごとひっくり返ったような騒ぎだった。祖母は痴呆症が進んでいたので、このスキャンダル事件については何も知らされなかった。しかし独学で事業家となり、大地主で町の名士だった祖父の経歴に新しい一行、「性的倒錯者の父親」という肩書きが加えられたのだった。

商店街連盟の元会長ルネ・オブリの引退後にこの巨大な恥をかかせたのはわたしなのである。祖父は息子を許しても、彼の顔に泥をぬった孫娘を許すことはできず、良心の呵責もなく容赦なく孫娘に責任を負わせたのだった。父親にわたしの子供時代が台無しにされたうえ、祖父の卑怯な態度を見せつけられては、わたしの傷ついた過去は生涯癒されることはないだろう。

祖母が亡くなったあと、彼女を追うようにして死んでいった祖父の死は、自殺によるものだったようだ。

「〈真理への意志。すべての哲学者は、かの名高き誠実について畏敬の念をもって語ってきた。この真理への意志は、これまでわれらに何という問題を提出したことであろう！〉（『哲学者の偏見について』竹山道雄訳）

ニーチェの著作『善悪の彼岸』のこの抜粋について解説せよ」

バカロレア（大学進学資格取得試験）受験者にとってこの文章ほど解説しやすい問題はないだろう。哲学の試験でわたしは二十点満点中、十七点を得た。哲学は得意な学科だったが、中学時代には机の上で居眠りしていたおかげで他の科目の落第点をなかなか挽回できなかった。

当時、クラスの授業は、父の家政婦かつ妻の役をつとめさせられていたわたし、イザベル・オブリの耳を素通りして進められていた。学ぶことと読書すること、考えることに没頭することが好きだったので、ユゴーやバルザック、ゾラなどを読むことには熱中したものの、乱交パーティーで過ごす夜の生活がつづくなかで、最悪の成績を挽回するには無我夢中で勉強しなければならなかった。

高校ではとくに数学で苦しみながらも、ひとつの執念があった。それは学業を成功させること、バカロレアに合格すること、父にも義父にも依存しないために完全に自立すること！　幾何学とドイツ語の個人授業を受けたが、科学の点数があまりにも悪かったため高校三年の進路決定のとき、わたしは「秘書コース」に回されたのだった。以前から経済学コースに進みたかったのだが、残念ながら叶わなかった。

バカロレアに合格したあと、高等商業専門学校の入試には全部失敗、ひとつだけアメリカ式入学試験を誇る専門学校に入ることができた。試験とは、一般教養とモーチベーション、個性、外国語……くらいだったので、なんとか、すれすれの得点で入学できたのだった。これで学業をつづけられる。できるならジャーナリズムまたは士官学校にでも進みたかったが、バカロレアのあと二年のコースで我慢せねばならなかった。

わたしが必死になって学業の遅れを取り戻すために苦労しているのに、父は刑務所の中で、悠々と大学の何種類かの科目の免状、ディプロムを取得してしまっている。パリ郊外にあるフレーヌ刑務所で服役しながら司法官資格（法科適格証。法学部二年間の勉学だけで卒業しなかった者に与えられる）まで取得した。模範的で当たりが柔らかい服役者として、刑務所の会計担当職員に手を貸したりしていることから、個室を与えられたうえに減刑措置にもあやかれたのだった。

一方、わたしは失ったものを取り返すために悪戦苦闘しつづける。

わたしは十八歳になったときに、判決によるわたしへの損害賠償金と利子の支払いを公証人に請求できるのだ。ところが司法官が送ってきた手紙には、二万五千フランはすでにある銀行口座に送金されていることを証明する明細書のコピーが同封されていた。なんという裏工作！　父は公証人を介し母の口座に送金させ、二人が借りていたローンをその金で返済したというのだ！　わたしはまだ十八歳にすぎないのだという公証人の言うことに逆らうこともできず、わたしは諦めるほかなかった。しかし、わたしが生きた苦しみにたいする損害賠償金であるはずのお金がローンの足しにされたとは！　父による近親姦に加え、さらに両親のペテンにかけられたのである。

過去が現在となって顔面に強烈なパンチが加えられたのは、それから二年くらいしたあとだった。

電話が鳴りわたしが受話器をとった。男の切々とした弱い声が聞こえる。なんとなくブルターニュ風アクセントのある声が妹カミーユに話したいという。どなたですかと訊くと、相手は躊躇《ちゅうちょ》しながら、「友人です。個人的に話がしたいので……」と答えた。

不思議にその声には聞き覚えがある……。息をつく間の四分の一秒くらいしたあと、男が父であることがわかったのだ。わたしはとっさに電話を切ったとたん、脚がふらふらし椅子に腰かけなければ卒倒するところだった。冷や汗が吹き出し、体が石のように冷たくなる。どうして父は電話などかけてこれたのか、いまも刑務所にいるはずなのに……。どうしてカミーユに話したいのか。母は妹の部屋に駆け込んで行った。

父は釈放されたばかりか、数カ月前に次女の気を惹くような手紙を面会に行った母に手渡したのだという。出所してから父は隠れて妹に会っているのだというのだ。わたしは唖然とする。父は妹まで！　妹は危険な暗雲が頭上におおいかぶさろうとしているのに気がつかないのだ……。

ルノー・オブリはわたしにしたように妹を丸め込んでいき、孤立させ、マインドコントロールしつつあるのだ。すばやく対処しなければ手遅れになる、父が張った罠に妹が陥らないようにせねば……。母はついにカミーユに、どうして父が拘禁されたかを話して聞かせた。わたしに課した近親姦、乱交パーティ……など、妹は愛する父が重ねた倒錯的罪状を明かされて驚愕し、もう絶対に父には会わないと約束した。毒を含んだ暗雲は遠ざけられたのだが、わたしは茫然とするばかりだった。

以前味わった恐怖が、ふたたび戻ってきてわたしを脅かすのだった。父は刑務所から出てきている……。なぜなのか理解できない、あと二年は服役の身であるはずなのに！　彼の品行の良さといくつかの名ばかりの資格を取得したとかで、刑期が短縮されたのだった。そして禁固刑の判決を受ける前に知り合った若い女性と再婚していたという。結局、彼の静かな生活は、服役期間だけほんの一時的に中断されただけだった。服役中にいくつかの資格を得たうえ、再婚し、幸せそのもの。そのうえわたしたちの家から八百メートルしか離れていない近所に居を構えたのだ。処罰により、彼はわたしが住む県内には暮らせないはずなのに。そんなことはありえない、違法、法的な間違いに違いない。

わたしが生まれて以来、父も母も親としての義務を怠り、わたしを痛めつけてきたのだ。最後には警察が彼を逮捕し、裁判が拘禁刑を下した。わたしは二十歳になってやっと、父を刑務所に送り込むという茶番劇を演じたのは、法による秩序、倫理というものを信じていたからだ。

刑罰により禁じられているのに、父がわたしの家の近所に暮らすということは、警察に隠れて違法なことをしているのと同じだ。もしくは誤解、または酒を飲んだ裁判所の職員が他の服役者の司法書類と間違えたにちがいない……。司法とは、市民を犯罪と悪人から守ってくれるはずなのだから、この混乱に決着をつけてくれてもいいはずだ。

その真相を知るために、そして父を遠地に移転させるべき義務を果たさせるために、わたしはあらゆる策を講じる決心をした。まず警察に知らせるために、裁判の判決文をもって警察署に行った。不受理。司法警察の二人の連絡係に話すと、知らぬ存ぜぬ、時間がない、最後には書留で郵送するようにとすすめるだけだった。そのあとわたしは検事に面接を願い出て、パリ北郊外クレテイユの地方裁判所に赴いた。

わたしは説明された事情に胸がむかつく思いだった。というのは、父はわたしにたいする親権を失ったが、何も悪いことをしなかった妹への親権は保持しているというのだ！　したがって会いたくなればいつでも父は妹に会えるのだった。さらにわたしの家の近所で暮らす権利も有するのだという。同じ地区に就職口を見つけたということで元服役者の社会復帰を優先し、在住禁止措置を簡単に解消することができたのだ。近親姦被害者は完全に無視されたわけである。

ルノー・オブリはわたしにたいする損害賠償金とその利子も決済せず、刑期を最後まで果たさず、娘の同地区での在住禁止措置にも従わない。まるで足ふきマットで汚れた靴を拭うかのように、それも裁判官から公証人、看守まで共和国公務員たちの承認を得たうえで、わたしの権利を無視し完全に踏みにじる。こうして司法の権限、わたしが最後に頼れるものが崩壊した。

司法機関が被害者の権利を尊重しないのなら、どうしてこちらがそれを尊重できようか。憎しみ、不当な裁判にたいする怨念、臆面もなくいまだにわたしを踏みにじろうとする父にたいする憎悪。わたしを苦しめ、痛めつづける彼にたいする憤怒、そう、彼とわたしの間の空間を埋めているのは底知れない怒りの泥沼。ルノー・オブリは出所しており、いつでもわたしを復讐しに来られるし、わたしを犯し汚しつづけたのと同じように、妹を堕落させようとしている。妹に被害を受けさせないように、すぐにでも反撃の手を打たねばならない。今度こそわたしは彼のなすがままにさせずに犯罪への道を阻むのだ。そのためには父を殺すこと、それしか方法はない、警察も裁判所も何もしないのだから。

父を殺すという考えが徐々に脳のひだにしみ込んでいく。毒物、絞殺、自動車による偽装事故……。父を抹殺するためのいくつかのシナリオを考えてみるのだが、ひとつとして確実で効果的な方法は見つからない。殺し屋を雇うということは考えなかった。が、あるとき絶好のチャンスがおとずれた。

小遣い稼ぎに、わたしは郊外にある家具専門チェーン、コンフォルマに電化製品のデモンストレーターとして雇われた。スタッフたちは好感がもてたが、居心地は良くなかった。他の店員も気がおけないといしばしば自分はこれらの人びととは別の世界にいる気持ちになる。何の根拠もないのだが、用心しないと、世間全体がわたしの考えていることを読みとり、わたしが生きた過去までも推測するのではないかと思えてくる。そこで世間をたぶらかすことにした。

会社に出勤するや道化師のマスクを被って、一日中、偽装のノーマルな人間を演じるのだ。若くて美人でよく働く従業員として、部長から掃除夫まで皆がわたしに感心している。番犬とともに警備にあたる守衛とも仕事が終わってから口を交わすことがあるのだが、彼までがわたしを重宝がる。絶望感で落ち込む日などは彼に苦しみをぶちまけることもある。

「父がわたしの人生を台無しにしたの、彼を生かせておくわけにはいかないの」

「よかったら、どうやれば消せるか知ってるけど……」

シェパードの背中をなでながら体のがっしりした守衛が意外な返事をくれた。わたしの言いたかったことがわかったのか、善意のありそうなこの隆々たる男が言うには、殺し屋を仕事としているある男を知っているという。五万フラン出せば、ことはうまくいくはずだという。お金を集めたあと、わたしは守衛が指定した場所にこの特殊な使命を果たすという男に会いに行けばよかった。

しかし彼に会ったあと、すぐにはその殺し屋には連絡しなかった。頭の中であまりにも多くのことが錯綜する。父にたいする憎しみ、彼を殺すという計画の重大さ、実行に移したい欲求、その結果がもたらす恐怖……。父を誰かに殺させたとしたら、抜け目ない少女と見られているわたしに誰が情状酌量の弁護などしてくれるだろうか。裁判はすでに一度わたしを抹殺しかねなかったのだ。もう一度わたしが法廷に突き出されるようなことがあれば、もうタダではすまないだろう。法に反することをして犯罪人になるということは、父が犯行を隠蔽《いんぺい》するためにことごとく欺いてきたのと同じ道を歩むことになるのだ。そんな父娘にはなりたくない。

ルノー・オブリを殺すことはできない。わたしは父にたいして何もできないのだ。彼は誰にも咎められることもなく静かな余生を送っている……。彼が犯した罪の代償を負わせることのできない無力感に心がぼろぼろになるほど苛まれる。彼がわたしにしたことが何年も経ったいまもわたしを蝕みつづけている。抹殺したかったのは彼なのに、わたしのほうが死の淵に立っている。

すこしでも気持ちが落ち込むと、わたしは激しい自傷行為に走った。体が震えだし、それと同時に手首をカッターナイフで切り込む衝動に駆られるので、誰かがわたしの手を押さえつけて止めさせねばならない。そういうときは、当時恋人だったフレデリックがわたしの自傷行為を抑えてくれた。出勤日には、前日の自傷行為で血の跡が残っている手首をできるだけ隠すために長袖のセーターを着て行った。

長い間、過食症がつづいたあとは、かつて体験したことのある拒食症。一日にタマゴ一個、リンゴ一個くらいしか食べず悶々とする。いつもうつ状態のままベッドに横たわり、ピンク・フロイドやスーパートランプなどをひっきりなしに聴きつづける、いったいどうなるのかと自問しながら。月日が経つにつれて、不安と恐れ、ストレスがますます根を太くしていく。近親姦者がそこにいる、わたしのすぐそばに、もう一度来て今度はわたしを殺そうとしている。わたしの生命は細い一本の糸にぶら下がっている、もうじきこの糸もぷっつり切れるだろう……。

ある日、母は夫ダヴィッドと国内便に乗って太陽の輝く南仏に向かった。彼らが発った一時間後、洗面所で誰かが倒れる音が聞こえた。急いで行ってみると、祖母のオーギュスティーヌがタイルの上に倒れている。胸を押さえながら喘いでいる。わたしの息が止まり、呼吸ができなくなるのではと思った。祖母を抱いてベッドまで連れて行った。それからすぐに救急医や心臓専門医、救急車、消防署とできるだけの救急サービスに電話をかけ、地区の看護士にも連絡した。が、彼らは祖母の心臓を生き返らせることはできなかった。彼女の二度目の心筋梗塞の発作だった。

母に連絡できるまでに二日かかった。電話が通じたときには祖母はすでに息絶えていた。看護婦が彼女の死を電話で知らせてきたとき、深い哀しみと同時に強烈な自責の念に襲われたのだった。彼女の息が絶える前に、そばにいて手を握ってあげられなかったこと、耳もとで愛をささやき、あの世への旅立ちを暖かく見送ってあげられなかったこと。祖母を部屋の中にひとりのままにしておくとは、何とひどいことをしたのだろう。なぜもっと彼女に話しかけてやらなかったのだろう。家族全体を支配する陰湿な沈黙を、祖母とわたしのあいだにも侵入させてしまったこと。祖母と孫娘を深く結んでいた愛情までも、近親姦という毒で破壊されるまま放っておいたことへの自責。

葬儀の日に病院に向かい、もう一度祖母に会いに行った。ベッドに横たわる祖母は、ブルターニュの小さなリンゴのようだった顔のしわがいまは冷たく強張《こわば》っている。いまなら彼女の手の中にわたしの手をすべり込ませ、わたしの頭を彼女の首もとにすり寄せられる。いまなら、この数カ月わたしがどんなにか祖母に甘えたかったか、彼女も最期に同じことを欲していたにちがいない……。

もう遅すぎる。祖母オーギュスティーヌの遺体をわたしは奔流する涙でぬらしながら、どんなにか彼女を愛していたか、どんなにか彼女がいなくなることが耐えがたいことであるかを伝えたかった。父が逮捕されて以来、わたしは初めて息がつまるほど泣き叫び、止めどもなく泣きつづけた。祖母のことを想いむせび泣き、祖母と二人で過ごした昔の日々を想いおこしては涙を流し、わたしの忌わしい少女時代への恨みの涙を流し、祖母と過ごした幸せな想い出も涙とともに流れ去らせたかった。この世でいちばん愛していた、ただひとりの近親者がいなくなる、いまわたしはほんとうにひとりぼっち……。

病院から戻って来たあと、フレデリックはわたしを慰めようとする。それから数日後、彼は南仏の方に引っ越すのでもう会えなくなるだろうと言う。その知らせは一滴の水滴でしかなかったが、わたしにとっては溺れるほどの重大な知らせだった。

その二時間後にわたしは大量の薬を丸呑みし、ぐったりベッドにうずくまる。最後の意識が途絶えるのと、あの世に発って行こうとする間、徐々に濃くなっていく霧のなかで思わず飛び上がった。おそらく生き延びたいという本能だったのだろう……。が、身を起こして母を呼んだあと意識を失った。

三日後に眼が覚めたとき枕もとに母はいなかった。眼に入ったのは母の姿ではなく友人の姿だった。母は外で働いている間、彼女にわたしのそばにいてくれるようにと頼んだのだ。母に宛てたSOSの発信も失敗に終わる。母はそばで介抱するタイプではないから、母の不在をいいことに看護婦はこっぴどくわたしに自殺未遂をなじり、叱りつけた。

「毎週何人の子どもが自動車事故で病院に担ぎ込まれてくるか知ってるの？　事故にも遭わず恵まれているというのに、わざと自殺しようとするなんて！　何を考えてるの？」

ご忠告ありがとう、でもわたしにとって「生きるチャンス」なんて抽象概念でしかない。これまで生きてきたけれど格別に幸せというものを味わったこともないし、いまの気の滅入る生活をさっぱりと終わりにしたいだけ。自傷行為に拒食症、自殺未遂……、わたしの唯一の目標は大人にならないこと、そのためには死ぬことがいちばんいい、そうすればすべてを忘れ去り、時間を停止させることもできるのだから。でなければ近い将来には女になり、妻にもならなければならないのだ。

フレデリックは南仏に移る前に美しい指輪をわたしに贈ってくれたうえ、彼の両親にわたしを紹介してくれた。が、ちょうどこのころからだった、わたしたちの関係が脱線しはじめたのは。彼は「わたしたちの」将来の計画を次つぎに創出していた。結婚、マイホーム、旅行……など。なんという不安！　なぜならわたしはそれらすべてのネガティブな面を両親の破壊的生活のなかですでに体験しており、そのために苦しんできたのだ。大人になることを考えるだけで震え上がる。父親の妻の役をさせられ、さらに妹の母親役をさせられてきたのだ。成長する間中、耐え忍び、沈黙を守り、身体を淫行に利用され、汚され、存在を否定されてきたのだ。わたしを口先だけで妻にするという男は全員、ティッシュペーパーのごとく使い捨ててやりたかった。

将来性などない男だけと付き合いたかった。妻帯者、とらえどころのない男、好色漢、浮気男、へそ曲がり……完全に自由で、夜は寝たがらず、セックスしたあと出て行ってしまうような男たちが出たり入ったりできるように、わたしは心の扉を広く開け放しておく。彼らこそわたしは夢中になれるのだった。

わたしは父母を本能的に愛していたがために父の悪業によって、母の冷たさによって苦しむことに慣れてしまっている。両親がわたしにしてきたことを、わたしは無意識に引き継いでいる。どこにいてもいつでも不幸でいたい、このマゾヒスト的な体質は父と母によって培われてきたものであり、わたしを愛してくれる男を拒み、どうしようもない男にだけ愛着を覚えるのだった。

わたしを愛してくれている魅力的なフレデリックはエンゲージリングまで用意していたのに彼の好意に水を差し、彼が近い将来「子ども」をもとうと言うと、わたしは「学業が先よ」と答えていた。彼はわたしの優柔不断な態度に愛想をつかし、ついにひとりで引っ越していき、わたしをおいて去って行った。

良家出身のガブリエルは高学歴だけでなく銀行口座には法外な預金をもっている。あるときわたしが運転する車の中で彼がわたしに求婚した。彼がプロポーズし終わる前にわたしはブレーキを踏み、彼に車から降りてもらい歩いて帰らせたのだった。

カールはいちばんわたしの生き方に合った男性だった。エレクトロンのように完全に自由、型破りの性格、どんな約束事にもアレルギー体質、妻を捨て去り、子どもが二人いるのに面倒などみることもせず、寝るところもなく、ときには車の中で眠り、いっさい社会のしがらみに縛られない。彼がどこにいるのか、わたしにいつ会いに来るのか、わたしを好きなのかもはっきりしていない。わたしはこんな男にいかれてしまう。そのうえ妊娠してしまった。彼はきっと「ほかの男にパパになってもらえばいいじゃん」と言うに違いないから、できるだけ早く堕胎手術をしてもらうために病院に駆けつけるほかない。彼ほどわたしに塗炭の苦しみをなめさせた男はいない。

彼でなくても、ほかにたんまり男がいるではないか、学校にも、職場にも、どこにでもその気になればわたしに近寄ってくる男にはこと欠かない。わたしの日記代わりの手帳は男たちとの約束の日時でいっぱいだった。

「皆同じ!」

「アレすることしか考えてない男がまたひとり……」

「わたしのアレにしか興味をもたない」

　ほとんどの青年はわたしを息苦しくさせ、嫌悪感を覚えさせ、意気消沈させるのだが、ほとんどの場合、わたしの方が譲歩してしまう。彼らの余計な気遣いが重苦しくさせるのだが、彼らの肉欲はわたしの意思よりはるかに強烈だった。わたしは自分がほんとうにその青年を欲しているのかも自問せずにいる。だから、わたしをものにするには、それを望みさえすればよかった。

　それがどうしたというのか、自分がひとりで寝るように、何も考えずに彼らとも寝る。男たちに求められるときにわたしは存在感を覚える。他人の視線をとおしてしか生きてこなかったわたしは、男に好かれるために、一瞬でも人間的関係をもつために、相手に快楽を味わわせるために、自分が求められているのだと感じるために、自分は何も感じなくても相手を満足させるためなら誰とでも簡単に寝た。が、セックスのあと、ふたたび底なしの孤独感に襲われるのだった。

　父がわたしに教えたことは、肉体関係は拒む必要はなく、相手の気持ちを捉えるための効果的手段であるということだった。いかに体を使いこなし、どうすれば体と心を分離することができるのかも覚えたのだった。そして体を売っている間は自分を忘れ去ることができ、客によっては終わったあとにその男の暖かみのかけらでも感じられればよいほうだった。わたしは、父ルノー・オブリに仕込まれたように生きつづけていた。しかしわたしにとって売春とは、体を売るのと交換に身体と身体の触れ合いのなかにちょっぴり優しさを感じることだった。

　セックスのなかにいくばくかの肌のぬくもりを求めようとする性向が、売春を当然のようにわたしの生業にしていった。

8章　錯乱状態のなかで

二十歳か二十一歳のときのわたしの経歴は平凡そのものだった。管理者の資格を得たものの相変わらず母といっしょに暮らしていた。たまに小遣い稼ぎのバイトをしながらダンスの講習に参加し、何人かの友人もいた。妹のカミーユとは気が合い、映画を観に行ったりカフェに行ったりしていた。

わたしは外見的にはごく普通の女の子なのだが、実際はその正反対だった。自分のなかに、わたしではないわたし、心身ともに汚れていて、悪事をはたらくわたしがいる。体内には得体の知れない悪魔が生息し、自分自身に口輪をはめさせている。日中は働き、時間のあるときには遊びに出かけ、普通に暮らしていながら、自分の内面には眼を向けないようにしている。できればすべてを忘れ去り、わたしの内部に巣食っている苦悩が再生し、人生を破滅に追い込むのを避けたいだけだった。苦悶はいつもそこに、わたしの内部に生息しており、いつ飛び出してくるかわからない。鬱積《うっせき》する苦しみを封じ込めるためにさまざまな逃げ道を探した。

夜、女友だちやカミーユと出歩くとき、それを退けるために大きな声で笑い飛ばし、大声で話しつづけ、一日に三箱のタバコの煙を吐きつづけた。日中はスポーツと仕事とで忙しくしていた。一日中時間がないほどやることが多く、夜寝られないときはテレビの前に陣取った。夜中の二時ごろテレビでザッピング番組を見ていたとき、母とダヴィッドがレストランから戻って来たときも、わたしは寝椅子に寝転がっていた。

「なんだ、こんな時間にまだ起きてるのかい、寝てるべきなのに！」ダヴィッドが叱りつける。

彼は、十六歳を越えているわたしにまるで五歳児に言うように話す。五歳のとき両親はわたしをひとりでアパートにおいてきぼりにしていたので、ひとりで好きなことをし、テレビを見ているほかなかった。いまは大人になりつつあり、学業も終わり、バイトをし、自分のお金で車もガソリンも衣類も買っており、ダヴィッドには何もねだったこともなく、恩を着せられるとしたら、寝泊まりさせてもらっていることくらいなのだ。

「余計なおせっかいは止めてよ」と彼に言うと、気を悪くしたようだった。

「自分の家をもったら好きなことをすればいいよ、しかしいま、きみはぼくの家で暮らしてるんだから、ぼくの言うことを聞くんだ。さあ、ベッドに行くんだ、いやならとっとと出て行け！」

二度同じことを言わなくてもいいのに、自分を何だと思っているのだろう。わたしは、ここを追い出されホームレスになるよりも、ずっとひどい生活を味わったのだ。わたしは女王のように背をまっすぐし、寝椅子から起き上がって寝室に向かい、ハンドバックと枕を抱えて、歩道に駐車してあるルノーR5に寝に降りて行った。ストイックな母はわたしたちの口論に加わることもせず、何も言わずにそばに立ったままでいる。衝突や叫び、言い争いは苦手なのだ。が、それから数日後、母が職場の事務所に現れ、わたしに耳打ちした。

「イザベル、車の中で寝るなんて生きた心地もしないでしょ、もうすんだことなのだから、家に戻ってダヴィッドと仲直りしてちょうだい」

そんなのいやだ。わたしが気持ちを変えないものだから、母はどうにかして郊外の低家賃公営住宅HLMを獲得してくれた。かなり広くて家賃も高くない。あまり治安のいい地区ではないが、日中は働き、夜寝に帰るだけなのでたいした問題はなかった。考えないためにはがむしゃらに働くことだった。ハイパーマーケットの従業員としてほんとうの職場に雇われたのだった。

ここでは運良く、二年来チーフのいない販売コーナーに配属された。すべてゼロからはじめなければならない。毎朝七時から夜七時までの勤務時間で週六日間働き、夜十一時まで働くときは代休がとれた。その課の四人の従業員は全員がわたしの二倍の年齢なので、ほとんど自分たちで管理していたのだが、長年維持されてきた彼らの習慣を、新入りのチーフが根底から変えるということはあまり良く思われなかった。彼らのほとんどが反発していたようだった。ちょうど新学期前の書籍・CD・文房具類の売り場の主任として、数千個の消しゴムから、数十種類のクレヨン、ランドセル、ノートブックまで金額にしたら数十万フランにのぼる部門を管理しなければならない。大学入学時の先輩らによる新入生いじめではあるまいし、専門学校の商業・管理科で二年学んだとはいえ、ハイパーマーケット〈コンティネント〉での問屋との巧妙な交渉の仕方までは養成されてはいなかった。すべて学んでいかなくてはならない、多難な仕事だけにやりがいがある。

学校時代にもわたしはいつも安心感がないといられなかった。将来自分が何かに秀でるなどとは予想もしていなかった。高校の哲学試験で二十点満点中十七点を得たときも、たんにわたしの機転の良さと担当の教師が甘い点をつけたくらいに思っていた。

父は娘の尻だけに興味をもっていたから、自然にわたしは男と寝ることだけが達者で他のことはゼロというイメージを自分自身に植えつけていた。わたしが大人になってからも、自分自身の尊厳などというものはないにひとしかった。したがって何かに挑戦しそれが達成されると、自嘲するかのように心が和むのだった。わたしが担当する売り場に客が押しかけるなら、わたしにも何かしらの取り柄があるということなのだ。隣の販売主任の成績を打ち破れれば、わたしはそんなに役立たずでもない。

小売業では何よりも競争が激しく、支店同士と店員の間の競争も然り、わたしにはうってつけの職場だった。何事にも自信のないわたしは、自分の担当する課の売上額だけで自分の価値を計ろうとした！　一年後には売上げが二十パーセントアップし、部長はほくほくだった。彼女はじきにわたしを認め、そのほかの業務もわたしに任せたのだった。わたしは他人に認められ、重宝がられている。やればできる……と考えるだけで陶然とした。

もうひとつ、わたしを陶然とさせたのはドミニック青年だった。スーパーのすぐ近くにある可愛らしいカフェの店長で、毎日朝早くわたしは仕事をはじめる前に彼のカウンターで強壮飲料をぐい飲みするのが習慣になっていた。初めての日、透きとおるようなブルーの瞳に茶褐色の髪をしたこの青年が、長い繊細な指で、唇に笑みを含ませながらカフェクレームをわたしに給仕したときから、わたしは彼にぞっこん魅せられてしまった。若くて美青年、既婚？　それならなおさらわたしに向いている！

毎日、彼は優しく微笑んでは、お元気？　調子はどお？　仕事はうまくいってる？　レコードコーナーでいちばんよく売れてるのは？　ジョニー・アリデーの最新版は入った？　ノートブックもよく売れてるの？　はてな、もしかしたら彼は流通の仕事に興味があるのかな、彼もわたしにぞっこん惚れ込んでしまったのかしら……。ありとあらゆる会話の話題を次から次に飛ばしながら、わたしのテーブルにできるだけへばりついているのをみると、もしや後者の仮定に近いのではないかと勘ぐり、わたしはぞくぞくしてくるのだった。

このような空想劇が数カ月つづき、わたしの方がもう我慢できなくなり、カフェの前のハイパーマーケットの中をいっしょに歩かない？　とプロポーズしてみた。彼が夢中のCDの最新版を見てもらうのにいいのではないか。ドミニックは喜んで受け入れてくれた。でもたんに音楽が好きだから？

だが目的地ハイパーマーケットまではたどり着かなかった。歩きながらすでにことは決まっていた。妻のいるこの青年はびくつきはじめていた。奥さんに知られることの怖さ、彼の服にわたしの香水の匂いが移ることへの恐れ……。彼は悶々とし落ち込むが、わたしに背を向けることはしないだろう。わたしが想像する彼の心境を同僚と同居人エミリーにも話してみた。エミリーはだいぶ前からセカンドワイフとして暮らしている。彼女の恋人は良きパパ、良きハズバンドとして世間でもとおっている。

ここに出てくる四人の若者は皆自由で身軽で、不貞者だ。それから一年間わたしたちはハメを外して楽しんだのだった。

職場の同僚たちはなんとも面白みのない人たちばかりだった。毎日毎日、彼らは家族のこと、子どものこと、ローンのこと、夕飯は何にしようか……といった平々凡々たる話題で埋まっているなかで、わたしは何となく異物に感じられた。

しかしドミニックといるときは居心地が良かった。わたしたちのアバンチュールは「禁じられた遊び」であり危険をともなう。が、枠からはみ出しているからこそわたしの心は躍る。日中は精一杯働き、閉店時間を待ち、そのあと夜からわたしのほんとうの生活がはじまる。

男たちが帰宅したあと、共同生活者のエミリーとパリ中心街の小さなレストランに行く。タバコの煙で霞がかかる地階で食べる美味しい料理にギターの響き、熱気のこもる部屋でロゼワインのコップを片手に、わたしたちの会話はきわどいところまでいく。エミリーは幻想について話しだす。

「あんたは売春しようと思ったことある？」エミリーが興奮気味にわたしに質問した。

それ以上のひどいことをしたことはあるけれど、わたしは自分の過去については話さない方がいいと思っている。話したら雰囲気がめちゃめちゃになるだろうから……。おそらく彼女は、体を売ることを考えては、それが魅惑的とも思っているのではないか、アルコールで勢いづいたのか興奮しながらつづける。

「人に聞いたところによると、高級ホテルの近くをうろついてタクシーの運ちゃんと知り合いになれば簡単らしいわね……。金持ちの客がいれば、運ちゃんが電話で知らせてくれるそうよ。非常に簡単らしいわ」

簡単……。彼女は自分が何について話しているのかわからないのだろうか。自分で選ぶこともできない男にのっかられ、誰彼かまわずあれを差し込まれることがどんなことかわたしは体験している。あの汚らわしい卑猥極まる淫行の代償として得るものは、吐き気を覚えるあの嫌悪感であり、苦しみの地獄でしかない。表面的なブルジョワ娘の幻想にわたしは苛立った。最初に近寄ってきた男に抱かれることがそんなに快楽的だと思っているのだろうか。ほんとうにそう思っているのだとしたら、彼女は相当ウブなのかもしれない。たまりかねてわたしははね返してやった。

「自分にできそうもないことをペラペラ話すもんじゃないわ」

自尊心を傷つけられたのか、ワインの勢いも加わり、

「えらい神様たちに誓っても、それくらいはする自信があるわ」と、彼女は意気込んだ。

「ほんと？　何が待っているか知らないくせに……」

「じゃ、見ててよ！」

そこでわたしたちはある超高級ホテルに向かった。天気のよい夏の日、わたしもエミリーもジーパンにブラウス姿、高級娼婦などの足もとにもおよばない。かまうものか！　五つ星ホテルの玄関の近くで行き会ったタクシーの運ちゃんに、クールな話し方でいい加減なことを言ってのけた。

「きょうは休みの日だけれど、もし誰か客がいるなら受けてもいいわよ。いつもはシャンゼリゼ界隈だけど……、いまからあっちに一杯飲みに行こうと思ってるの、わたしたちがだいたいどの辺にいるかわかるでしょ」

タクシーの運ちゃんがシャンゼリゼのシックなカフェのテラスまでわたしたちを乗せて行ってくれた。ビールを一杯飲み終わったときに、ピカピカのメルセデス・ベンツ五〇〇E型がテラスの前に停車した。運転手が降りて来て、わたしたちにささやいた。

「クウェートのプリンスがいますぐブロンド女性を求めてるんだ。彼は明日ニューヨークに発つ」

考えもせず、わたしははっきり聞き返した。

「わたしたち二人？　それともひとり？」

「そりゃ、うまくやってくれよ」

さっそくホテルで待っているプリンスに会いに行く。プリンスは一階のホールで約束されていた女を落ちついた表情で待っていた。若くてハンサムなプリンスは三十歳にもなっていない。最高級の布で誂えた背広はよく似合っている。ひどい相手にぶつかるところだったのに、エミリーは怖けづきはじめていた。どうしたのか躊躇《ちゅうちょ》し、後悔しているようだった。そのうえまずいことに彼女は生理中なのだ……。

エミリーは、障害にぶつかるとどうしても退却したがるタイプで、風船のように気が抜けてぺしゃんこになっている。わたしは彼女がそうなるのは知っていた。わたしならそんなことはお茶のこさいさいなのに。わたしの前であれほど自信満々だったのだから選択の余地はない。初対面の男の気の向くままにセックスをさせられることを彼女はさほどたいしたことではないと虚勢を張っていたのだから、わたしがあれほど味わわされてきた苦痛がどんなものか自分で体験してみるべきなのだ。

わたしはエミリーの腕を摑んで、ぐいぐいとプリンスのいるところまで進んで行った。プリンスはブロンドのエミリーに眼をやったあと、茶褐色の髪をしたわたしの方を見て、わたしと英語で交渉すると言う。この種の仕事がどのくらいの値段なのかまったく知らないわたしは、当てずっぽうに頭に浮かんだ額を言ってみた。

「二人で三千フランかしら」

あまりに安すぎてプリンスは腑に落ちないようだった。シェイクスピア流英語で確かな値段を訊いてきた。

「この値段で時間に関係なく好きなことをやれるのですか?」

「イエス、イエス、ノープロブレム」わたしは即座に答えた。

オッケー。私たち三人はエレベーターの方に向かった。エミリーがあとから足を引きずってくる。まるでバカロレアの口頭試験に向かうときのように蒼白になって緊張しきっている。わたしはお腹の中で笑い転げていた。

「あんたが言い出しっぺなんだから、いまになって怖けたりしないでよ」。わたしは彼女の耳もとでささやいた。

わたしにはこの男の寝室に行くことは何でもなかった。ベッドの中でどうすべきか、何を言ったらいいのか、どんな呻き声を上げてオーガズムを感じるふりをすればいいのかも心得ている。性交の最中に体と脳を切り離していれば一、二時間後にはすべてが終わる。ばかばかしい幻想をもつことがあとでどんなに高くつくかエミリーにわからせてやりたかった。

しかしそういうふうにいかないこともあった。やっているあいだは別のことを考え、頭脳のスイッチを切って、やるべきことだけをすればいいのだと思っていたのに、わたしたちはプリンスとともに愉快なひとときを過ごすのだった。肉体的快楽などではなく、何と言うか心置きない楽しい二時間。

最初はストリングのように緊張していたエミリーもリラックスし、プリンスがフランス語がわからなくてもわたしたちは彼の前でしゃべりつづけた、五室はあるロイヤルスイートの他の部屋で彼の家族が寝ているというのに。壁面の各所を縁取るモールディングとその金箔が飾るサロンは一〇〇平米はある。隣の寝室で一族郎党が寝息をかいて眠っているというのに、家長であるプリンスが二人のフランス女性とふざけ合っている。なんという滑稽なシーン！　エミリーとわたしは微笑みながらプリンスを可愛がってあげる。王子は天に昇ったかのように、その悦びをジェスチャーで表そうとする。こんなふうに王子さまを幸福にしてやれるなんてこちらも嬉しく、彼は感謝感激、「ハッピー、ベリーハッピー」とわたしに向かってくり返す。

わたしたちはプラスアルファのことをしてやったわけである。だからといってプリンスに金銭を乞う必要はない。彼の満足げな表情からして、どこからともなくパリパリのお札が出てきそうなのだ。すでにわたしとエミリーには三千フランが支払われることになっている。プリンスは何を思ったのか、彼の寝室にあるだけの札を取りに行ったのだ。引出しからスーツのポケットまでありったけのお金を探し出してきたのだ。わたしたちはお札に埋まるほどだった。プリンスと別れるとき、二人のポケットは何カ国かの異なるお札ではち切れんばかり！　合計七千フラン以上はあった。

プリンスの部屋のドアが閉まったとき、わたしの全身からわき上がってきた満足感は言葉では言い表せないものだった。感謝の気持ちとお金がもたらす満足感だけではなかった。親密さというか、やや放蕩的でいて、初めて味わった居心地の良さなのかもしれない。二十一歳になったわたしは、いままで閉じ込められていた醜いさなぎの殻から抜け出たのだった。

昨日までは強制的に見知らぬ男たちとセックスをさせられていた。そして父に日常的に性的虐待を受けていたわたしには逃げ道がなかったのだ。父がただひとり、わたしに愛をそそいでくれていたから、わたしは彼に従い、依存し、自我をもたない奴隷と化し、「無」に帰せられたのだった。押しつぶされたわたしの身体をまず父がむさぼり、さらに数百人の男たちが禿鷹のように突っついていった。ひと言もわたしに口もきかずに、男たちは少女の肉体を踏みつけ肉欲を満たしていた。少女のわたしが生きていた地獄の生活などには誰も関心をもたなかったし、笑いものでしかなかった。

プリンスと寝たときも、ふたたび同じストーリーが開始されるのではないかと思っていた。彼は確かに見知らない男に違いない。だが異なる一点は、リードするのはわたしで、この男と寝ることを決めたのもわたし、彼に何をするのか指示したのもわたしだった。誰にも強制されなかったし、誰かに決められたことでもなかった。いまポケットの中に詰まっているしわくちゃのお札こそ、わたしが示した条件に彼が伏したことを表しており、わたしと寝るためにはこれだけのお金が必要だったということなのだ。わたしは初めて他人をコントロールできるようになったのである。

少なくともそう信じようとした。自分が生きてきた惨めな過去にたいして仕返しをしたかのような気持ちにはなったものの、エミリーを見知らぬプリンスのベッドに押しやり、彼女に堕落の一歩を踏み出させたことのほうが気味が良かった。ちょうど父がわたしにしたことを彼女にさせたのだから……。

が、相変わらず父が手綱を引いていることには無頓着で、考えもしなかった。ホテルを出て行くとき、自分と他人をもコントロールできたという、いままで感じたことのなかった、ある種の征服感を覚えたのだった。こんなふうに知らない男と寝ることで自分が満足し、自分の行為を制御でき、そのうえお金が入ってくるのなら、売春を止める必要などないのではないか……。

タクシーの運転手のひとりが知らせてくれたのは、シャンゼリゼ界隈にあるプライベートクラブが金持ちの客相手の可愛い女の子を探しているということだった。さっそく夕方仕事帰りにエミリーとクラブCに行ってみた。クラブは家庭的などとは正反対のかしこまった場所でムッシューとマダムが経営しており、ゲストハウス風レストランには常連客とその息子たちしか迎え入れない。

バーでは、カップルたちが脚をほぐしたければ踊ることもできた。何人かのヌードダンサーと四人の娼婦が雰囲気を華やかにさせている。女の子を指名するには、客はシャンパンのボトル一本を注文すればいい。そのあとは近くのホテルに誘導されていくためにパトロンヌに一五〇〇フラン（いまの約二〇〇ユーロ）を支払う。娼婦は一晩に一回しか客をとれないがエレガントで教養もなくてはならない。そんじょそこらの売春婦ではない。ここはゲストハウスであり上品で高級な雰囲気が漂っている。

親しみやすい六十代のパトロンがが笑顔でシャンパンをすすりながら説明してくれた。パトロン、ピエール・アンジュはわたしたちが応募したことにたいへん満足そうだった。わたしたち、マドモワゼルは初心者ではないが、とにかく新鮮な獲物の到来に上機嫌だった。即時に二人とも採用が決まった。

「いつから働けますか」

「いつからでもいいです」

それから数日後、高級娼婦の仕事がはじまった。じきにクラブCに慣れはじめた。週に一回の出勤。出勤する前にプロの娼婦の正装にとりかかる。ハイヒールにストッキング、ビジュー、ひざまでのスーツで決める。セクシーにはせず、シックな服装がクラブの決まりとなっている。クラブの客に、娼婦も彼らと同じ社会階層に属しているという印象をもたせ、彼らの輝けるばかりの男の魅力があってこそ、ひとりの娼婦を選べるという優越感を与えることが大事なのだ。そのへんにうようよしている男たちではない、身なりのいい中小企業の社長たち、航空会社社長、政治家たち、市長、二人か三人は代議士だった。彼らはまず飲んでからダンスをし、葉巻を吸い、雑談を交わし、一日の労苦をかこつ。ボスのピエール・アンジュは客の全員をよく知っていて、話す相手もいず、ひとりぼっちでいるような客がいると、すばやく新入りの娼婦の紹介をはじめる。

「モールスさん、ぴちぴちのガゼルを紹介します。新入りのイザベルです。モーリスさん、こちらに来てぼくの健康を祈って一杯やってください……」

そのあとはわたしにバトンタッチされる。芸者まではいかなくてもホステス役はいとも簡単だ。客をもちあげ、おしゃべりして彼らの機嫌をとり、親近感を深めること。モーリス氏がクルマに興味があるなら、新型のベンツについて話題をもっていく。クラシック音楽が好きならシューベルトあたりの好きな曲に触れる。どんな話題でもことあるごとにシャンパンのカップを空けるようにする、カップ一杯ごとにそれだけ額が上がるのだから。どんな話題も初老の客たちとのおしゃべりは退屈極まりない。そこでわたしは一足飛びに肝心の話にもっていく。

「ところでこのあとどうします？　あなたの家に行きますか」

ほとんどの場合、このような誘いなどは必要としない、クラブCの常連たちは最後はベッドの中で終えるのを承知のうえでここに来ているのだから。クラブから出て行く客のあとをわたしが付いて行き、彼らの家またはホテルに向かう。二ツ星のホテルから五ツ星のホテル・リッツまで彼らの懐次第だ。

すこし会話をしたあと寝込んでしまう者、あまり飲み過ぎたために愛撫までいかない男たちが意外に多く、当然彼らとは何もせぬまま終わる。他の男たちと言えば、さまざまだ。いちばんやりやすいのは、穏やかな男で清潔で、もちろんわたしは何も感じることなく早く終わってしまうケース。シャワーを浴びて「さよなら」を言うだけだ。

最悪のケースは性交が何時間もつづき、未知の快楽を味わっているかのふりをしつづけなければならない不快感、やっと男の肉欲が満たされたあと、男とわたしの体が放ちつづける吐き気をもよおさせる嫌悪感。豪勢なアパルトマンでも、宮殿のような超高級ホテルでも、シャンパンを浴びるように飲んでも、シルクのシーツに包まれても、エッフェル塔を望みながらでも、わたしは汚物の中にいるのと同じだった。

　高級娼婦の華やかさは表面だけで、中身は低劣な堕落そのものでしかなかった。刺激的なイメージを頭に詰めるだけ詰めてこの客たちをあとにするとき、後悔することなど何もなかった。ただこの晩もひとりの男に自分が選ばれたことと、それにたいして金を払わせたという満足感だけが残る。耐えがたいがやるべきことをしたという気持ちもあった。だが車に足を踏み入れた瞬間、襲ってくるものは、一晩が終了したあとの孤独感だった。そして車のカギをまわしエンジンをかけるときに指先に感じられるのは、底知れない安堵感、まるでこの一晩が強制されたものだったかのように……。

　しかし、わたしはこのバーで売春することは誰かに強制されたものではない。当初はエミリーと共に週一度ずつ通っていたのだが、彼女が辞めると言い出してからは、わたしひとりで頻繁に通うようになった。それはまるで内部の声に命令されるように螺旋階段を登って行くかのようだった。

　この声、それは父の声だった。わたしが小さかったとき、セックスがまかり通っているところなら父はどこにでもわたしを連れて行った。それから何年か経ったいま、わたし自身がその世界に自ら足を踏み入れている。相変わらずわたしは父に習慣づけられたことをつづけ、彼がわたしにさせたことを友人にさせようとしたのだ。

　このころ、わたしは自分が接するものすべてを堕落させてやろうとしていた。

　ドミニックも堕落させ、彼とわたしとの表面的で甘ったるい関係にカツを入れてやりたい気持ちになり、彼を挑発してみた。

「あの女の子と寝られる?」

彼が働いているカフェに出入りする女性客のなかでひどく気弱そうな、いかにも結婚してますという感じの女の子を指差して彼にふっかけてみた。わたしはなぜそんなことを彼に仕向けるのかわからなかったが、彼の方がそれにチャレンジすることに興奮しているようだった。

わたしは自分が限界以上のことができることを示すためにさらにその先にまで行きたかった。誰に言うでもなく、セックスなんて心で感じることではない遊戯でしかなく、男と寝ることなど何の価値も意味もないのだ、と大声で叫びたかった。小さいときからわたしが受けてきた性暴力にあまりにも苦しんできたために、自分の心も体ももはや死んでいると自分に言い聞かせ、これからは何でも好きなことをやってやると叫んでみたかった。

「彼女とセックスできるなら、わたしはあの男と寝てもいいわよ」

こうしてドミニックとわたしはエスカレートしていき、次から次にパートナーを誘っては互いがしたことを報告し合った。パートナーに選ばれた者には残酷だが、それもくり返しにすぎなくなり、たいして刺激的でもなく、面白みもなくなっていく。が、ドミニックはひとりの女の子と肉体関係をもちはじめ、休暇中にわたしのベッドで二人で寝たりしていた。彼はそれもわたしにたいしての挑戦と言い訳するが、このセックスゲームもだんだんと陰湿化し、不健康になりつつあった。ひととおりのエロチックなチャレンジを試みたあと、わたしたちはいさぎよくこのアバンチュールに終止符を打った。

父がわたしに感染させたのは性病だけではなかった。友人たちとの大切なつながりを理由もなく放り出す体質をもわたしに植えつけていた。悪夢が終わったほとんど十年後もそのウイルスはわたしの体内で強力に生きつづけていた。エミリーを売春に引きずり込み、妹や恋人をも堕落させ、毎週わたしと寝たい男たちにそれ相応の金を払わせた。そのたびに無意識に、自分の少女時代への仕返しをしているような気持ちになった。内心では自分の物語を書き直しているのだと思いながらも、じつはいまだにその余韻を引きずっているにすぎなかった。

なぜならわたしが父のおもちゃにされたときに教え込まれたのとまったく同じ卑猥な行為を自分でつづけているからだ。彼がしたように人の心を操ってはぞんざいに扱っている。父がしていたように、寝る男たちとの約束の日時や彼らのファーストネーム、払わせた金額などを手帳に書き込んでいる。

父に身体をこなごなにされてしまったわたしは夜の仕事を終えたあと、今度は自分自身がすこしずつ確実に自己破壊を進めている。近親者をも堕落させ、無意識のうちに自分自身を牢獄に閉じ込めつつあった。そのカギはもちろんわたしがもっているのだ。

体を売ることはドラッグと同じだった。日中の生活は何ら変わらず、ときどき母に会いに行き、映画を観に行き、ショッピングをするなど……。オフィスでは昇進し転属となり、オープンしたばかりのブティックの研修部門のチーフとなり一日十三時間は働いた。そして週に数夜はクラブCで働いた。夜明け前の四時ごろ帰宅し、ブティックには三時間後には出勤した。ほとんど睡眠時間はなかったのでしばしば勤務時間に遅刻していた。目覚まし時計が鳴るや飛び起きて、担当の売り場で汗水流し、同僚たちの冷たい視線を浴びる……。そのうちに職場の仕事に興味がなくなっていき、朝の店内の強い照明からも眼をそらすようになる。

太陽の明かりのもとで誰もがわたしの過去を見つめているように思える。もっと軽い気持ちで狂気を発散できる夜の方が好きだった。そこに集まる鳥たちは皆、タイヤの輪が外れたように、ゆがんだ生活を送っている。月が昇れば、わたしの傷跡も見えなくなり、自我も忘れることができるのだった。

徐々に昼の仕事からも興味が薄れていく。

ある日、新しい課長が話があると言ってわたしを呼び出した。聞いたところによると、部長の考えが変わらなければ、わたしには五〇〇フランの昇給が予定されているはずだった。課長はわたしの仕事ぶりを褒めたあと、眉をひそめながら言った。

「イザベルさん、注意しておきたいのは遅刻が多すぎることです。この点をできるだけ早く直していただきたい」

このへボ課長は自分を何だと思っているのか、わたしがタイムマシーンを気にするような従業員と思っているのか。わたしが担当する販売部の売上高を見てから言ってほしい。

「これからはかっきり決まった時間に部下たちより前に出勤するべきです」。勢いよく彼がまくし立てた。

「いえ、スタッフたちはわたしがいなくてもちゃんと働けるようになっています」

課長はわたしが彼の命令に簡単に従うと思っていたものだから、わたしの返事に腰を抜かすほどびっくりしたようだった。長年、上からの命令にアレルギー体質の頑固な部下にぶつかってこられたのだから、ついてないとしか言いようがない。わたしは父の暴君的体質をいやというほど味わわされてきたのだから、これ以上男の命令に服すのはもうたくさん。

すべてを無理強いしたがる義父にも反抗してきたのだ。わたしの将来まで決める算段で、そら結婚だ、家にじっとしていろ、などと言う親たちの考えを跳ねつけてきたのだ。郊外のハイパーマーケットの課長なんかに支配されるなどまっぴらだ。わたしが彼にまくし立てたものだから、彼に敵愾心を抱かせ、部長もよく思っていないことは、次の月の給料額がはっきり示していた。昇給額の半分が削減されていたのだった。

上役の反発を買ってからは、わたし自身が落ち込むはめに。少なくとも能力をいちばん発揮することのできた職場で批判され、処分を受けるとは！　が、上役の要求に屈するなんて問題外だった。彼の命令に従うことなどわたしには考えられない。頑《かたくな》になればなるほど気が滅入りふさぎ込んでいく。ぼろきれのように、何の取り柄もなく、いままでずーっと人に踏みつぶされてきたのだ。

自殺癖に加えて、時限爆弾のように時を刻む「死」に向かっている。毎日四箱ずつタバコを吸い、ほとんど毎晩クラブCに足を運ぶ。この小さなクラブではパトロンにも客たちにも大手を広げて迎えられ、料金をけちることなどない。クラブCにいるときは少なくとも何も考えずにいられた。シャンパン一本に客ひとり、数分踊って、何も考えずにひとりの男を満足させれば良かった。自分のことを忘れ去り、毎晩でもシャンパンを飲んだあと食事もせず、寝ずに客とのショートタイムを次つぎにこなす。

弱火ですこしずつ自分の首を焦がしつづけている。ひとりにならないために、カールやドミニック、他の男友だちを招いては、わたしの転落に付き合わさせる。将来も未来も価値観も見えない暗いトンネルの中にはまり込んでいた。長い間、父のなすがままに泥沼に引きずり込まれてしまったことを恨みつづける……。

ときどきひとりの青年と愛撫し合っている最中に、閃光が頭の中を横切り、彼が父に見えてくることもある。そんなとき恋人はわたしの前から姿を消し、残るのは父ルノーの体臭とわたしの体をなでまわす彼の手と指。恐怖の再来……。

わたしは気が狂ったかのように暴れだし、カールもドミニック、もうひとりの青年も壁に追いやられたまま動転し、唖然とする。わたしはベッドの奥にうずくまり汗びっしょりになっている。正気をとり戻したあと、自分がしたことの恥ずかしさに困惑する。父の口をふさぎ、わたしの思考から父を抹殺することができるなら！　父はわたしの内部を蝕んでいる。いまになって初めて彼は一度もわたしを愛したことなどないのだと実感せずにはいられない。彼は娘を操りながら裏切りつづけ、わたしの身体を利用しつづけたのだ。

わたしの体内にえぐられた巨大な空洞こそ、愛情の欠落でしかなく、誰にもその空隙を埋めることができないばかりか、その空洞にわたし自身が吸い込まれていく。定期的に襲ってくる自虐癖によって顔面が腫れ上がり、首のまわりには無数の引っ掻き傷が残り、疲れきっている。わたしの身体は廃人同様になり果てている。このまま死んでしまったら？　それとも子どもを産む？

妊娠さえすれば、少なくとも生きる目的をもてるのだろうか。

ある晩、この考えがひとつの光明のように閃いたのだった。さっそく翌日、避妊リングを取り外してもらうことにした。あとは赤ちゃんを待つだけ、または「死」がやってくるか、偶然に任せるのみ……。子どもは宿らず、ひと足先に訪れたのは「死」の方だった。

わたしはますます体中を引っ掻きつづけ、自分をコントロールできず止めることもできない。全身がずたずたになり、傷だらけになった姿の醜さは鏡で見るのも耐えられない。顔はあまりにも醜悪で、毛髪の根もとから胸まで引っ掻き傷だらけだった。数時間後にはハイパーマーケットの自分のポストに出向かなければならない、こんな状態で出勤するのは不可能だった。救急医に連絡したらすぐに病欠証明を書いてくれたのと同時に、わたしの手に信頼できる精神科医の住所を書き込んだ紙片を握らせた。救急医は、精神科医に会いに行くか、さもなければ「死」に向かうのみだと念を押した。

わたしはタバコに火をつけて、受話器をはずし、相手が言う問診日程を手帳に書き込んだ。

「九月十二日、精神科医ドクター・プティの問診」

通話がすんだあと、タバコの煙を吐き出しながら吸い殻をもみ消した。

九月十二日……

どうなるのかわからなかったが、この日、命が助かったのだった。

9章　助かる

九月十二日、わたしは病める心の問診に出向く。一九三〇年代のレンガ造りの建物は緑におおわれている。鉄格子を通ったあと数段の石段を登って行くとドクター・プティの問診室がある。呼び鈴があるでもなく、まるで友人宅に入って行くように進んで行くと気楽な待合室がある。すこし緊張していたわたしはソファに座る。その前にはアフリカの絵画が飾ってある。そばに観葉植物とケースがあり、その上に雑誌が置いてある……。明るい静かなこの待合室で、不思議に気が落ちつく。

ドアの開く音がし、わたしの番だとわかる。

ドクターは彼の仕事机の前に立ち、美しい彫刻をじっと見つめている。彼の背後の本棚には精神・心理学関係の書籍が並んでいる。横にある画架には非常にカラフルで心が動かされる具象画が置いてある。この問診室では喫煙できるが話さなければならない。そのためにそこにいるのだが、茶色い瞳の、一度も会ったこともない精神科医に自分のことを話すのは気がひけた。

わたしは大げさに笑顔をつくって必要な時間だけ気分転換になるようなことをしゃべった。ひとつはっきり言えるのは、彼は全然気に入らない医者であることだった。わたしより十五歳ほど年上なだけでわたしをどう治療しようというのか。男たちの視線を斜めに感じながら生きてきたわたしには、この医師を相手に誘惑ゲームにはまる必要などまったくなかった。きょうの空模様云々といった差しさわりのない話を十分ほどしたあと、ありきたりの会話も底をついたので言ってみた。

「何を話せばいいんですか?」

「すべてです」

医師は何でも聞くはずだから、わたしは思いきって話しはじめる。

「両親はかなりボヘミアン的な体質をもっています」

わたしの精神療法はこうして開始され、まる四年つづき、わたしは救われることになる。初めて問診を受けた夜は自傷行為はしなかった。死にたくなかった。クラブCに出勤する前にスーツに腕を通しながら、ドクターの問診室で見た鮮やかな彩りの油絵を思い出す、非常に美しい絵だった。

その晩、三人の新しい客がクラブに来た。朗らかな友人仲間といった調子でわたしを手招く。彼らの陽気な雰囲気を楽しみ談笑しながら、わたしたちはシャンパンを注文し、フランソワという若いチャーミングな青年の隣に座る。彼はシャンゼリゼ界隈で研究畑の仕事をしているという。いつもならあくびをかみ殺して客の話に耳を傾けなければならないのだが、不思議に彼の話には引き込まれていく。このような場所には教養のある客は稀で、わたしが関心をもてる客などはめったにいない。

わたしたちはシャンパンをすすりながらフランスの報道界の将来について議論し合っているのに、

「きみは善悪二元論的すぎるよ」。彼が横やりを入れた。なんという感の良さ！　わたしの話すことを聞くだけでなく、考え方にまで意見を述べるとは！　こんな客はかつてなかった。が、クラブはクラブでしかなく、結局、会話はいつものように尻切れトンボで終わる。フランソワが立ったのでわたしはあとに付いて彼のアパートまで行く。ベッドに入ったのは良かったがコンドームが破裂！　そんなことはかまわず、疲れきっていたわたしはそのまま明け方まで寝た。

朝方、車で帰宅したときは疲れ果て茫然としていた。が、ひとつ確信したことは妊娠していたことだった。それから一カ月後に血液検査のテストを受けた、陽性だった。受胎したのはたしか九月十一日と十三日のあいだだった。そうだとしたらちょっとこみ入ってくる。客とのショートタイムで妊娠？　そんなことはありえない……。それより四日前の九月八日にわたしに会いに来たカールにしておけば、たいした問題にはならないはず。最近のエコグラフィはすごく精密らしいけれど、無意識のうちにできてしまった子どもだとしても、売春によって子どもが生まれることは拒否したい。

操り人形師のようなやりくりを考えながらも、妊娠したことは確実なので、カールに知らせることにした。哀れなカール、彼は以前にも同じような羽目に遭わせられているから全然信じようとはしない。でもわたしは確信している。どちらにしても誰がパパであろうとたいして気にはしていない。

いちばん肝心なことは、わたしはもうひとりではなく、ふたり身になったことだった。これからはわたしが愛し保護してやらねばならないひとりの人間、わたしを愛してくれるひとりの人間が生まれてくるのである。わたしは病欠中だ。この子のパパとなる男性は存在しないけれど、お腹の中でエビくらいの大きさの胎児が泳ぎだしている。これこそこの子が生きていることの証なのだ。

日常はなんら変わりなく過ぎていく。夜は売春し、日中は休養に努める。病院ではエコグラフィを受け、産婦人科医に診てもらい、出産準備研修にも参加する。が、ホルモンの変化とはいえ、精神的にかなりの動揺をきたしていた。

毎週一回ドクター・プティは、小さなさじですくい上げるようにわたしの問診をつづける。わたしはすべてを話せた。医師はわたしを理解しており、裁くことも批判することもなく、鼻先であしらうこともなかった。わたしにそそぐ誠実な視線、患者のわたしに寄せる敬意、わたしのために割いてくれる貴重な時間、患者の人間性を重んじる医師との関係が、どれほどわたしを助けてくれたことか。笑顔で耳を傾けてくれる医師に話しはじめると際限なかった。近親姦の悩みだけでなく、わたしの生活を蝕むすべての問題にまでおよんだ。

妊娠して以来、変わりつつある自分の体を見るにつけ悪夢に襲われ、つわりはもとより、痙攣《けいれん》、吐き気、めまい、妄想に襲われ、冷や汗が流れ出るのだった。これまでは拒食症にしろ、過食症にしろ、自分の意思がそうさせていたのに、いまや体がひとりで変化しつつある。

自分ではどうにもならない勢いで日に日に体重が増え、ミシュラン・タイヤのマークのように膨れあがっていく。靴に足が入らなくなるだけでなく服までも着れなくなる。ある朝、指から外れなくなったいくつかの指輪をノコギリで切ってもらうために、宝石店に駆けつけたほどだった。体が太りつづけるうえ、つわりからくる強烈な吐き気は耐えがたかった。

すべてに嫌悪感を覚え、社会のすべてに不安を抱き、他人や群衆にたいしても排他的になる。夜も誰かが同室にいたり、男性が優しく体をなでてくれたりすると胸がむかつく。男と過ごした部屋を出たあとは必ず排水溝に嘔吐する。

家にいても同じで、同居人のエミリーとも居心地が良くない。予定もしていなかった赤ん坊が生まれることに彼女も動揺している。わたしたち二人は、はじめからフリーで、互いに縛られないクールな生活をする約束だった。それが急に初産をひかえた相棒のために静けさが破られ、夜中の四時にお腹がすくとステーキとケチャップ付きポテトフライを用意しなければならない。

エミリーが早々に荷物をまとめて去って行ったあと、胎児を抱え体重が二十二キロ増えたわたしは、どうしていいかわからないままひとりになる。やれることといったらドクター、ブルノ・プティにすべてをぶちまけることしかなかった。当時救命具を投じてくれるのは彼しかいなかった……あることが起きる日まで。

それは、わたしのおへその下あたりでシャンパンの泡が弾けるように、クックッと小さな生き物が内臓をくすぐりながら、肋骨と肋骨のあいだを泳ぎまわっているのを感じた日のことだった。それは、わたしの内部で優しくささやく、ひかえめで慎み深い何かだった。

わたしの可愛いニャンチャン、愛しいハートちゃんがコツコツとドアを叩いている。赤ちゃんが動いている！　わたしのお腹をときどきコブのように盛り上がらせるのは、まさに赤ちゃんの可愛い足、息子の足なのだ！　お腹の奥にいるのはわたしの息子、わたしのひとり息子、この世でいちばん愛する、わたしの心に君臨する王子さま。

胎児が動くのを感じはじめてからはわたしは心身ともに、胎内の子の状態を模するかのように擬娩《ぎべん》（妻の出産前後に、夫が出産に伴う行為を模倣すること）を実行し、外出せずに胎内で手足を動かす赤ちゃんに耳を傾け、全身を彼に捧げる。精神治療と売春を止め、タバコの量も四分の一に減らし、アパートに閉じこもってお腹が大きくなっていくのを眺めながら過ごす。

が、新生児との生活はどうなるのだろうか。わたしの悩みに乗じ、母はそれに輪をかけて余計なことを言い出した。ある日、わたしに会いに来てどうすればいいか説教をたれる。

「この子を自分で育てるなんてとんでもない、仕事も夫もいないのにどうやってひとりで育てられるというの？　わたしの経験からしても、自分の手で二人の子を育てたいけれど、あなたには無理よ……」

母はわたしの気持ちに水をさそうとする。でもわたしは子どもがほしい、本能がそれを望んでいる。この子がいなければ自殺するだろう、この子のために生きるのだ。母のお説教はわたしをますます苛立たせた。

「イザベルさん、自信をもちなさい、ご自分が選んだことに誇りをもちなさい、自分以外の誰でもないあなただけの喜びを実現してください……」

ドクター・プティの言葉のひとつひとつがわたしの頭の中に響きわたる。

わたしは母を冷たくあしらって追い返し、これから生まれてくる赤ちゃんを大事にした。彼が幸せになれるように最善をつくすため、わたしは妊娠四カ月目から、まずローランス・ペルヌーの本『子供を育てる』（一九六六年発行）を購入し、「現代の育児指南」と言われるこの育児書の一字一句を追っていった。

妊娠五カ月目、新生児のボディやパジャマ、下着を三つ子が着れるほどの枚数を買いそろえる。そしてそれらを一枚一枚マルセイユ石けんで洗ってはゆっくりと乾かす、赤ちゃんがしっかりと胎盤にしがみついていてくれるようにと祈りながら。

六カ月目、ある晩、自分で台所と浴室のペンキを塗り替えることを思いたつ。ペンキがはげ落ちるような家に生まれてくることのないように、神さま、どうかご慈悲を、ダウン症ではありませんように……。

七カ月のころ、ショックだったのは、もしパリ地域で出産したら、息子はブルターニュ出身ではなくなることだった。出生証明書に「クレテイユ生まれ」などと記入されてはたまらない。そこで急きょ、ブルターニュのフィニステール地方で妹と暮らしている母の家に落ちつくことにした。そうすれば出産のときひとりぼっちではない。神さま、健康な五体満足の赤ちゃんが生まれますように……。

妊娠八カ月目、屋根裏から祖父が使っていた船員のもつかごを取り出した。祖母オーギュスティーヌの夫が船の中で必要な着替えを入れておいたかごだった。藤で編んだかごを赤ちゃんの揺りかごに変えるべく、埃をはらい、マットレスとシーツを用意して小さな素敵なベビーベッドに作り上げた。赤ちゃんにはパパはいないけれど、祖先は船員だったのだから大西洋の潮の香りがするこの揺りかごの中で安心して寝られるだろう。

出産日より三週間前、雌牛のように大きくなったお腹を抱えながら、心のうえでも準備ができていた。担当医は、出産日を次の週の土曜日と設定した。正常でない子を産むのではないか、へその緒が赤ちゃんの首を締めつけはしないかと怖かった。看護婦が赤ちゃんを盗んでしまうのではないか、アル中の産婆の不注意で他の赤ちゃんと換えられてしまうのではないか……心配は尽きなかった。が、もうあとに引き下がることはできない、息子との対面が間近に迫っている。

妹の腕に支えられながら病院に向かった。このような大事のときに家族の誰かがそばにいてくれることはありがたかった。彼女はわたし以上に興奮していた。分娩室ではわたしの介護までしてくれる。額の汗をハンカチで拭ってくれたり、雑誌を扇子代わりにしてあおいでくれたり、ときにはわたしを勇気づけてくれた。

妹が寄りそうなかでついに赤ちゃんが飛び出してきた。新生児の眼が一直線にわたしの眼に向けられた。ピンク色の小さなカエルのような肉体の温かさがわたしのお腹に伝わるや、そうだ、この世の何よりも強くこの生命を愛するのだ、この子がわたしを必要とするかぎり死ぬことなどできない、と自分に言い聞かせた。

息子が生まれたのと同時に、わたし自身が生まれ変わる。このとき二十四歳になっていたわたしからは、かつての大敵、過食症や拒食症、自傷症などが姿を消していた。

息子には、わたしの名字オブリにモルガンというファーストネームがつけられた。モルガン・オブリ、母親としても素敵な名前だと思う。乳首をくわえながら彼の小さい鼻が乳房に押しつけられてつぶれるほど。お乳！　おっぱいにむしゃぶりつくときの勢い！　おっぱいを吸っては寝つき、そしてまた泣く。この世にまるでわたしと彼しか存在していないかのようにじっとわたしを見つめる。

わたしが体験する初めての強烈な喜び！　お腹がすいたの？　おっぱいよ、怖いの？　だっこして安心させる。なでてほしいの？　お湯を浴びる？　頬にキス？　すべてを叶えてあげよう。夜になると揺りかごをわたしのベッドの脇に置き、すこしでもお腹がすけばおっぱいをあげてやる。互いに体を丸くして寄りそって眠り、朝は二人で眼を覚ます。

わたしと息子とのあいだにはごまかしも、あやつることも、倒錯性も、下心などというものはいっさい存在しない、純粋な母子の関係を紡ぎはじめる。出産後の数カ月間、この真の情愛が育ちつつあるなかで、わたしの内に巣食っていた苦悶と世にたいする不安が忘れ去られていた。モルガンとわたし、二人の生活は幸せのひと言に尽きた。

母は良き祖母になっていた。ブルターニュの祖母たちが孫にたいしてもヴヴォワイエ（丁寧な話し方）で話すように、母は孫息子にヴヴォワイエで話しかけていた。わたしも無意識にブルターニュの習慣に合わせていた。

「ちっちゃなヒヨコちゃん、よく眠れましたか？」

母と妹とわたしは三人の賢母どころか、争って揺りかごのモルガンを抱き上げようとする。とくに母の可愛がりようは人一倍で、モルガンの世話をするときの表情は幸せそのものだった。わたしが生まれたときに母が同じように可愛がってくれたのか覚えてはいないが、夜中わたしが疲れきっているときなどは、少なくともモルガンにはミルクを飲ませてくれた。離乳期には、瓶詰めの離乳食などは拒否し、愛する孫息子のために自分で作っては食べさせるのだった。新鮮な野菜を念入りに煮込み、ひとさじずつ孫に食べさせる。わたしが乳児のときには見られなかった母のこの愛情の表し方は、同時にわたしにも栄養となって吸収されていった。そのおかげで母とわたしとの距離が一挙に縮まるのだった。

この時期にわたしは母に何でも話せるようになっていた。友人のこと、恋愛のこと、抱えている悩みなどについても話し、二人のあいだに横たわっていた深い溝を埋めるように努めたが、じきに古い裂け目が開いてしまうのだった。わたしたちの会話は対話にはならず、母はわたしが話すことすべてにアドバイスを与えるものの、なんら的を射ていなかった。あるいはわたしが語ることの何も耳に入っていないようだった。

昔から母はわたしの生活や性格などにはいっさい興味をもっていなかった。関心をもつのは外見のみで、とくにわたしの姿のみ、ちゃんとした服装をしているか、あまり太りすぎてはいないか、きれいかなどで、わたしを立たせて頭のてっぺんから足の先までチェックした。彼女が好む洋服をわたしに着せようとし、ほとんど彼女が着ているのと同じ服を着させようとする。そのままのわたしを認めようとはせず、自分の分身をつくり上げようとした。彼女の眼から見ると、わたしは常に過ちを犯している娘だった。が、わたしは自分に軽い落ち度があったとしてもさほど気にならなかった。大事なのは、わたしの愛するこのブルターニュで新しい幸せに浸りながら、新生児の息子と妹のカミーユと母のそばにいられることだった。

まるで焼け跡の灰の中から真の家庭が生まれ出たかのようだった。欠けているのは父だけだった。ある晩、洗った皿を拭きながら母がきわどい話題にふれ、はっきりと一語一語を区切りながらわたしに向かって言った。

「この前、財産分与のため、お父さんに会ってきたのよ。彼は変わったわ……わかるでしょ」

知らない、知りたくもない、父のことは考えたくもない。わたしの思考のなかにも、生活のなかにも出てきてほしくない。しかし、彼は存在しつづけている……母はくり返す。

「ほんとうに以前の彼ではないの。服役によって非常に落ちつき、人間が変わったかのようよ」

えっ？　そんなこと信じられない！

「イザベル、彼に会ってやるべきだと思うの」

何のために？　わたしが生涯憎悪する男、娘の人生を破壊した性的虐待者にもう一度会う？　母の言うことを吹き飛ばそうとするのだが、耳の底にしぶとく居座りつづける。日が経つにつれて思考に侵入し、地歩を固めていった。父に再会する……、どうして拒むのか、彼が変わったのだとしたら……心の中で何かが父との和解を望んでいる。母が呼び覚ませたこのかすかな希望とは、ついにパパと呼べる父親をもてるかもしれない、というささやかな願いの気持ちだった。わたしを愛することのできなかった父が孫息子を愛してくれるかもしれない……。

父が刑務所に入れられて以来、わたしは動揺しつづけ、生と死の境にある絶壁に立たされ、内臓まで乾からびさせる過酷な孤独を余儀なくされてきたのだ。いまそこに、荒波の中を彷徨いつづけてきた小舟が錨を下ろすべき港口が開かれている。

父に再会すれば……彼は謝るのではないか、彼がいままでもっていなかった新しい体質を見出し、彼とゼロからやり直すこともできるのではないだろうか。そうすればわたしの体内に巣食っている彼にたいする怒り、憎悪を封じ込められるのではないか。近親姦や乱交パーティによってずたずたにされた少女時代の残骸をすべて抹消できるのではなかろうか！

もうわたしは成人しており、年月も経っているのだから、父とわたしの新しい健康的で清らかな関係を再構築できるのではないか。わたしが生きた過去と恐怖を永遠の忘却に追いやることができるのではなかろうか。母が、父ルノー・オブリと娘の間を取りもとうとするのは、もしかしたら彼女はこのような将来を期待しているのではないか。わたしもそのような夢を抱かなかったわけではない、もう一度生き直すということ、何もなかったかのように。

ある日、わたしは彼が暮らしているノルマンディーに会いに行くことを決心した。彼は地元で見つけた三人目の妻イヴリーヌとこぎれいな一軒家に住んでいる。彼女は当地ではいっぱしの名士の裕福な家の出だという。名望がものをいう、緑に囲まれた土地なのだ。

彼がドアを開けたとき、わたしは茫然とし、頬にキスされるや杭のように硬直した身体を支えているのがやっとだった。彼、でも彼ではない、すこし老けた感じだが、以前感じさせたかさかさした臆病さも、あれほどわたしを怖がらせた凶暴さは感じられなかった。彼は落ちつきはらい、娘の前に堂々と自慢そうに立っている！　眼に入れても痛くない可愛い娘イザベルが、しゃれた服を着てスポーツカーに乗って、わざわざ遠くから父親に会いに来たのだ！　うわべだけの美しさを好む父は、以前は雄鶏のように威丈高でうぬぼれ屋だった。

村の中を二人で肩をならべて歩きながら彼が言った。

「おい、いい暮らしをしてるようじゃないか……」

「売春でお金が入るから」

「あ、そう？　うーん……イヴリーヌには何も言うなよ、いいか」

父は、わたしが体を売っていることに関しては全然気にしていない。どんなことがあろうが大事なのは彼自身のことだけなのだ。彼の自尊心と、彼の何番目かの新しい妻は、わたしに関するスキャンダラスな噂が広まるのを嫌がるだろうし、新妻と共に彼が新しく築きはじめている新生活、彼にとってはこれらが何よりも大事なのだ。いまの妻には、彼の過去はもちろん、数えきれない過ちについてもひと言も知らせていない。だからといって父が心を入れ替えたとは思えない。

それでいてわたしはかすかな希望にすがろうとしている。もしかしたら父は心の底で罪悪感を感じ、娘にしたことを後悔しているのではないか。最後にはわたしに許しを乞い、普通の父親のように振るまうようになるのではないか……、そう信じたい。母の言うことが間違っていないか、ルノー・オブリはほんとうに変わったのか、この新しい男はほんとうにわたしを愛することができるのか確かめてみたかった。わたしは警戒心をゆるめてはいなかったが、ほんとうの父親をもつチャンスを残しておきたかった。夕方別れる前にわたしは彼を抱擁し、彼が「また会いにおいで」とすすめたとき、「いや」とは言わなかった。

帰路、車を運転しながらわたしは喉もとがすこしずつ締めつけられるようで、息をつくのも苦しくなりエンジンを止めて路肩に車を駐車した。イネ科アレルギーのためかもしれない……。母の家に着いたときは疲れきっていたが、打ちのめされてはいなかった。胸を張って生きていくのだ！　いまは世話をしなければならない赤ちゃんがいる……。

しかしそれほど容易にはいかなかった。ブルターニュでのカッコ付きの産後の一時期を過ごしたあとパリに戻ると、モルガンとの一対一の生活がはじまった。良きにしろ悪きにしろ、この子はわたしひとりでつくったのだ。良いことは、彼がいることによってわたしたちは二人になったこと、おデブちゃんをだっこしたり、湯を浴びさせたり、なでてやったり、くすぐったりするとキャッキャッと笑い声をたてる。

悪しき点は、アパートに足を踏み入れるや雑用のほかにすべてが煩雑になることだった。夜泣きする赤ん坊の世話で不眠の夜がつづくことの疲れ……赤ん坊の食事から家の整頓まで、何から何までひとりでやらなければならない生活を消化するのはしんどかった。

いままで自分以外の人間に食事を用意したのは父のためだけだった。家の掃除をしたのも父に強制されたからだった。彼が課した足かせから解放されたとき、わたしはすべて行き当たりばったり、何でも好きなときに食べ、やりたい放題になった。部屋の掃除もいっさいしなかったから、新聞やレコードや衣類などが床の上に積み上げられている。壁のペンキはちゃんとしていたが部屋の中はごったがえしている。掃除婦と子守、モルガンの面倒をみてくれる誰かが必要だった。それにはお金が要る。預金がいつまでもあるわけではない。長期病欠は産休に換えられたのだが、もうそれも終わろうとしている。ほかに選択の余地はなく、ハイパーマーケットの職場に戻るしかない。そう考えただけで冷や汗が吹き出した。わたしの昇給を取り消した、あの上役の下でまた働き、実社会で普通の人たちと働く毎日……、パニックに陥る。あそこに戻ることなどできるはずない、絶対に店には戻りたくない、それだけを望んでいた。ちょうどいい具合に、時期を同じくして解雇されたのだった。

生後数カ月の乳児を抱えたシングルマザーとはわたしのことだった。いまこそこの子と生きていくために、すぐにでも解決策を見つけなければならない。ノーマルな生活を送れないわたしに残されているのは、売春しかない。母親になることによってわたしの生命が救われたのだが、死臭を放ちつづける苦悶はわたしの体内に生きつづけている。

お金がほしい、誘惑の餌食になりたい、夜を欲し、アルコールに浸り、すべてを忘れ去り、体を売ったあとお金を手にするときの傲慢さ……。出産後、しばらくするとこうした自己破壊の欲求が芽生えていた。ふたたび夜の蝶の世界に戻るため、面倒のいい子守を雇って息子を預け、夕方からクラブ・バロンに向かった。

バロンとは、当時かなり評判のバーとして深夜族の集まる場所で高級娼婦が働いていた。

「バロンに人がいなければ、パリには誰もいないということさ」

よくそんなことが言われていた。この高級バーは、当然クラブCよりもずっと高く、客たちも相当の金持ちばかりだった。ここで働けば、かなりのお金が稼げてモルガンを何不自由なく育てられ、住み込みの子守を雇うこともできるだろう。ストリップガールが極彩色の羽を揺らせながら踊っている舞台の横で、店主がわたしの面接を行なった。踊りが終わる前に話がまとまった。ムッシュー・ルイが経営するこのプライベートクラブでわたしは専属の娼婦として働くことになった。

毎晩、客たちはわたしを法外な値段で買ったが、全額がわたしの懐に入るわけではない。郊外のアパートに住み、高価な服を身につけ、高級車を買ったくらいで、お金はカートンの中に詰め込んでおいた。カートンが一杯になると、銀行に行って無記名債券を買い、銀行の金庫にしまっておく。これらのお金は実際にはわたしの私有物ではなかったので所得申告もしない。実際に働いて稼いだお金ではなく、男たちに体を提供した代償でしかない。客が高額の金を払えば払うほど、わたしが彼らを支配しているような気持ちになった。二十五歳で売春で身をつなぐことは、ある意味で魅力的だったと言える。毎夜体を売ることによって自分がすべてを操縦できるという自己満足感に魅せられていた。わたしはこの道にますますはまり込んでいった。

当初はバロンで客と過ごしたあと、すぐに帰宅していたのだが、月日が経つにつれてすこしずつ帰宅するのに気が重くなっていた。自分が汚らわしく感じられ、頭の中をきれいさっぱりさせてからと思うようになった。バーの同僚の売春婦たちと共にしばしば脇道にそれるようにもなった。彼女らは常連客が帰ったあと、ダンサーのいるシャンゼリゼのゲイバー、「クイーン」に合流し、わたしといっしょに過ごすか、レズの集まるナイトクラブにしけこんだ。そこには仕事を連想させるような客がいないので好きな酒を飲みながら楽しくおしゃべりし、女同士で踊ったりして過ごせた。真面目な話やむかつく話題などは避け、すべてを忘れるようにした。が、夜が明け、グラスが空になったまま太陽が昇るや、過去が浮かび上がってくるのだった。

霞にかすんだこの時間に、レティシアは若いころからドラッグ浸けになっていたのが、いまはヘロインをひかえようと苦しんでいることがわかる。実際はアラブ人なのに自称日本女性チャンは、彼女と縁を切った家族を忘れられないでいる。

フロアダンスの女王、フィルミーヌがウォッカを二杯飲みながら惨めな少女時代の断片を語ってくれた。小さいとき彼女がおとなしくしてないときは、母親が何日でも部屋に鍵をかけて彼女を閉じ込めたという。バロンで働いている女性たちは、いまの状態にたどりつくまでに想像以上に悲惨な生活を生き抜いてきたのだった。

彼女たちはそれでも自分の力のおよぶかぎり生きつづけようとしている。いろいろな計画をたて、子どもをもち、スペインに架空の城を建てるような、ありえない夢を抱きつづける。ブラック美人、マヤは糸のように痩せていてピンナップガールのように均整のとれた体をしている。ある日、洗面所でもうじきバロンの仕事を辞めると言い出した。

「一カ月以内に辞めるわ！」

マスカラをつけて、つけまつげを巻き直しながら言った。

「あ、そお、どうして？」

「妊娠したのよ、お腹が大きくなってるのに気がつかなかった？」

もうひとりの同僚は母国スイスにサロン・ド・テを開くために毎晩売春に精を出している。あともうひとりは、職業替えするために心理学を学びはじめている。これらのプロジェクトはこの分野で耐えていくための活力の足しになっており、ドラッグはその補給燃料にもなっている。

わたしにとっての活力は、仲のよい同僚が仕事のあと金持ちの家で開かれるパーティに連れて行ってくれたりするときに補給される。サロンにはCDプレイヤーのそばにも、低いテーブルの上にもコカインの白線が引かれている。まず試してみる。気持ちいい、頭脳をきれいにしてくれる感じ……。コカイン、次はLSD、エクスタシー、マリファナ、カナビス……。それらを吸うとハッピーな感覚を味わえるがじきに覚める。

毎日バロンに行く前に気持ちをすっきりさせ、楽にし、週末にまた心ゆくまで楽しむために徐々に薬物の量が増えていく。わたしと同様に常軌を逸する同僚たちと夜遊びにふけり、休む間もなく毎晩はめをはずし、夜の蝶たちとしか付き合わなくなる。彼女らといる間は少なくとも自由でいられ、苦悩からも解放される。が、昼間は別で、まるで水面に浮かぶ紙で折った小舟のようだった。

幸いにして家では可愛いモルガンの世話をし、できるかぎりのことをしてやり、愛に満ちた日常生活を守ってやった。息子と一対一でいるときだけは、他の時間と完全に切り離して楽しいひとときにしてあげた。ある週末はサンドイッチをかごに入れて森に散歩に出かけ、あらゆる角度から彼の写真を撮ってやった。森で、動物園で、公園で笑い転げる息子の顔。が、どの写真でもわたしの表情には寂しさがにじみ出ていた。わたしの可愛いアヒルちゃんのために、着れないほどの数の可愛い服を買ってやり、毎回ショッピングのために最低二千フランは遣った。特注のブランド、パーフェクトのミニスーツも誂えさせた。モルガンにはすべて買いそろえてやった。

ある晩、バロンに出勤する前に息子に湯を浴びさせた。そのとき無意識にあることが頭に浮かんだ。浴槽の中にいる裸の息子を見ながら、ある種のエロチックな、むかつくような、突拍子もない、許されるべきでない考えが浮かんだのだ。

そうだった、父がわたしにはじめたのはこれと同じ場面だったではないか。ここで息子の体をなでれば、まさに彼を汚すことになる。自分自身で唖然とする。この卑猥な感覚は脳のどこから出てくるのだろう。とっさにモルガンを浴槽から抱き上げ、タオルで拭いてやりパジャマを着せて、子守に預けたあと、荒々しくドアを閉めて家を飛び出した。頭が錯乱し、内臓がかき乱される思いでバロンに向かった。

わたしが避難できるのはドクター・プティの問診室だった。

「ご自分がさもしい考えを抱いたことを意識なさったのなら、イザベルさん、あなたは良い方向に向かっているのですよ。あなたが体験したことを再現させまいという意思の強さをもち合わせているのですから」

医師の言葉で気持ちが落ちつくのだった。わたしは、この優秀なカウンセラー抜きでは暮らせなくなっている。週に二回、またはもっと多く会いに行くようになっていた。わたしが話を聞いてほしいと言えば、夜の七時でも十時にでも受け入れてくれた。腕時計を見ながら患者を問診するような医師ではない。医師ブルノ・プティは、問診中、ひと言もはさみ込まないラカン派タイプではない。わたしのように地に足のつかない夢遊病者のような患者をも暖かく迎え入れてくれる。

彼のヒューマニズムとも言える暖かみによって、わたしは心身がすこしずつ落ちつき、しっかりしていくように感じられた。わたしの体内にひしめくすべての苦悩を彼に聞いてもらうために媚びる必要もなかった。彼はわたしの容態に合わせながら助けてくれている。医師は、わたしが自分が醜いこと、そのイメージまで嫌っていることを知っている。

ある晩、問診室に入って行こうとしたとき、医師が片手に手鏡をもってドアを開けた。この動作が日課の一部になっていく。鏡に映っている自分の姿に向かって行くことはできなかった、不可能なのだ。いままで他人の視線だけを気にしてきたわたしは、おのれの視線を意識したことはなかった。医師は、わたしが正面から自分の顔を見つめることを受け入れ、鏡に映っているものを言葉で言い表せるようになるまで、この動作を何回かくり返させた。

醜悪な顔。

化粧をとれば何も残らない女の顔。

罪を犯した若い女、犯罪がしみ込んでいる顔。

近親姦を許した女の顔。

何回か問診を重ねていくうちに、罪悪感がわたしをさらに荒廃させ、体内を蝕んでいることを自覚するようになっていた。が、この罪悪感の重荷がいくらかずつ軽くなっていく。ひとつの明白な点がすこしずつ見えてきたようだった。

父がわたしにしたことは性犯罪であり、わたしはまったく無実であること。犯罪人は彼であり、彼の常軌を逸した性暴力がわたしの生を破壊したのであり、わたしがそうさせたのではないこと。幼い少女が、何もわからず父を興奮させ、父娘の醜悪な秘密を守ることを約束したことなどは以前ほど恨んではいない。が、その少女を忘れ去ったり、コカインの力で封じ込めたり、客とのショートタイムを重ねながら過去に追いやりたくはない。この少女を許してやり、いつかはわたし自身と和解させてあげたい。

ブルノ先生のおかげで、わたし自身が何者なのか、自分を締め上げ、自分に責め苦を課し、苦しめてきたのは自分自身だったことを知る。いつかはそれが終わるべきなのだ、わたしは犯罪者ではなくどこまでも被害者なのだから。意識がはっきりしてきていた。あとは時間の問題だった。

ある晩、バロンで壁を背にして、ぼんやり立っていたとき、ひとりの男が入って来た。きっかりしたスーツはエレガントで上品、五十代の柔らかな、いたずらっぽい視線……。マスターがわたしにサインを送ってきたので、二分後にはこの格好いい男性の横に腰かけた。バーの中にいる三十人ほどの女たちのなかからわたしが選ばれたのだ。

彼は立ち上がり、わたしの椅子の高さを調節したあと、バーマンにドン・ペリニョン（モエ・シャンドン社の最高級銘柄シャンパン）を一本注文した。この上品な男はイタリア語しか話さないので、彼の友人が通訳してくれる。ヴィルジリオ。彼は道路建設技師であり、わたしがすごく美人で、魅惑的で、洗練されていて、まれにみる女性だ……と褒めちぎる。彼が技師であろうと、わたしはイタリア式長広舌はまったく信じないことにしている。土木技師なら、これくらいの高級な背広はもちろん買えるはずだし、彼が嘘をついていたとしてもかまうものか、ちゃんと金を払っているのだから彼の望む場所について行くだけだ。ロシア・キャバレーに行っても、彼のワンマンショーをえんえんと聞かされる。

「最初にきみを見たときに一目惚れしてしまったんだ。それは言葉では説明できないことであり、もう絶対にぼくから離れないと約束してほしい……」

通訳は暗唱するかのようにわたしにささやいた。

好きなだけひとりでしゃべったあと、ヴィルジリオはテーブルの間をバラの束を抱えて売ってまわっている男に指を鳴らして、彼が抱えていた全部を買い取って、わたしのまわりをバラで埋めつくした。ホテル・モーリスで一夜を明かしたあと、ローマから来ていた彼は気持ちを変えるどころか、ぜひもう一度わたしに会いたいから翌日も、翌々日も来るようにとプロポーズする。おしゃべりし、撫で合い、シャンパンを飲んで豪華なディナーを楽しみ、会話には限度があったが心地良かった。

彼がこれからスペインに飛行機で向かうと言いながら、電話番号を記した紙片をわたしに手渡した。残念、可愛い男だったのに。が、ほんとうにわたしに恋をしたのか、毎日電話をかけてきては、会いに来るようにと切願するのだった。

マドリード、ジュネーヴ、ルガノ……とヨーロッパの各地で週末を彼と過ごすためにわたしを呼んでくれた。わたしは、いつかは彼がしていることを話してくれるだろうと思いながら、どこにでも付いて行った。ラベンダーの香りのするベッドのシーツの上で朝食をとろうとしたとき、彼が話してくれた。簡単な仕事でフリーの詐欺師でしかないという。大口の客とはシチリアのマフィアくらいで、彼らのために銀行家と組んで金を横領することだった。

「こんな仕事をしていても、ぼくを好いてくれるかい?」

「いいわよ」

わたしは彼に魅力を感じていた。マージナルな男だけれど、柔らかくてロマンチックで、よく気がつく。彼がわたしを好いてくれていることでわたしは満足していた。彼に愛着を覚えるようになっていたから、体を与えるたびにお金を払わせるなんて問題外だった。支払われることを拒否することは、ひとつのハードルを越えることだった。愛されることが初めて怖くなくなっていた。

いままではわたしを愛したいと願う男たちの気持ちを削いできたものだ。わたしが選んできた男たちは皆既婚者か不貞者で、不安定な輩ばかりだった。優しくて真面目にわたしに惚れた男たちとは、うまく身をかわして関係を絶ってしまった。父がわたしに教え込んだのは、男のことで苦しまずにすむように、それでいて関係は絶やさずに、彼らを客か恋人というレベルにとどめておくことだった。

カウンセラーのおかげで、わたし自身が変わりつつあった。ひとりの男がわたしに恋しても怖くなくなったということは、自分自身を愛せるようになったからだった。いままでいつもカップルで暮らすことを怖がってきた。それは当然のこと、不倫の相手は皆妻帯者だったから、いつも既婚男性と付き合ってきたことになる。しかしヴィルジリオは、初めて愛する男性として受け入れても良かった。そこできっかり売春も止めることにし、バロンにはもう足を踏み入れず、すこしずつ死に向かわせていたドラッグや夜遊びも止めることにした。

いままではカートンに詰め込んだお金で何でも買い、戸棚には数知れない服が吊るされていた。毛皮のコートなどは二束三文で古着屋に引き取ってもらい、数カ所へこんでいるスポーツカーも中古車として売り払った。それらのために一〇万フラン、いやもっと遣っていたかもしれない。どちらにしてもそれらは汚れたお金で買ったのだからしまっておく気にはなれなかった。ベッドの上でこれら悪臭を放つ札束を眺めているよりも別のことをすべきなのだ。

ヴィルジリオといっしょに生きるのだ。

当初ふたりの生活は美味そのもの。イタリアン・ミュージックを聴かせるためにたくさんＣＤをプレゼントしてくれ、街の隅々まで知っている彼はローマを案内してくれた。そのうえわたしをビジュー（宝飾品）で埋めつくし、ミンクやクロテンのコートまで買ってくれた。

そのかわりにわたしは、マフィアとの約束の合間を縫って、彼を息子とともにパリのヴァンセンヌの森に散歩に連れて行ったりした。そして彼はわたしを自宅に招いては、星付きの高級レストランのトリュフ入りパスタ以上に美味しい本場のパスタを作っては味わわせてくれた。

わたしは何よりもノーマルで落ちついた生活を彼と分かち合い、対話を交わせる生活を欲している！が、わたしたちはフランス語と英語、イタリア語混交の訳のわからない、ちんぷんかんぷんな会話を交わし合っている。そのうえ彼には時間がなかった。世界中、彼が行くどこにでもあとを付いていく生活は気違いじみており、わたしを圧迫しはじめていた。

彼といるときは、足のつま先まで武装しているボディガードに囲まれて暮らし、彼の偽造パスポートを隠し、札束ではちきれんばかりのスーツケースをもって空港に駆けつける姿を見送るのが日常になっていた。月日が経つにつれて自分がどこにいるのかもわからなくなっていた。

ある日、予期しないことが起きた。彼のビジネスのためチューリッヒのホテルにいたときだった。まだベッドの中にいたとき、誰かがドアを叩いたのでヴィルジリオは急いで部屋着に手をとおしながらドアを開けるや、四十代の女性がかんかんに怒ってイタリア語で怒鳴り散らしながら部屋に入って来た。ヴィルジリオを罵りつづけるこの女性が、突然わたしの方を向き名前と年齢を訊いたが、ハンドバックを振りまわしながら部屋の中にあるオブジェを投げ飛ばし、めちゃめちゃに壊している間、わたしはジーンズに足をとおして、ホテルのバーに下りて行ってコニャックを一杯あおって気を落ちつかせた。

廊下を走っているとき、メイドたちが何やらささやき合って大笑いしているのが聞こえた。笑うどころではない、わたしはひどいパニック状態に陥り、カウンセラーに電話をしてみたがつながらなかった……。ヴィルジリオがローマ行きの飛行機にこの気の狂った女性を乗せてから、ホテルに戻ってきたときに訳を話してくれた。

「あの女はワイフではなくて友人にすぎないんだ。たいしたことはないよ、イザベル、嫉妬しているだけなんだから……」

ヴィルジリオはわたしと不倫の最中にありながら、じつはこのヒステリックな女とは十五年以上の関係をもっているというから、理解できないでもない。心が痛むが極力考えないようにする。こうした状況には慣れているのだし……。笑顔を崩さない若い女のマスクをもう一度被ってみようとするのだが、幼児期にエゴが芽生える前に押しつぶされたわたしには、覆うべき顔などはもっていなかった。

「あまり幸せそうには見えないけど……」

コートダジュールの海岸に横たわっていたとき、ヴィルジリオが決めつけたような口調で言った。彼はイタリア警察の指名手配中にあり、当局の取調べを逃れるために南仏に居をかまえてビジネスをつづけていた。この週末に、ある仕事で五十人ほどの仲間が集まるというので、わたしも四ツ星ホテルに彼に会いに来ていた。このホテルのパーキングをアメリカ人たちの何台ものリムジンが占領し、プライベートビーチでバーベキューパーティを開くのだという。紺碧の海を眺めながら、わたしはフルーツカクテルを飲んでいると、すぐ横のデッキチェアに横になっていた、やはりマフィアのごろつきと関係をもつ女性が、わたしがどんな女なのか探るように訊いてきた。

「あんたは幸せじゃないみたいね……」

デラックスすぎる生活にぐったり浸かっている状況からして、この質問は的がはずれているとは言えなかった。このマドモワゼルは人を見る眼がある、確かにわたしは幸福ではない。彼女にそう指摘されるやわたしの思考に嵐が襲ってきた。長い間、閉じられていた眼が初めて開いたように。

父という最初の男にあれほど苦しめられたわたしが、いまはマフィアの男と暮らしている。コートダジュールの浜辺で強い陽を浴びながら過ごしているわたしは、じつを言えば地中海よりも、いつも曇っている大西洋の海の方が好きだった。男に依存しまいといつも闘ってきたのに、いまは働かずにひとりの男に囲われている。しかしながらよく考えてみると、いまの生活は、自分の意志に逆らいながらも、自分がもっていた価値観に反しながらも自分で築いてきたものだった。

この数年間、自分を幸せにするのとは反対のことばかりしてきたのだった。男たちを喜ばせるための、父が娘に望んでいたような尻軽の、男たちの肉欲に容易に屈する女になっていた。美しい海岸に横たわっているこの瞬間、当時のわたしを忘れていながら、いまも幸福ではないという実感が、いままで考えてもいなかった重みをもって浮かび上がってきたのだった。

カウンセラーに語りながら、わたしにはまったく責められることはないということがはっきりし、それ以来、自分を罰する必要もなくなっていた。わたしは、ヴィルジリオに愛されることを受け入れた自分に満足している。彼は結婚している。はたしてそれが彼を愛するのに不可欠な条件だったのだろうか。

行動に移すこと。自分のためのフルタイムの幸福と言ったら漠然すぎるが、それ以上にわたしにふさわしい幸せを探し求めるのだ。そのためにはヴィルジリオとの関係に終止符を打つこと。いま何よりも大切なのは、わたし、わたし、わたしだけなのだから。

二十六歳のとき、コートダジュールから戻ってカウンセラーに会いに行ったときに宣言した。

「きょうからは、わたしが欲しないことは誰にもわたしに強制することはできません。長い間、望んできた職業、ジャーナリストになることに決めました」

昔から書くことが好きだったわたしは、十何冊かの日記帳を埋めつづけたし、カールには何千通もの手紙を書いたが投函しなかった。息子が産まれる前に彼に、妹に、自分自身にも宛てて書いたこともある。バカロレア合格後、取材記者やコラム担当記者、特派員になることも夢見ていた。いまこそ、わたしらしい生き方をするべきなのだ。言うや実行に移した。

以前の五万フランの月収から社会復帰手当四六〇ユーロに急降下したものの、少なくとも書くという仕事に就けたのだ。女性誌『ファム・プラティック』から経済誌『アヴァンタージュ』、『ル・ヌーヴェル・エコノミック』……などに挑戦した。確かに難しい、書くことはそれほどでもないのだが、同僚たちとの関係や上司の命令に従うことなどは努力が要った。

それにしてもジャーナリズムとはなんと奇妙な職業なのだろう！　化粧品大手ロレアルとニヴェアが雑誌の一面広告に莫大な金を払うから、両社の記事を書くようにと要求されたことがある。大都市の市長のインタビュー記事を書いたとき、彼の所属する政党に関し好意的な記事を書いてくれれば、大手日刊紙の誰それにコネをつけてやるとささやかれたこともある。へェー、そんなふうなのか、それですこしばかりがっかりしたことを覚えている。

それにフリーランスとはなんと惨めな仕事なのだろう！　まるでタダ同然、それに躁鬱《そううつ》症の編集長にでもつかまれば、何ごとも大急ぎで応じなければならない。結局、ジャーナリズムはわたしにはあまり向いていないことがわかり、プレス分野は諦める。他に方法がなく、とりあえず昔取った杵柄《きねづか》、夜の腐敗した職場に舞い戻る。まずゲームセンターの係員になり、そのあとはナイトクラブのセクレタリー兼会計係になった。毎日午後二時からの出勤なので、その前に息子の世話ができた。夜の客に身をゆだねることもなく、いつも心ここにあらずの生活ではなく、息子とできるだけ長い時間を過ごせることの喜びをふたたび自分のものにすることができた。

夜外出し、踊って、ドラッグに浸り、体を売る……そのような衝動は体内で消滅していた。モルガンも喜び、わたしも楽しかった。わたしの可愛い子、モルガンは日に日に大きくなっている。もうじき三歳になろうとしている。彼がまっすぐに育っているのを眼にするだけで幸せだった。おとなしくて優しい子、毎日わたしがそそぐ愛情と規則正しい日常と環境は、わたしが彼の歳に親から与えられなかったものだ。彼はその喜びを百倍にして返してくれるのだった。

カウンセラーは、すこしずつわたしが自分自身にたいして良くなろうとしているのを知って満足しているようだった。さらに良いほうに向かっていくために、二時間の問診を三時間に、さらに四時間に延長していった。月日が経てば経つほどわたしは幸福感を覚えるようになった。自分が回復しつつあるということと、医師に会いに行くたびに彼の声に魔法をかけられるような気持ちになるとともに、彼に見つめられていることによって気持ちが動揺する。この精神科医に三年間診てもらっている間、彼が非常なプロである反面、わたしには合わないタイプのカウンセラーだということがわかると同時に、彼による問診が著しい効果を生み出しているように感じられた。

「イザベルさん、あなたは問題を転嫁している。気にしないで、気を落ちつかせて」

しかし自分自身にたいする叱責は何の役にも立たない。わたしの気持ちはぐらつき、とり乱し、彼の眼差しのなかに溺れる。頭の中がぼおっとし、半分夢の中にいるような一年を経て、はっきり言えることは、わたしは明らかに、深く、狂うほど彼に恋していることだった。出会った初日から彼に恋してしまったとも思える。

が、そのときは彼に治療されていても、この四十代の医師はわたしの好むタイプではないと自分に言い聞かせていた。元気を取り戻し、外部との柵が取り除かれたいま、彼を深く愛していることを意識している。でも彼には知らせられない。わたしの傷ついた心を救ってくれた彼はもっとも優秀な医師であり、だからこそ患者との不倫などは絶対しないだろう。わたしは沈黙を守り、他のことを考えるようにした。

ある晩、

「はしたない隣人がしつこくわたしを追いまわしているのです」

と話したら、医師の表情が急に暗くなったように思えた。

「あ、そうですか、トレビアン。外で約束があるので、きょうはこれで終わりにします」

わたしが間違っていなければ、このときドクター・プティの美しいくっきりと縁取りしたような眼に嫉妬の影が漂っていたように思えたのだ……。悦びで恋心が膨らむ。

翌々日、ブルノ先生が敢然と挑戦してきたのだ。そう、彼は望んでいる、でも何もしないだろう。しかし、わたしが耳にしたことはあまりにも素晴らしく信じがたいことだった。わたしこそ、彼がずっと待ち望んでいた女性であり、彼が夢にまで見た女性だ、と心の中でささやく声が聞こえたのだ。ここですべてを打ち明けよう、何カ月も前から、彼はわたしの心に君臨し、彼の声に、眼差しに、手もとに気が狂うほど魅せられている……と。でどうする？　何もしない、ブルノ先生はわたしのカウンセラーであり、既婚者であるのだと自分自身に言い聞かせる。

「プラトニッククラブ」

彼が長々と説明してくれたなかで唯一、記憶に残った言葉だった。こうしてわたしと先生の関係は丸る六カ月つづいた。六カ月のシルクのように爽《さわ》やかで心地良い問診期間の間、医師と患者の対話からすこしずつ和やかな会話に移っていった。そのうちに問診室をあとにして庭園や、ブルノ医師が趣味として制作する彫刻のアトリエにまで連れて行ってくれた。

このころからカウンセラー代は払わず、夜は二人とも夢中の演劇やバレエなどを観に行くようになった。そのうちに彼が愛している子どもたちのことや少年時代を送ったセネガルのことなども語ってくれた。こうして徐々に信頼し合う、落ちついたカップルの関係となっていた。もはや医師も患者も姿を消し、互いを発見し合い、愛し合うことに心を許し、互いの腕の中に身をゆだねるようになった。

その夜、未知の悦びに浸り、二十七歳の女性のほとんどが知っている恋の愉悦に陶酔する。ブルノとわたしは二年間付き合い、気が狂うような真の恋愛を生きたことになる。わたしはブルノに心のすべてを開け放ち、魂も身体も分かち合った。

彼はミンクのコートや宝飾品などはプレゼントしないけれど、彼の好きな作家の本や、わたしに宛てた心のこもった何通かの手紙、わたしを想い浮かべながら制作したわたしの胸像などをプレゼントしてくれた。それはわたしが売春をしていたホテルなどではなく、彼の問診室の上にある狭い部屋でだった。階段を上って行くと、まるで夢の世界に登って行くような気持ちだった。部屋の壁は患者たちが描いた絵で埋まっていた。多彩色の油絵について彼が時間をかけて説明してくれた。

彼は話しつづける、わたしについて、彼自身について、連れて行ってくれるというアフリカについて、そして彼の父親について。彼の父親はひどく暴力的で、息子の青春を破壊してしまったという。彼の話を聞くことによって、わたしは彼に完全に理解してもらえたことと、やっと自分の存在が認められたことを悟ったのだった。

二人で大声で笑い、がき大将のようにベッドの上で飛びはねる。二人とももてなかった幸せな子供時代をいまこそ手に手をとって取り返そうとしている。彼はわたしについてほとんど知っているけれど、まだわたしが話していない部分まで教えてあげよう。彼をブルターニュに連れて行き、わたしのルーツをも発見させてやりたかった。

わたしが少女時代に初めて泳ぐことを習ったトルシュ岬の突端や、地球の果てに傾きながら建っている祖父母の古い家の前まで彼を連れて行った。高波の中に飛び込むときの高揚感、強風にかきむしられる砂丘の上にやっとしがみついているマンネンロウの香りを吸いに行ったときの歓喜……、その香りや興奮をブルノと共に感じとる。二人とも急にお腹がすく。

「いま何時だと思ってるんですか？　午後四時ですよ、食事をしたいんですって？」

ひとっ子ひとりいないこの辺鄙《へんぴ》なカフェのオーナーは八十歳を越えている。ここではもう昼食などは食べさせず朝食にクロワッサンを出すくらいだという。わたしたちは朝、クロワッサンを食べただけだった。が、老女は、腹をすかせた恋人たちに同情したのか、オムレツを作ってくれたので、そのままわたしたちは厨房で食べさせてもらった。フライパンの温かみが伝わってくるご馳走を食べさせてくれるこのおばあさんは、わたしの愛するマミー、オーギュスティーヌを想い出させるのだった。

太陽をさんさんと浴びた子供時代の思い出を、愛してくれる人と分かち合える至福……これ以上の悦びはない。ブルターニュのビグダン地方からホテルに戻ったとき、鮮烈な幸福感が体内に湧き上がるとともに、涙が噴き出し、こぼれ落ちるのだった。

わたしはもはやひとりではない、真実の愛が存在し得ること、その愛は手のとどくところにある。ピュアな愛に全身が満たされることを実感したのは生まれて初めてだった。

ブルノもわたしといるときは幸せそのものだったが、引き裂かれていた。

「パパ、どうして二人の女性を愛しているの？」

ある日、彼の娘が質問したという。わたしたちの恋愛があまりにも強烈だったため秘密裏にしておくのは難しくなっていた。ブルノは妻にわたしたちの関係について話したが、彼女はそれに耐えられなかった。日に日にわたしたちの関係が深まるにつれて、夫に裏切られた妻の絶望感は強くなっていった。

ブルノがわたしの家に泊まった夜、彼女は薬を呑んで自殺を計った。子どもたちの母がいなくなる……。きわどいところで消防士の救助で助かった。この事故の翌日、わたしの生涯の恋人は、不倫によって子どもに母を失いさせたくないと言ってきた。妻の自殺未遂によってわたしたちの関係に終止符が打たれたのだった。

この日から彼はわたしから離れて行ったが、自らを破滅させていくことになる。彼の意図は、わたしを愛することはあまりにも危険であり、その危険から身を守るために逃げることだった。世界の果ての建物、使われていない古い駅でも、農家の納屋でもいい、彫刻を制作するためのアトリエと、わたしにだけつながる一本の電話線だけがあればいいと言っていた。

が、孤独なこの計画は実現されなかった。だが二人の女性に挟まれながら彼はますます自滅の道を歩んでいった。タバコの量は限りがなくなり、仕事に没頭し、睡眠もとらず、話さなくなり、腹痛と胸の痛みが日に日に増していく。こうした状況のなかで、彼はすこしずつわたしからも遠ざかって行った。妻の方が勝ったのだ。

妻といっしょにいるときの彼は惨めであり、わたしと共にいるときは、当時はまだ存在していた姦通犯になるのだった。わたしといるときあれほど朗らかだった彼の表情に悲しげな暗さが増している。電話もしてこなくなった。約束したセネガルにも行かないだろうし、会うこともとびとびになっていた。彼につきまとう苦悩も、彼が自分に課している自虐的態度もわたしには耐えられなかった。いまはほとんど会わず、たまにかかってくる電話の声はわたしの胸を引き裂いた。わたしを救ってくれたブルノ、敬愛するブルノ、わたしの生涯の愛人、ブルノは、わたしたちの関係が途絶えてから一年後に肺ガンで亡くなった。その後、わたしは打ちのめされ、立ち上がれなくなった。

彼と共に過ごしながら、わたしは自分自身を見出すための長い行程を歩んできた。彼の死でわたしは絶望の淵に佇みつづける。が、彼はわたしにひとつの宝ものを与えてくれた。「自分自身を尊重すること」を心に植え付けてくれたのだった。

わたしに生きる目的を与えてくれたのが息子だとしたら、ブルノこそ、そのための手段を与えてくれたのだった。カウンセラーとしての才能と、わたしに寄せてくれた優しさのおかげで、わたしが小さいときから思春期にかけて父に強制された近親姦からは完全に無実であること、わたしには幸福になる権利があるということ、自分は少なくとも人を愛し、人に愛されることができるということをわたしに教えてくれたのだった。

これからはブルノなしで生きていかなければならない。そしてわたしの生を破壊した張本人、父と母に立ち向かっていかなければならないのである。

10章　死者の喪、生者の喪

ブルノの死はわたしを底なしの地獄に突き落とした。日中は夢想のなかに、夜は悪夢のなかに彼が立ち現れ、わたしの前から消えることはなかった。しかし彼の喪に服すことよりも困難なのは、生きている両親を葬ることだった。わたしにとってそれは長い長い年月が必要となるだろう。

いままで長い間、わたしは両親にいくばくかの寛大さを示してきたのだった。苦悩に打ちひしがれてきたわたしの人生を生きながらえるために、まず彼らを許してやること、少なくとも許すように努力しようと思っていた。

しかし、母は父の近親姦からわたしを守ろうともしなかったし、父は小さいときからわたしをこなごなに破壊しつづけてきた。それにもかかわらず、わたしは、家族というイメージを完全に捨て去ることができず、近親姦がぶち壊したものをどうにかして修復しようと努力してきたのだった。

わたしの暗黒の少女時代の残像の上に、バカンス中、ブルターニュの母の家でモルガンと過ごす幸せな情景を重ね合わせようとする。妹のカミーユとはレストランに行ったり、ときには妹がわたしをロックバーに連れて行き、男女入り乱れる激しい踊りに誘い込もうとするが、わたしはまるで気がのらない。

「こんなダンスなんかには全然ついていけないわ！」。

「うっそ！　パパといっしょにプレスリーの曲にのってスウィングしたじゃない、覚えてないの？」

まったく記憶にない……。ルノー・オブリがわたしに味わわせた恐怖以外のすべてが記憶から消えてなくなっている。そう、これからは父とわたしの関係を再構築しなければならないのだ。気が向くと、ノルマンディーの彼の家に行くようにしている。が、彼はわたしの健康状態や精神面のことについては訊こうともしない。彼がわたしに強要した吐き気をもよおさせる卑猥な淫行がわたしの身体に刻み込んだ傷跡から、いかにしてわたしが這い上がって来られたかなどについては尋ねようともしない。

そんなことよりも、彼が不運にもわたしのおかげで過ごさなければならなかった刑務所での惨めな生活について、涙をこぼさんばかりにえんえんと語りつづける。刑務所内の恐怖や不潔さ、人間としての尊厳のかけらもない惨めさ……。独房に移してもらうための小細工から、服役期間の軽減がどうやって許されたかまで、彼は細々と語り明かす。

父は四年の拘禁にぐちをこぼすかと思えば、ふんぞりかえって自慢話に花を咲かせる、まるで被害者は彼だったかのように。ナイーブにもわたしはじっとしたまま、いつか父がわたしに謝罪の言葉は吐くのではないかと待っている……。

ルノー・オブリは確かに変わった。穏やかな態度でわたしを迎え入れ、彼の村にわたしが顔を出すと、女王さまのように大事に扱う。このおおっぴらな歓待ぶりにわたしは気をよくする……。父娘関係のポジティブな再スタートかもしれない。が、彼を信じるにはまだ充分ではなかった。

昔あれほど父を敬愛した娘、イザベルがもう一度、彼の可愛い娘として舞い戻って来ることを、彼はどんなにか望んでいることだろう。一度壊れた愛が修復されれば、彼の前科歴と履歴書に明記された黒いシミ、「近親姦」という前科が消えてなくなるのだから、これほどありがたいことはない。もし父娘が和解したとすれば、彼にいつまでも付いてまわる忌わしい過去からも完全に解放されるのだ！　父はわたしに家具を買ってくれたり、わたしを褒めちぎったり、モルガンを溺愛する……。

「この坊やにはパパが必要じゃないのかい？　シングルマザーとして彼をどうやって育てられると思ってるんだい？　ゆくゆくはホモになっちゃうぞ」

父はひっきりなしにこんなことを言うようになった。

彼はいわゆる良い父親、優しい祖父の役を演じようとしている！　父親に小さいときからひどいことをされてきた娘に、安定した男性がそう簡単に見つかると思っているのだろうか。わたしは彼のアドバイスやプレゼントを冷やかな態度で受け入れる。わたしは常に父を警戒しながら距離をおき、皮肉っぽく、あるときはそっけない態度を見せる。彼はそれを感じてはいたが、どうしてわたしがそういう態度をとるのか訊くでもなく、彼がエゴイスティックに堪能した近親姦を思い起こし、自己批判するというような考えも彼には想い浮かばなかった。独り言を言うかのように彼が一度だけ口にしたことがある。

「おまえにはひどいことをしたよ……生涯許してはくれないだろうな」

問題はそんなことではない、この問題だけでなく他のことにしても、ルノー・オブリは一度たりともわたしの気持ちを案じるということはしなかった。裁判によって罰せられた不運なパパを同情してもらうことに懸命なのだ。わたしは彼に言い返してやった。

「パパを許すも許さないも、パパがこれからどういうふうにわたしに相対していくかどうかにかかっているのよ。わたしが娘でありつづけることを望むの？　それともわたしに許してもらいたいの？　わたしのほんとうのパパになれるの？」

わたしの意見にたいしてオブリは、またまた変態的な狡猾さとエゴイズムをもって対応してきたのだった。

以前のようにわたしと彼とのデュオで、彼がかつて楽しんだ不健全なカップルとなって世間を相手にしていくのだという。そのためには、彼はまず周囲の者たち、同僚、義理の家族、妻、隣人たちを批判しはじめた、まるでわたしを楽しませるかのように。彼の新しい妻、もう好きでもない「雌牛」との私生活についてまでわたしに打ち明けるようになった。

そして現在設立を準備中の彼の企業で働かないかとわたしにすすめる。高給のほかに株の一割をわたしにくれるという。彼のしつこい誘いにわたしは譲歩した。そうすることによって彼とわたしとの距離が縮まればいいのではないか、彼はわたしにかなり有利な条件を与えてくれているし……。

わたしはそれを父のわたしへの和解の一歩とみなした。もしかしたらそのあとに、彼の娘にたいする公式の謝罪を期待できるのではないか……。が、それは幻想でしかなかった、ついに彼の謝罪はなされなかった。であるなら、彼が封印してきた扉を強引に開けるしかない。最初はつま先で近づき、そおっと扉を引いて、最後には大きく開けてしまうしかない。父のいまの妻の前で、彼の過去を総ざらいぶちまけることにした。

「ああ、わたしもノーマルな生き方をしていたなら……いまごろは結婚し、平穏な生活を送っていたと思うの……」。

これで、義母はわたしが小さいときから彼にされてきたことを完全に知ったことになる。わたしが売春をしたことも話した。父はそのことを隠していたのだが、妹のカミーユの怒りが爆発したときに妹にもすべてを暴露してしまった。それにもかかわらず義母エヴリーヌは軽く考えようとする。

「そんなに大げさにしないでよ、イザベル……」

彼女はわたしを信用しようとはせず、わたしの苦しみは「精神的なもの」だと言う。いっぽう父は鯉のように沈黙を守ったままでいる。いくじなし！　怒りがますます頭にのぼってくる……。誰ひとりとしてわたしをまともにとろうとしない。

ルノー・オブリと彼の連れ合いは過去のページを閉じようとする。実際に彼らがそうしようと、絶対にわたしへのつけを支払わないかぎりタダではすませられない。かまわずにわたしは直撃する、わたしに与えた苦痛にたいする損害賠償金とその利子を彼に催促したのだ。

父はこの要求に機嫌をそこね、かっとなった……。

この金はだいぶ昔の話であって、すでにわたしに支払済みだとぬかす。どうにかごまかそうとし、訳のわからないことをぐちゃぐちゃしゃべったあげく、わたしに分け与えた彼の会社の株は、父親だからこそしてやれたのだと思い上がる。ところがその株券の請求書をわたしに送ってきたのだ。わたしは怒り狂った。

それから何日かしてカミーユが自動車事故に遭った。父が病院に見舞いに行ったのは一週間経ってからだった。このときわたしは、父は以前とまったく変わっていないことと、これからも変わらないだろうと悟る。自分以外の人間への共感ゼロ、それから数年経ってからも自分のことしか頭にない完全なエゴイストでありつづけ、わたしのこなごなになった人生などには見向きもしない。裁判後、何年か経ったあとも自分の有罪を認めることを拒否しつづける。

「可哀想な娘よ、自分の人生に失敗したことの責任をぼくに負わせようとするのかい?」。わたしに面と向かって吐きつけた。

これからも彼は自分の過ちを絶対に認めようとはしないだろう。したがってわたしはほんとうの父親はもてないことになる。長い間、幻想を抱いていたことがいまになってわかったのだ。わたしの子供時代と人生そのものを狂わせた男がいつかは変わることに賭けてきたのに。わたしに永遠の傷を負わせた男と和解することによって、自分自身の苦悩を癒せるのではないかと信じ、寛大さがすべてを解決するのではないかと期待していた。それに負けたのだった。

オブリは変わっていなかった。ではわたし自身が変わればいいのか。ついにわたしはルノー・オブリを裁判所に引き連れて行き、わたしへの損害賠償金の支払いを要求した。父にはわたしへの賠償金と利子の支払い命令が下ったのだが、敗北したとは思っていない。

なぜならわたしが負債を負っていることを知っているから、彼から債権者に直接連絡して、わたしへの損害賠償金が口座に振り込まれる前に債権者たちがわたしの負債額を取り戻すように手配していた。したがってわたしは損害賠償金の札の色も一生見ることはないだろう。父は自分が犯した罪を償うことなく、犯罪人であることも認めようとはしない。

しかし彼がどんな言い訳を言ってもわたしには通じないだろう。わたしはもう、彼が以前、自動人形のように操った少女ではないのだ。四年間無駄にカウンセリングを受けたのではない。誰にもわたしを踏みにじるようなことはさせまい。オブリのわたしにたいする謝罪は諦めるが、彼に復讐することは諦めないだろう。彼が訴訟手続きに長けているとしたら、わたしはそれよりも意地悪く、くっついたら離れないヒルのように闘ってやる。長い間、彼に残しておいてやろうととっておいた愛情のかけらも、これからは深い憎悪に変わっていくだろう。

わたしが株の一割を有する彼の会社の内容をふるいにかけて調査し、欠陥を摘発するために、商法を猛勉強し、どんな些細な違法事項でも執行吏を送り込み、いやがらせをつづけた。ついに彼は折れ、わたしの所有株をわたしが指定した額で買い取ることに応じたのである。彼は悔しがったが受け入れるほかなかった。わたしは合計五万五千フランと、彼がわたしから奪った賠償金と利子の合計額二万五千フランを取り戻したのである。これは彼にたいする復讐の第一弾だった。

わたしの被害者としての権利を尊重させるために、ルノー・オブリのいちばん痛いところ、金銭面で攻撃することだった。べつにお金は問題にしていなかったが、目的はどこまでも彼に仕返しをすることだった。それは小切手のかたちで得られるだろうが入金されるや、わたしは父に向かって十字を切って葬り、彼とは永遠に会うまいと決心した。

二十九歳になったわたしには、父のいない新しい人生がはじまる。息子の世話をしながら、職業訓練担当者として、次に大手流通企業のコンサルタントとして働いた。販売課の生産性をのばすために対策を練ることだった。この道には明るかったので仕事は楽しかった。

わたしにやる気をおこさせたのは、上司に満足してもらい、販売高をのばすことだった。以前のように尻を使って稼ぐのではなく、熟考することによって職場で実績を上げることに満足感を得られること。が、頭の隅で芽を出しはじめていたのは、それ以上にプロフェッショナルなプロジェクトだった。

心の医師、ブルノがわたしを助けてくれたではないか、カウンセラーとはなんと素晴らしい職業なのだろう！　わたしにもできないはずはない……。わたし自身がカウンセラーになるには、長椅子に横たわって行なわれるほんとうの精神分析療法を体験しなければならない。

さっそく新しい精神分析医のところに通うことにした。彼は純粋なラカン派で問診の間、ひと言ももらさない。それで週一回の問診に一五〇フランを請求する。が、わたしには何ら効果をもたらさない。三十分の間、快適な長椅子、カナッペに横たわり、ひとりで語らせられることは受難にもひとしい……。これが精神分析療法だという。

しかし、この孤独な状態こそわたしを苦しめるものだった。自分は正常でないという意識をもち、誰にも理解されないと感じていたからこそ精神療法を受けに来ているのに、助けてくれるべき専門医を前にして、わたしはますます混迷せざるをえない。もしかしたらこの孤立感も治療の一部なのかもしれないから辛抱することにする。ほんとうにこの職業を身につけたい気持ちになり、それから何年も学習しつづけることになる。

が、学んでいくうちにフロイトにもうんざりしはじめる。精神分析療法を受けながら、わたしはフロイトの弟子たちによる講演やパネルディスカッション、司法関係の講義にも出席する。フロイト流の見えすいたエディプスコンプレックス論理により、近親姦の責任を子どもに転嫁することはいとも安易と言わざるをえない。それはわたしの父を弁護することと同じではないか……。精神分析医の沈黙と、「父親にたいし何かしらの幻想を抱いてはいませんでしたか?」という質問にもうんざりさせられる。この精神分析医のところに六年通い、最終的に終止符を打ったときのわたしの精神状態は、行きはじめたとき以上に悲惨だった。

定期的にわたしは重度のうつ状態に陥っていた。外出することを嫌い、ひとごみや騒音、すべてに恐怖を抱き、眠りつづけ、何もする意欲がなくなる。抑うつ状態をくり返しながら、それを自覚しないまま、息子には表さないように努める。わたしが唯一心配していたのは、わたしの存在理由でもある息子が、もしかしたら母親の神経症を受け継ぐのではないかという不安だった。幸いにしてモルガンはまっすぐに育っていた。学校ではよく勉強し、先生たちも褒めてくれ、目に入れても痛くない息子は礼儀正しく、おとなしく、絵に描いたような模範的少年だ。なんというチャンスだろう。が、ひげをはやしたオオカミが彼を狙うかもしれないのだ……。

カウンセラー、ブルノの死後、わたしの生活は空白そのものだった。彼に匹敵する男性にはめぐり会えず、わたしは明日のない浮気をくり返していた。厚顔無恥の保険屋までがわたしをひっかけようとしたので追い返した。プロポーズするのに結婚指輪をはめていては可能性がないのははっきりしていた。

わたしは自分自身を以前以上に大事にしていた。セカンドワイフや尻軽女の役はもう演じたくなかった。余裕のある、誠実な、まっすぐな男性を欲している。妻と別れたマルクとは数カ月待たせたあと、同棲することに同意した。しかし、当初は楽しかったが、月日が経つにつれて困惑せざるをえなかった。それは彼のアルコールの飲み方だった。けっして酔わないのだが、瓶を開ける理由は何でも良かった。二人が恋に落ちた日から一カ月記念を祝うためにシャンパン! 夜は花束とコニャックのポケットビンを抱えてやって来る。自分がアルコール依存症だと知ってはいるが、それを認めようとはしない。飲んでいながら、それに我慢できないのだ。週末をわたしと過ごすために来ていながら、数時間後には我慢できず荒々しく飛び出して行っては、そのあと約束の時間に来ようとはしない。ウイスキーをなみなみと注いでは飲みつづける彼との生活は荒廃しつづけ、別居、和解……そのたびに交わされる口論でなりたっていた。

わたしは傷を負った動物のように煩悶しながら耐えようとする。マルクが飲むことを止めさえすれば楽になると信じていたからだ。毎日のように彼をしつこく説得し、自分で努力し禁酒団体の会合に参加するようにとすすめる。この状態に耐えるため、ウェブでわたしと同じような悩みを抱えている人びととコンタクトをとりはじめる。アル中のいる家族が語り合うフォーラムに自分の悩みを打ち込んでみる。驚くことに、メールボックスに十数人の返事が返ってきたのである。そのひとりはわたしに質問する。

「あなたも、わたしと同じように共依存症ではないですか……」

共依存症？　この女性によれば、共依存症の人は自分自身の問題をすえおきにして、アル中の相手に心身ともに尽くしがちになるという。同棲者のアルコール中毒と彼への依存性がともに一種のドラッグの役を果たし、アル中のパートナーに尽くすことによって、自らの問題を回避しようとする！　千にもおよぶメールのなかに書かれていたこの答えこそ、いまのわたしがおかれている状態だった。

「ハイ、わたしはマルクから瓶を隠すようにしています」

「ハイ、彼のアルコール中毒の問題で頭がいっぱいです」

「ハイ、彼が飲まなくなって初めて幸せになれるのだと思っています」

マルクといっしょに暮らしながら、相変わらずわたしのなかに住みついている、自我を否認しようとする魔性から断ち切れないでいる。いまや他人のことよりも自分自身の問題を解決すべきだという結論に達し、究極の決断を下す。まずマルクと別れること、その決意とともにタバコの量を一日四箱からゼロにすること。節制するものはタバコだけでなく、均衡のとれた関係をもてないかぎり、健全な男性にめぐり会えないかぎり、異性とは親密な関係をもつまいと決心する。

米国の心理学者メロディ・ビーティの著書『共依存症』（村上久美子訳・講談社）という本が座右の書になる。この本の一二二頁に書かれていた解説ほど、わたしへのショック療法となったものはなかった。

まず共依存症者同士が互いに抱えている問題を提議し合い、明確にし、それから抜け出られるように努力しなければならないのだと説明している。これについてはわたし自身がすでにはじめている。さらにこの心理学者は読者に、できるだけ匿名でアル中患者たちが参加する語り合いの会に参加することをすすめている。それによって互いに助け合えるのだという。この種のグループ活動は数えきれないほど存在し、それぞれが独自のテーマにそって語り合いが行なわれている。主なものだけでも、過食症患者やドラッグ中毒者、性的依存症患者、ニコチン中毒患者、「近親姦生き残り協会」といった匿名で参加できるグループもあるという。

最後の行を読んだときの驚きは、わたしにとって青天の霹靂《へきれき》以上のものだった。ほんとうに存在するのだろうか？　でもどんな会合で、いつ、どこで？　すぐにでも参加できるのだろうか。その晩一睡もせず、何時間もインターネットで最後の「近親姦生き残り協会」の情報を探してみたが無駄だった。それから二カ月、それらしき団体にかたっぱしから連絡してみたあと、ついにフランス国内に唯一存在するアソシエーションがみつかったのだ。パリのノートルダム大聖堂で毎週金曜日の夕方七時半から会合が開かれているという。

感激で胸をいっぱいにさせて、さっそく行ってみる。

小さな会場で、ひとりのドイツ人女性が怒っていた。

「みんな、時間を守らないんだから！」

彼女の頭の上からは裸電球がぶら下がっている。まわりの壁という壁にひびが入っていて、古い家具が積み上げられている。その中央に六人ほどのメンバーが輪になって肩とひじを付け合って腰かけている。すべてが汚れていて陰気で、わびしいとしか言いようがない。そこから逃げだしたかったが、一時間もかけてここまで来たからには無駄にはしたくなかった。棚の上に書類整理箱があり、参加者は自由に閲覧できるようになっている。わたしは待ちながら、気を落ちつかせるためにその中から一部を抜き出して読んでみた。タイトルに「近親姦経験者に見られる症状」と書いてあった。つづけて読んでいく。

「定期的うつ状態、拒食症、過食症、自傷行為、家出、ドラッグ依存症、体型の歪み、不感症、感情依存症、自信喪失、家庭内の乱雑さ、衝動的誘惑欲、いやと言えない、他人を信じられない、カップルとしての共同生活が困難、社会生活への同化が困難、上下関係に耐えられない、他人嫌い、自殺未遂……」

これらはすべてわたしに関係するものばかりだった。わたしが患ってきたすべての症状の具体例ではないか！　このなかのいくつかの症状を父のせいにしたのは確かだ。が、全部ではない。拒食症や過食症、引っ掻き癖、オーガズム不感症、これらの症状も父がわたしにしたことと関係があるのだろうか。「近親姦の被害者はこれらに近い症状を示す」と書いてある。ということは、わたしは気が狂っていたのではなかったのだ。何とすばらしい発見！　ラカン派精神分析医と六年かけて突きとめたことが、一瞬にして解明されたのだった。

いよいよサークルの会合がはじまる。若いドイツ人女性がまずこの会の趣旨を説明する。この会はアメリカで広められたアル中患者協会に発想を得て開設された話し合いのサークルであり、十二段階のプロセスにそって回復を目指す活動だという。規定としては、近親姦の被害者とその近親者しか受け入れず、近親姦を犯した者は受け入れない。参加者は仲間を批判したり、アドバイスを与えたり、反論したりしてはならない。このサークルの目的は討論会ではなく、各自の経験と感情を分かち合うことだという。この前置きが終わったあと、各自に順番がまわされる。

まず自己紹介はファーストネームと社会的地位を述べ、近親姦被害者なのか、それともそれに近い状況にあるのかを語ってから話しはじめる。わたしがこれらの被害者を眼の前にするのは初めてだった。老若男女、彼らの服装からして、すべての階層にわたっている。彼らの話す声が、まるでわたしの声そのものであることに驚愕する。彼らが語ることは、まさにわたしが小さいころから感じてきたことであり、わたしひとりだけが悩んでいるのだと思い込んできたことではないか。

彼らが語る極度の孤立感、自分を囲い込む高い壁、他人恐怖症、苦悩、罪悪感、憎悪、愛情不足……。彼らは自制することだけに専念し、自我を忘れ去ろうとする。近親姦を葬ろうとしながら自分自身を葬っている。彼らは、わたしが生きてきたすべての苦痛を体験し、わたしと同じように生きるために紆余曲折する道をたどってきたのだった。彼らが語るひとつひとつの言葉は、わたし自身の口から吐かれてもよかった。

三十五歳になって初めて、わたしは自分ひとりではないと感じることができたのである。

「わたしはイザベルです……近親姦の生き残りです」

わたしの番になったとき、感動のあまり喉が締めつけられ、涙と痰が絡まり声にもならない声をふりしぼる。このとき、わたしはあるがままの自分を受け入れていた。わたしは生き残った、それは確かだった。「生き残り」、わたしはこの言葉が好きだ。なぜなら近親姦で死ぬこともありうるのだから、その点は確信をもって言える。

「生き残り」……つまり生きているのだが、生きることを演じている役者にすぎないのかもしれない。被害者は強制されて被害を受けた者であり、苦しみ、足も手も縛られているものの、生き残りとして行動的に自分の生を掌握しようとする。ポジティブな力によってすべてが変わっていく。近親姦のトラウマをのりきることができるのであり、おのれの生の主人公になれるのだ。これこそ、わたしが何年も前からやろうとしてきたことだった……。

このサークルの会合はわたしに何と大きな変化をもたらしたことか！　じきに活発なメンバーとなり、積極的に活動をはじめた。まずこのグループのホームページを立ち上げ、アメリカの本部から送られてくる近親姦に関する資料をフランス語に訳したりしているうちに、パリ支部の責任者の役を果たすようになっていた。

活動を受けもちながら、わたし自身が「近親姦生き残りの会」の基本的プログラム、「回復するための十二段階」を踏んでいく努力をつづけ、第一段階を越えるのに数年を要したのだった。つまり「近親姦の被害体験と、それがもたらした影響にたいして無力であったことと、私生活を自分でコントロールできなかったことを認めること」

次の段階もそう容易とは言えなかった。「恐れることなく、自分が生きてきた道徳、精神面の評価表を作成してみること」、「自分より優れている人を信頼すること」。ふーっ、キリスト教徒でないわたしにはこれらの教訓に応えるのは難しい。しかしここで大切なのは、この十二段階を越えて行きながら自分自身について考察し、近親姦が自分の人生のなかで何を狂わせ、混乱させ、破壊させたかを明確にさせることなのだ。

これらの問題に丹念に取り組んでいくうちに、すこしずつ眼が開かれていくのだった。いまになってやっと、近親姦の被害を受けて以来、わたしがいかに自分自身や他人、男たち、自分のイメージや感情までもコントロールしようと努力してきたかがわかる。が、そうすることがいかに無駄だったことか。なぜなら一方でコントロールしていたものが、もう片方で崩壊していったからだ、ニコチン中毒、自殺未遂、自傷行為……となって。そして自分にたいしてどれほど罪悪感を抱き、痛めつけ、自我を否認していたかがわかる。これらを理解することは、もう二度と過ちを犯すさないための助けとなるのだった。

すこしでも気が滅入るときなどは、協会のライトモチーフ「自分を大切にし」、「複雑に考えないこと」、「そうすれば大丈夫……」と自分に言い聞かせる。わたしはどんな会合にも参加し、この暖かい友好関係をとおして未知の力、新たな平安が湧いてくるのだった。メンバーたちとダンスすることもわたしを元気づけてくれた。

毎週数時間ずつ、プロフェッショナルになるための研修にも参加する。かなり高度の講習で難しかったが、わたしには楽しみのひとつになっていた。何年も前から講師ジャン・クロードのダンスのレッスンを受けていて、夜は彼とバレエやジャズ風ミュージカル、現代クリエーションの展覧会などもよく観に行った。彼はよく招待券をもらうのでプレミアショーは欠かすことはなかった。バレエでは『ラ・バヤデール』からストラヴィンスキーの『ポリシネル』、そしてアフリカンダンスまですべてを観に行けた。

音楽に、喜びに、感動に飢えていた。ジャン・クロードの絶妙な振付けにそって身体を動かすとき、筋肉が火照るのを感じるときの心地良さ。以前あまりにも隷属させられ、汚され、痛めつけられてきたわたしの身体をよみがえらせ、「美」の世界に引き込むのだ。協会やわたしの息子と同様に、ダンスはどれほどわたしに生きる手助けをしてくれていたことか……。このころはダンスのことしか頭にないほど夢中になれたのだった。

不思議なことに、母はわたしがしていることには全然関心をもっていなかった。彼女はいままで一度もわたしのレジャーや情熱、精神状態などについて訊くことはしなかった。母娘の間では真剣な話も、意味深い話題も真面目に交わされることはなかった。彼女をあてにできることといったら、外見上の問題だけだった。

その点については完璧主義者だった母は、外見が上品だけでなく、いつも朗らかで丁寧、理知的であることを求めながら、二人の娘を猫かわいがりした。その証拠として、わたしと妹に高価な洋服から家庭用品まで自分の趣味に合ったもので、きれいだと思うものは何でも買ってくれていた。娘たちが背が高く痩身できれいな若い女性に育ったことで鼻を高くしていたので、知人の誰かが褒めたりするや身をそらせて冗談めかしに言ったものだ。

「成功した娘たちだと思うわ。生まれたときは三・五キロだったのに、いまは二人とも身長が一七〇センチもあるの。一回でもミルクを欠かせたことなんてないですから……」

母の家で数日過ごしたりすると、わたしの逗留を祝うために大盤ぶるまいする。アカザエビを使っての高級料理、それに合わせて銘柄ワインのぴりっとした口当たりの良さ、表面はかりっとし、中はふんわりのトースト……。

仕事の面でも母はわたしを助けてくれていた。売春のあと、ゼロから出発することは容易ではなかったからだ。カウンセラー業をはじめたもののお金が入るのにかなりの時間がかかるから、母はその点でも支援してくれた。息子モルガンも祖母マミーの気前の良さにあやかれたのだった。孫息子のためなら財布のひもはないにひとしかった。プレゼントだけでなく、彼がブルターニュの祖母に会いに行けるように航空券まで買い与えた。わたしの収入では月末が苦しくなるときには、孫が腹をすかせないようにと母が食材の買い物までした。生活の足しに母は小切手や数々のプレゼントをしてくれていた。

が、それらに優しさというものは感じられなかった。隣人も店に来る客も、わたしが紹介する男友だちでさえ皆、母のことを「すごく感じがいいじゃない」と口々に褒めていた。彼らの褒め言葉にたいし母がどのような反応を示すのか長い間、待つことが多かった。

これからも、わたしにたいして冷たい、あるがままの母を受け入れるほかないのだろう。「ママン」と呼べる母が欲しい……。シルクのオブラートでコーティングされたような彼女の冷たさは、もしかしたら彼女の愛し方なのかもしれない。彼女がくれるプレゼント品は、娘にたいする愛情を込めた言葉やジェスチャーの代替なのだと自分を説得しようとする。

「母を愛している」と口に出して言ったこともある。態度でそれを示そうともしてきた。母とわたしがいままで以上に結ばれるためならどんな手段もいとわない。モルガンを出産した病院で母もわたしを出産している。昔、彼女が住んだことのあるメゾン・アルフォールにわたしも移り住む。母がコインランドリーを立ち上げるのにわたしも協力する。母が望むように、わたしはいつも見栄えを良くし、上品に、愛想良くし、ちゃんとした服装で身を固める。

しかしすこしずつ、ほんとうにすこしずつだが、何かしっくりしてないことに気がついたのだった。母は実際のところ、わたしが誰なのか知らないし、知ろうともしない。クラブCやバロンに通っていたころ、母はわたしが何をして生活していたくらいは知っていたはずだ。わたしが自分の体を売っていたのに、彼女はわたしに質問しようともしなかった。いまもまったく同じで、わたしが椎間板ヘルニアで十五日間ベッドに伏しているのに、電話もかけてこない。食事の世話をしてくれているのは、わたしの息子なのだ。

カウンセラー、ブルノの死を知ったとき、わたしは絶望のどん底に落ちていたのだ。わたしのあまりの絶望状態を心配した妹は、電話でわたしの病状を知り、ブルターニュからパリまで車を走らせて来て、わたしを静養させるために彼女の家に連れて行ってくれた。何日もの間、妹のそばで衰弱しきったまま病床に伏すことになる。カミーユはわたしを食べさせてくれ、話してくれ、気分を変えるために外の空気を吸いに行くのにも付き添ってくれる。彼女こそ真の妹なのだ。

母はブルノの死を知ったとき、

「だからどうだっていうの?」と、ひと言もらしただけだった。

悩み、怖さ、幸せ……といったわたしの内部で渦巻いているこれらの感情に母は完全に無頓着だった。彼女の気を引くことはすべて外見上のことだけだ。隣人たちにきれいな娘を見せることと、娘たちが賢いことを自慢することだった。昼間わたしがまともな娘らしいなりをしていれば、夜は体を売っていても何とも思わなかった。

わたしを性欲を満たすための人形に変えてしまった父は、わたしの内部がどんなに破壊されようが気にもしなかった。それに上塗りするように母は、わたしの外見しか見ようとせず、ほんとうの意味でわたしを愛するということができない。母とわたしは真珠色の空っぽの貝殻でしかない。

母はわたしの子供時代からすこしも変わっていない。働くだけが生き甲斐の母は心ここにあらず、いまも苦しんでいるわたしなどは存在していないのと同じだった。そのうえ母のやることはすべてわたしを窒息させるようなことばかりだった。わたしが小さいとき彼女のと同じ布で同じスタイルのワンピースを注文したように、部屋のカーテンも、ブラウスも、パンタロンも彼女のとまったく同じものを押しつける。プレゼントとしてありがたいが、わたしは立派な大人なのだ！　まるで吸血鬼に血を吸われるように押さえつけられている。

母に押しつけられているのは服だけでなく、無意識のうちにわたしは母が生きたのと同じような異性関係を追おうとしている。彼女の夫婦関係がうまくいかなかったように、わたしも失敗を重ねている。母は、賭けごとに夢中だったダヴィッドと離婚してからは、成熟度に欠ける男や精神的に不安定な男、移り気の多い男の気を惹こうとする。わたしも同じことをくり返している。アル中のマルクと暮らしていたころ、母も妹もアル中の男といっしょだった。

父による近親姦のトラウマから抜け出すための精神療法に四年、精神分析に六年、さらに「近親姦生き残りの会」の会合に二年参加してきた。これら数年にわたる精神・心理療法のおかげで、わたしは母との関係のなかで自分自身をごまかしていることが見えてきたのだ。

わたしの母が望んでいるようなイメージを体現しようとするのは、そうすれば彼女が喜び、わたしを可愛がってくれるからだった。しかし、母は真面目にわたしのことを考えてくれたことは一度もなかった。わたしは愛されているようなふりをしながら、彼女に批判され、無視されているという気持ちをあまりにも長い間、封じ込めてきたのだった。いまこそ自分自身を取り戻さなければならない。

母がわたしを閉じ込めようとする外見や枠から、徐々にわたしの方から離れていくほかない。他人に見せびらかせるオブジェとして扱われ、他人の視線をとおして存在することなどもうたくさん、化粧もせずジョギングスタイルで外に出られるようになって初めて、勝利の叫び声を上げられるだろう。徐々にだが、わたしは自分の足で歩いていく……。

わたしの内部で進行していることを理解せず、わかろうともしない母にとっては、わたしはとり返しのできない娘になろうとしている。にもかかわらず母は相変わらず、わたしが彼女と同じであってほしいと願いつづける。彼女の家の近くに移り住んで、彼女の店で働かないかとわたしにすすめるのだ。彼女の誘いを断り、すこしずつ彼女との間に距離をおくようにしていく。

母にはわたしの男友だちも紹介しないようにし、打ち明け話もせず、彼女の意見も聞かないようにする。三十五歳になって初めて自分の指針を選び、へその緒のごとくわたしを彼女に縛りつけてきた感情的依存症からも解放されはじめたのだった。

しかし、じきにその影響が出はじめた。とりわけ経済的な面でだった。お金こそ母の武器だったから、彼女は、モルガンが生まれてからいままでわたしたちにかかった全費用の請求書をわたしに突き出したのだ！　祖母に会いに行くための航空券や林間学校、食費……。母が優しく払ってくれていたと思っていたさまざまな費用をいまになって返済しろという。わたしはどんなことがあってもそれを返済するつもりだ。

もうひとつ厄介な問題があった。わたしたち二人でオープンしたコインランドリーだった。この事業が繁盛しないと見切るや母は手を引いたが、まだ保証金の支払いが残っていた。失業中のわたしは社会復帰手当を受給しながら母と開業したものだから、債権者は当然母のもとにつめかけた。わたしがどうにかするから債権者への決済は待つようにと言ったのだが、母は、執行吏が彼女の店に借金を取り立てに来たら世間体が台無しになるのを心配してか、負債分の小切手を切ったのだった。

母が「わたしの借金を解消した」ものの、彼女に言わせれば、沈没寸前のランドリーをわたしに任せておいたから、こんなことになってしまったのだとなじった。こうしてわたしと母の関係はさらに険悪になっていった。

それればかりではない、もうひとつの問題がわたしたち二人の関係をますます腐敗させていた。「近親姦」の問題だった。それはわたしの喉にはさまった魚の骨のように現存している。二回にわたる長期の精神療法と「近親姦生き残りの会」に参加することによって、体内に体積していた汚辱が掘り起こされ、わたしの人生の死角部分までが日に晒されたのだった。

しかし、わたしが生きた過去に責任があるのは母なのだ。わたしに起きたことを見つめようともせず、知ろうともせず、防ごうともしなかった。彼女はほとんど家にいなかったため、同じ屋根の下で起きていた近親姦にも気づかなかったのか。母の見ざる聞かざるの態度は、娘の顔面でドアをぴしゃりと叩き返すのと同じだった。

母親として何も感じとれなかったとは、どうしても信じられないのだ。わたしという幼女の眼の前で夫婦で愛撫し合うこともいとわなかったばかりか、そばにいた娘にとってそれがどれほど幼い羞恥心を傷つけ、耐えていることが辛かったことか。母が父娘のしていることに不審をもち、わたしの体を調べようとしたかもしれないが、ひと言もその問題については口にすることもなく、行動に出ることもしなかった。彼女のこの消極的な面を体質として許してやることはできないのだ。

彼女の二度目の夫、ダヴィッドとのことについても耐えられなかった。わたしが自殺未遂した日に彼がわたしの体にのしかかってきたが、そのあともつづいた。あのとき完全に自失し、衰弱しきって死の淵を彷徨っていた少女の体を彼はまんまと自分のものにしたのだ。しかし、夫婦のベッドで夫と娘が母のそばで愛撫し合っているのに気がつかずにいられただろうか。彼女との間に二センチもないベッドの半分でマットレスの軋む音とダヴィッドのハアハア呻く声にどうやって耳をふさいでいられたのだろう。深海ほどの深い眠りに陥っていたのか！　さもなければ、娘のためにも二度目の結婚を壊したくなかったのか……。そんな母が、ピューリタンになったかのように近親姦問題に憤慨するとは！　わたしの怒りが爆発した。

それは、母の家に彼女の夫と妹夫婦とわたしが集まって夕食をとっているときだった。話題が死刑の問題におよんだとき、わたしは、小児性愛者による性犯罪にたいしても死刑には反対だった。児童強姦犯を死刑にすることは、刑法を動物以下のレベルにまで下げることになり、子供を殺したのだから、犯人も死刑にすべきだというのと同じことになる。わたしは刑法にたいしてもっと高貴な期待を寄せていた。

そばで聞いていた皆の意見は曖昧だった。義父は児童への性犯罪者の死刑には賛成だ。黙って聞いている母はその意見を容認するかのような薄笑いを浮かべている。近親姦ほど残酷な行為はないと言いたげに母は眉をひそめている、まるで弱者の味方かのように。同じ屋根の下で父と義父に犯されてきた娘を母は保護しようともしなかったのを覚えていないのか。わたしは怒り狂って叫んだ。

「じゃ、共犯らも死刑にすべき？　危険にさらされている子どもを助けようともしない近親者にはどんな刑が下されるの？」

ダヴィッドがわたしにしたことを暴露したことで、母たちと妹夫婦は唖然とし、隣の部屋に退き、わたしの怒りの嵐が鎮まるのを待っている。

このときこそ母がわたしを哀れんで、優しく本心を打ち明けてくれることを願っていたのに、嘘の言い訳が返ってきただけだった。

「わたしの可愛い子ちゃん、ほんとにひどいわね、でも何も知らなかったわたしに何ができたと思うの？」

彼女に向かって怒りをぶちまけつづけている間、少なくとも母としての感情、愛情がこちらに伝わってきて、その眼に哀しみと後悔の色が読みとれていたならば、わたしの怒りも鎮まり、母がわたしのことを気遣っていることが感じとれただろう。が、母は逆にわたしをじっと見つめたまま、真っ青になり、怒りで顔面を歪ませるだけだった。それから二日後に彼女の手書きの手紙を受け取った。

「先週の月曜日に皆の前でやった家族裁判についてですが、わたしは、あなたに起きたことの共犯とは思っていません。ダヴィッドがあなたにしていたことなど何も知りません。彼があなたを犯したことが事実だとしたら、なぜ訴えなかったの？　お金のことですが、わたしに頼るより理解ある銀行員を探したほうがいいでしょう」

この手紙の末尾には「ママン」とサインされていた。わたしは近親姦のことを問題にしているのに、彼女が問題にするのは「お金」のことだけだった。どうしてわたしが訴えなかったのか理解できないのだ！

何ということだろう……。あの当時わたしは自分がされていたことについて自覚することもできなかったのだ。意識ははっきりしていたにしろ、父を訴えた裁判により疲労困憊していたわたしが、ダヴィッドを告訴し、新たな訴訟に立ち向かうことなど考えられただろうか。

いまになっても母の眼には、わたしは何事にもスキャンダルを起こす娘にすぎなかった。母は、わたしが怒りを爆発させたことと、昔の話を掘り起こしてはぐちぐち言うこと、そして「わたしが積極的でなかったこと」に腹を立てている。

しかし近親姦の問題は時限爆弾のようにわたしの体内で生きつづけている……。家族の誰かに、娘に愛されているのならそれを喜んで受け入れるべきなのに、母にはそれができない。彼女の眼から見ると、わたしは「特殊な」娘だった。妹は完璧だった、すべてママと同意見で、ママと働き、ママと同じような身なりをしているからだ。

しかし、母は娘二人に財産分与するときも好き嫌いをはっきりさせた。妹には店の配当金として三千フランをあげ、わたしには一サンチームもくれなかった。理由は、わたしの借金や銀行口座の穴埋めをするために、すでにお金を遣いすぎたと言うのだ。

ある日、母はわたしを公証人事務所に連れて行き、遺産相続権をわたしに放棄させる違法の証書に署名させた。この日からわたしは母も妹も一生会わないことを心に誓ったのだった。妹は母に、わたしがたちの悪い寄生虫だと言いふくめられていたのだろう、わたしをとことん踏みつぶすためのこの策略に抵抗もせずに同意したのだった。

親がいないということは残酷だ。しかし生まれながらの孤児は、自分を生んだ親のイメージを幻想として抱くことはできよう。が、両親をもつということは、それ以上の不幸に耐えねばならないこともあるのだ。わたしは、ケモノのような父親と、心の冷たい母親の間に生まれ、生涯彼らと共に生きていかなければならないのだ。

彼らを「死者」と思えるようになるまでに、何と長い年月が必要だったことか。両親を生きたまま葬るということの難しさ。が、父親を葬ることはそんなに難しくはない。彼にたいする憎悪があまりにも強烈だったため、彼を葬り十字架をそえるだけで良かったからだ。

しかし母となると……、母親というものはこの世にひとりしかいない。自分を再構築するために、そして彼女の無関心と冷たさがわたしに植えつけた長年の苦しみから解放されるためには、彼女に寄せていた本能的な愛を破壊することからはじめなければならなかった。

二〇〇一年十二月、強引に母を意識の中から追い出そうとするあまり、わたしは精神科に入院させられるはめになった。診断は重度の抑うつ症だった。入院生活は一カ月半つづき、どんな音にも飛び起き、悪夢がくり返される。そのあと静養所に一カ月入院することになる。抑うつ症患者の治療にあたる精神科医たちは患者に有無も言わせずに抗うつ剤を呑ませることに専念し、回復に要する長期間の治療証明書に署名するだけだった。

母との縁を切ることは、わたしにとって非常に辛いことだった。

この状態から切り抜けられたのは、それより二年前にわたし自身が開設したアソシエーションがあったからだった。

「近親姦生き残り協会」を見つけ出すまでにあれほど時間を要したことが、いま思うと残念でしかたがない。フランス国内にある唯一の支部の住所を見つけるだけでも二カ月かかっており、先進国フランスにこの種の協会の支部がひとつしかないなんて考えられなかった。ソマリアでならまだしも、先進国の一国、そして世界保健機関からも最も完備している国として認められているフランスにおいて、近親姦という人災に関する情報と対応機関も存在していないのだ。

じっとしてはいられず、まず米国の協会のサイトを検索しながら、近親姦被害者たちの活動を軌道にのせるために、一九九九年、わたし自身のサイト inceste.org を立ち上げた。ブログのかたちで、わたし自身が体験した症状を語り、落ち込んだときに心を癒してくれた小さな言葉や文句のリストアップ、他のサイトへのコンタクト、さらにはわたしが経てきた経緯などについても述べてみた。ネット上に自己流に書き連ねた七頁しかないこの個人ブログは、たちどころに大成功を博したのだった。予想もしていなかっただけに、フランス人、外国人がどこからともなく熱心に送信してくるのには驚くばかりだった。ある晩、ケベックからひとりの女性が送信してきた。

「イザベルさん、あなたはわたしの天使、救済者よ……」

「え？　どうして？」

「あなたの証言や具体的な症状を全部読みました。あなたが語っているすべてがわたしの体内でこだまのように返ってくるのです。すぐに父に電話をして、わたしの子供時代に何が起きたのか尋ねたの。わたしが三歳のときに祖父がわたしを犯したのだと教えてくれました。誰もわたしに教えてくれなかったことです。いまわかったの、どうしてわたしがアル中になり、ドラッグ中毒者になり、どうしていまもこんな状態なのかがあなたのおかげでわかったの。どう感謝していいのかわかりません」

この女性のメールを読みながら涙がこみ上げてくるのだった。インターネットによって、地球の向こう側にいるわたしの分身のような女性に手を差しのべることができたのだ。それは大海の中の一滴にすぎないかもしれないが、わたしにとっては大きかった。こうしてウェブによって近親姦の犠牲者同士が助け合い、団結することもできるのだろうか。

それ以来、わたしはインターネットにかじりつき、個人的なブログから一足飛びに被害者に向けた広いフォーラムへのガイド役を果たすようになる。わたしの新しいウェブサイトには次つぎに被害者の証言が書き連ねられた。子供時代に父親や祖父、叔父たちによって強姦された女性や男性からだった。なかには少女時代に兄によって、母親によって犯された女性たちもいる！　父親に犯されて妊娠したうえ、監禁され、売春をさせられた女性……。

被害者たちが体験した一連の恐怖劇が画面に連なって映っている。被害者の数に唖然とするとともに、それは唾棄すべき近親姦という氷山の一角でしかないことがわかるのである。送られてくる何百もの証言のなかの最初のひとつ、独身女性マリーさんの証言に深く心を打たれたのだった。

マリー、実名サンドリーヌ。若くて好感のもてるこの女性と、やはりウェブで知り合った三人の女性とでアソシエーションを設立することにした。わたしたちはともに、「インセスト」（近親姦）という言葉が口外されなかったために、その言葉も存在していなかった時代を生きたことになる。誰もこの言葉を口にせず、それを密告することもなく、口を、耳をふさぎ、平穏なわが家のことだけにかまけていた時代だった。それでもわたしが恵まれていたのは、元隣人アベイユ夫人がそれを言葉で言ってくれたおかげで父を裁判にかけることができたのだが、他の仲間たちは沈黙しつづけるほかなかった。今日でも近親姦にたいする社会的否認、タブーがまかりとおっている。この沈黙を破るべきなのだ。

サンドリーヌはこの企画に全力を尽くすつもりでいる。彼女は六歳のときから六年間、祖父の性的奴隷にさせられた。わたしが彼女と知り合ったときには、彼女の祖父はまだ生きていて、彼女が彼を告訴すると宣言して以来、裁判を避けるために逃亡しているという。しかし祖父を提訴することはそう容易ではなかった。

弁護士によれば、祖父が孫娘に犯した性犯罪はすでに時効になっているという。犯罪から年月が経ちすぎており、祖父を相手取って過去の犯罪を裁判にかけることは不可能になっていた。サンドリーヌは打ちのめされながらも、国家が何もしてくれないのなら、せめて家族だけにでも彼女が少女時代に生きた苦しみを知ってもらおうと決心したのだった。

サンドリーヌは数週間で証言を書き上げて、家族のひとりひとりにコピーを手渡した。が、誰ひとりとして彼女に質問したり、話しかける者はいなかった。そこで彼女は、化膿しかけている深い傷の膿を吐き出すために家族全員に集まってもらい、思いきって、自分はもしかしたら祖父の子ではないかと皆に向かって問いただした。彼女の母親は返事することを拒んだ。他の家族は軽く鼻であしらうふりをし、まさか、とばかにして話題を変えてしまったという。彼女が提起したこの問題にふたたび厚い沈黙のおおいが被され、サンドリーヌは重いうつ病に陥ったのだった。

夜しばしば彼女から電話がかかってくるようになった。近況を交わすことと、腹にたまっているものを吐き出すためだった。彼女を元気づけるために、わたしはできるかぎりのことをしてやった。彼女の体内に堆積している憎しみが、近親者に犯されている子どもたちのためにいつかは役に立つ日が来るのだから、と彼女を励ましてやる。彼女が祖父を相手取る裁判は実現しなかったが、いまも、これからも苦しむ子どもたちが正義を勝ちとるための助けになるだろう、とわたしは信じている。皆で力を合わせて、刑法に近親姦罪を制定させること、近親者に犯された児童の苦しみを封じ込めようとする社会の沈黙にたいして闘うのだ。しばしばわたしの熱をおびた演説で皆がわきかえる。

が、たまにサンドリーヌが苦しみに打ちひしがれるときなどは、彼女と二人の坊やを森の散歩に連れて行き、気分転換をはかることにしている。数週間の間に何度か彼女が意気消沈し、悶々として苦しむときがある。彼女がどんな苦しみのなかで悶えているのか、わたしにはよくわかる。すべての被害者と同様に、自分が苦悶のなかで溺れ死にしないように悪戦苦闘しているのである。

「窓ガラスの外側でわたしの体が火で燃え上がっているのに、家族は何もしないでそれを見つめたまま、わたしを見殺しにしているような感じなの……、望んでいることは死ぬことだけ」。彼女はしばしばわたしに打ち明ける。

サンドリーヌは、自分の子どもたちと、わたしたちによって支えられている。協会設立申請の手続きの進行具合を彼女に細かく知らせる。協会の規約が登録されれば問題なく活動をはじめられ、彼女が会長になり、わたしが書記になればいいのだ。

「会長ですって！　どう、ママが会長になるんですって！」

サンドリーヌは森を散歩しながら、この計画が楽しくて、明るい声で笑いながら指を長男の髪にからませる。

二〇〇〇年末に、公式に「国際近親姦被害者協会」がパリで設立された。

それから三週間後にマリーは窓から飛び降り自殺した、三歳と五歳の子どもを残して……。

彼女の葬儀は、霧の濃いある朝、マロニエの木が並ぶ郊外の墓地で行なわれた。わたしたち、友人たちは、彼女が好きだった白い花束を抱えて墓に向かった、深い哀しみと、それと同じくらい激しい怒りをもって進んで行く。

彼女を殺したのは近親姦であるのに、マロニエの大木の下で誰ひとりとして罪名を口にしようとしない。祖父による近親姦という醜悪な犯罪が彼女を殺したのだった。皆眼を真っ赤にし、歯をくいしばりながら、神父がサンドリーヌが遺していった置き手紙の数カ所を挿入しながら捧げた追悼の辞に耳を傾ける。そのなかで「彼女の家庭にはたいした問題はなかった」という箇所が異様に耳に響いた。彼女が生きた家庭環境とは、母親たちがよく口にする「愛」という言葉が表す、健康で問題のない、まとまりのある家庭だったということなのだろう。

なんという偽善……。埋葬のあと、サンドリーヌの親族は遺児のことをしきりに話題にしている。彼らを襲った悲劇をどうやって克服できるのか。妻の死後、悲嘆にくれる父親がはたして子どもたちを育てていけるだろうか。

彼女の自殺についても、彼女を窓からの飛び降り自殺に追いやった真犯人である祖父についてもひと言も発せられない。生前、家族に無視されてきたサンドリーヌは、いまも無関心という沈黙のなかで墓の底に横たわっている。それから数カ月後、わたしは彼女の墓に行ってみた。花一輪も、墓石もそこにはなかった。

あまりにも重い陰湿な沈黙に押しつぶされて死んでいったこの女性は、わたしでもありえたのだ。わたしは埋葬のとき百合の花を一本、棺の上に投げ入れながら「アデュー」と声に出さずにもらした。そのとき、わたしは皆ではじめた闘いの活動をつづけるだけの力がないことを感じ、できたばかりのアソシエーションから手を引くことにした。それから数カ月の間、このアソシエーションのことなど考えることもなく気が落ち込むばかりだった。

が、彼女の埋葬のときに襲った強烈な怒りがふたたび胸にこみ上げてきた。わたしの分身、哀れな妹、三十二歳のママのことをいったい誰が憶えていてくれるだろうか。彼女の殺人犯、祖父を相手取って誰が訴えるだろうか。母親の自殺のほんとうの理由について子どもたちは何を知り得るだろうか。彼女のように何年もの間、祖父に犯されたあげく、家族や法の保護も得られなかったがために、死への道を選ぶ女性がどれほどいるのだろう。

それでもわたしは、近親姦の傷跡を抱えながら地獄から這い上がり、いまこうして生きている。児童性犯罪の被害者として裁判で認められた数少ない被害者のひとりなのだ。裁判所がわたしの訴えを正当化し、わたしの生きた過酷な過去を過小評価したものの、父がわたしに犯した犯罪を公式に認めたのである。サンドリーヌはこのいばらの道を歩みつづけられなかったがために死んでいった。

彼女がいなくなったあと、彼女とはじめたこの闘いを放棄していいのだろうか。しかし、「彼女は何のために死んだの?」などという軽薄な質問などは誰にもさせてはならない。彼女のために、近親姦が破壊した他のすべての被害者たちのためにも、サンドリーヌが残していったたいまつの火を掲げつづけるために、わたしは闘わなければならない。彼女の埋葬から六カ月後に、わたしは国際近親姦被害者協会の会長の座に就いたのだった。

　この日、わたしを奮い立たせたのは怒りの気持ちだった。今度は真の犯罪者、家庭内児童性犯罪者の罪状に眼をつぶり、彼らのなすがままにしておく社会、頼りにならない司法機関に向かって赤熱の怒りをぶつけてやるのだ。協会は創立八年、サンドリーヌが死んでから八年になる。闘いのたいまつの火は以前にも増して熱をおび、火炎を上げている。

11章　フランスはこの分野ではいまだに石器時代

「国際近親姦被害者協会（ＡＩＶＩ）の会長になって以来、わたしの目標ははっきりしていた。革命を起こすことだった。革命、わたしがかつて体験させられたことと同じことを、多くの子どもたちが父親や祖父、叔父たちに強制されて苦しんでいるのである。彼らのための革命。

近親姦のほかに、乱交パーティにも参加させられ、何度か自殺未遂をし、ドラッグに浸り、売春稼業をも体験したわたしの過去は、いまもって抹消不可能な廃残物となって体内に堆積している。このようなことはくり返されてはならない。これからやるべきことは山ほどある！　人びとのメンタリティーに、司法に、変革をもたらさなければならないのであり、誰も口にしようとしない「近親姦」を国民の重要課題にしなければならないのだ。

しかし、わたしたちの野望を実現するための手段はゼロにひとしいことは言うまでもない。はっきり言えば、はじめたばかりのＡＩＶＩ協会は手作業のレベルでしかない。わたしたち、この協会の創立者たちは、会の名称が示すように全員が近親姦の被害者である。そのスローガンは単純そのもの、「言葉を自分のものにすること」だった。なぜなら被害者は家庭の中で沈黙を守りつづけ、自滅するまま耐えつづけてきたからだ。裁判はほとんど被害者の言い分には耳を貸さず、耳を傾けたとしても最後まで聞こうとはしない。

今日、誰が近親姦問題を話題にするだろうか。代議員、医師、法律家、精神分析医たちの誰が問題にするだろうか。被害者であるわたしたちこそ、近親者による性的虐待と、彼らがどのようにして子どもの体を犯すかを誰よりもよく知っているのに、実際にされたことを尋問することもせず片隅に追いやってしまう。犯人はわたしたちの近親者なのに！

だからこそ、被害者たちのアソシエーションを設立すること自体、そう簡単なことではなかった。わたしたちメンバーの何人かはいまだに自殺未遂をくり返し、わたしも含めて精神的に何度か落ち込み、心理的動揺をくり返している。これらのボランティアたちを結束させるのはなかなか難しい。

ひとつの目標に向かって挑戦することを惜しまないかわりに、いっさい援助金というものは拒否する。国から完全に独立しているかわりに資金は一サンチームもない。それでも助かったのは、パリ市庁舎に属する一室を無料で使用してよいことになったのだ。集まりがいいときは六人、少ないときは三人しか集まらなかったが。

全員の同意を得て、まず取りかかった問題は、近親姦罪の時効についてだった。協会のメンバーたちは皆、この問題に通じていた。近親者から性的虐待を受けた児童が成人したあと裁判に訴えようとしても、ほとんどは「時効」となっている。はっきり言って「抹消される」のである。

わたし自身、六歳から九歳まで父に性的虐待をされるまま黙っていなければならなかった。当時、性的軽犯罪の時効は被害者が未成年、成人に関係なく三年だったので、わたしが裁判に訴えるには、十二歳までに父を告訴しなければならなかったとは、何ということか！　父のおもちゃにされたことを心の奥に秘めて生きてきた幼い少女が、どうやって父親による性的虐待を警察に届け出ることができたというのか。

少女時代から年月も経っているが、依然刑法は何ら変わっていない。二十一世紀に入ってからもこのフランスでは、強姦など重罪の未成年者性犯罪を告訴するには成人後（十八歳）十年以内、つまり二十八歳までで時効となっている。それを過ぎると、どんな悪事も無効となり、犯罪容疑者は枕を高くして眠れるのである。被害者が近親姦の否認症から立ち直り、犯人を提訴するときにはすでに手遅れなのだ。いまではもう遅く、これからでは犯罪自体が化石と見なされるにすぎない。したがって児童への性犯罪者は、時効後は何ら心配することなくのうのうとしていられるのである。

わたしを筆頭に、ＡＩＶＩのボランティアたちは、この問題についての資料を集め、児童性犯罪の時効法を廃止させるために非の打ちどころのない報告書を用意することにした。そのためには近親姦についてのデータや調査、統計、近親姦がもたらす精神的外傷などについての資料が必要だった。が、最初の調査結果は情けないものだった。この問題に関する研究・調査は微々たるもので、統計となるとほとんど見当たらなかった。医学的にも、近親姦というテーマに関心をもつ研究者もほとんどいないという。この状況に気が削がれるどころか、わたしたちの意志は逆に燃え上がるのだった。

十分な資料が見つからなかったため自分たちで作成してみることにした。ケベックから来たボランティアは何週間も司法関係の書物を研究しつづけた。ケベックの刑法では近親姦には時効がなく、一生の間、訴えることができるのだという。わたしは日夜、現代史を猛勉強し、戦後の法律家たちがいかにして、もうひとつの「人道に反する犯罪」を見逃してきたのかを理解しようとした。近親姦もある意味では、「人道に反する犯罪」なのだ。なぜなら子ども、そのまた子どもの世代をも破壊させると同時に、父系血族をつくり上げていくからだ。が、現実の社会ではそれは禁忌《きんき》ではなくタブーでしかないのだ。

ケベックとフランスという大西洋を股にかけての運動は、近親姦の時効を完全に廃止することだった。わたしたちは申請書類を抱えて下院議員のもとに出向くことにした。が、実際はそう簡単なことではなかった。まず、この問題に関心のある議員を探し出さねばならなかったからだ。何人かの議員に書類を送ったところ、ひとりだけ、モーゼル県出の議員ジェラール・レオナール氏が強い関心をもって応えてくれた。

ちょうど良かった。なぜなら彼は以前から暖めてきた刑法改正案の支持者を求めていたからだ。それは、未成年者への性的軽犯罪にたいする時効を三年から二十年にし、重罪にたいしては十年から三十年に延長する改正案だった。わたしたちが要求する時効年数より短かったが良い方向に向かっていた。が、彼が提出した改正案は国民議会では満場一致で通過したが、上院では拒否されたのだった。「性急に制定化することは避けるべきだ」というのがその理由だったばかりでなく、実際に性犯罪が起きたあと二十年、三十年後にどれほどの証拠が残存し得るのかという問題だった。わたしが想像するには、時効年数が延長されれば、それだけ訴訟件数が急増し、裁判所が爆発しかねないことと、すべての訴えに応じるにはばか高い費用がかさむということなのだろう。それはあとで考えることにしよう。

改正案を提出した議員もわたしたちもがっかりしたものの、これで終わりというわけではない。それから数カ月後に第二のチャンスがめぐってきたのだ。ＡＩＶＩ協会のメンバーと共にわたしは今度こそはと意気込み、「時効法改正」にはテコでも動かない上院議員向けの公聴会をとりつけることができたのである。わたしは闘うための精力をつけるためにパンタグルエル並みの豪勢な朝食をとってから、戦闘用の装備を身につけた。しっかりしたメモ用ノートに三キロはある資料書類、黒いスーツに真っ赤なルージュで身を固めた。

国家を代表する識者らに会ってわたしたちの考えを述べ、討議し合えることほど素晴らしいことはない。が、上院と言っても実際は想像していたような栄光に輝く場所ではなかった。薄暗い小さな会議室には、識者と見られる六人の上院議員、つまり六人の男性が待ちかまえていた。しかし、彼らは提議された問題についてまったくの無知そのものなのだ！　近親姦に関する刑法改正の重要性を検討しようとしている議員たちが、まるでこの問題については部分的な知識しかもっていないのだ。

彼らは、事実の「否認」という司法用語も知らない。しかたなく議員たちに、近親姦被害者が生き延びる手段は、事実を忘却に追いやることしかないのだと説明する。多くの被害者が少年少女時代に受けた近親者による性的虐待や強姦を隠しつづけ、忘れようとするのは、襲われたときの恐怖があまりにも強烈だからだ。自分が受けた被害を自覚するのは、何年も、何十年もあとになってからカウンセリングをとおして、近親者の喪や離婚、出産などを体験して初めて可能になるのである。したがって幼年時代、少女時代に受けた性暴力を暴露し、訴えるまでには一生かかる場合もあるということ。短時間に上院議員たちにできるだけ多くの資料と知識を叩き込むために、わたしは顔を火照らせながら早口に話しつづけた。

「しかし、実際に二十年、三十年後にはたして判事は近親姦を実証できるのでしょうか」。ひとりの議員が質問した。

ああ、例の「証拠」！　三十年後でも、子ども時代に犯された証拠は探そうと思えば探せるというのに。たとえばわたしの場合、少女時代から紆余曲折しながらたどった経緯を考えれば、深い問題が絡んでいたことがわかるはずなのだ。何度家出をし、自殺未遂をし、うつ状態に陥ったことか！　このような精神状態に陥った少女の容態を調べる際に、警察や判事が近親者、隣人、教師らに質問し、健康手帳を調べ、調査をすれば、沈黙を守りつづける被害者を保護することも、確固たる証拠も浮かび上がらせることもできるはずなのだ。この証拠とやらは、当局のやる気のなさをごまかすためでしかない。もうひとりの上院議員がふと気がついたかのように発言したときだった。わたしの堪忍袋の紐が切れそうになった。

「しかし、それではどうして成人同士の近親姦は禁じられていると思われますか?」

何という質問！　ここでは、近親者に犯された子どもを問題にしているのに、何ということ！　このばかげた質問に呆れかえったのは、わたしひとりだけではなかった。討議の司会者は気まずそうにこの議員に言いふくめるように言った。

「ここでは子どもについて話しており、大人についてではありません」

わたしたちは本題に戻り、実際に近親姦の被害を受けたあと、何年も経ってから被害者が自覚し、裁判に訴えるだけの勇気をもてるようになって、初めて告訴する気持ちになるということを主張したときだった。議員のひとりが質問した。

「ええ、わかりました。しかし統計というものが必要ですな。被害者の否認症状が終わるのは平均何歳くらいですか?」

何という愚問！　第一、フランスでの近親姦被害者がどのくらいいるのか推定することも不可能なうえ、専門家のひとりもまだその研究に取り組んでもいないというのに、このヘボ代議士は被害者が近親姦を否認（心理的防衛機制のひとつである否定本能）しなくなる平均年齢を知りたいとは！　近親姦に関する研究資金を設けさえすれば、確かなデータが得られるということも考えられないのだろうか。

顔を上気させて矢継ぎ早に話すべきことをしゃべりつづけるわたしに、もうお引きとりを、と言いたそうな表情を議員らが見せたのでスピーチを止めた。わたしに与えられた三十分が過ぎたのだ。このあとには他の陳情者が上院議員らとの接見を待っている。

公聴会にはがっかりさせられたが、ゆるんでいた時計のネジを締め直すように、わたしたちは次の行動としてデモを決行することに決めた。おりもおり上院議会では二日間にわたって〈ペルバン第2法〉（身心障害者を出産させた責任を分娩医に負わせる法令）の時効期限の改正を含む法案が討議される時期にあたった。そこでAIVI協会の活動家たちは上院に押し入る計画を立てたのだ。この突撃作戦のために、毎月わたしのサイトにコネクトしてくる一万人のネット族を動員する必要があった。しかし被害者たちが顔を隠さずにデモに参加することがどんなに難しいかは想像できる。実際にデモに出たのは十五人ほどしかいなかったが、できるだけ大きな叫び声を上げながら、白い風船の糸を握れるだけ手にもって頭上に泳がせながら道路をねり歩いたのだった。母がくれた白いテーブルかけをのぼりの代わりにし〈時効反対！〉と大書した旗を掲げて歩いた。友人たちが上院の前で叫びながらビラを配っている間、わたしは道行く人びとにメガホンで呼びかけた。

「あなた方にとって近親姦とは何ですか？」と質問すると、ひとりの帽子を被りイングリッシュシープドックを散歩させている五十歳くらいの女性が立ち止まって出し抜けに言った。

「わたしが十歳のときに叔父がわたしにしたこと……」

ネットで送られてくる近親姦の証言は氷山の一角にすぎないのである。

二〇〇四年三月九日、児童性犯罪に関する時効法が改正された。未成年被害者は成人後二十年まで、つまり三十八歳になるまで告訴できるということになった。メディアも法務相も満足げに、被害者の権利を守るための大きな進歩としてこの改正案に敬意を表している。しかしわたしたちにとってはまだ序の口だった。AIVI協会でシャンパンの栓を抜いたとき、メンバーたちはさほど嬉しそうではなかった。この先に進むのにどれほどの年月が必要なのか先が思いやられたからだ。

被害者にとって唯一の救いは近親姦罪の非時効化であり、わたしが生きている間にそれを獲得できるか確信できない……。カナダでは近親姦被害者は生涯にわたって法廷に訴えることができる。その他、イギリス連邦のすべての国やオーストラリア、サモア諸島にも同様の刑法が存在する。

わが国、人権宣言発祥のこの国では、児童性犯罪は時効後には免罪となるのである。まさに性的倒錯者に免罪のパスポートを与えるのと同じではないか。甘く見てはいけないのは、変態者が息子を犯しても罰せられなければ、孫娘を犯さないともかぎらないのだ。シャンパンをすすりながらわたしは現実を見すえるにつけ、フランスはこの分野では石器時代を生きているのだと痛感せざるをえないのだ。

それは時効の問題だけではない。わたしたちのアソシエーションのメンバーの統計をとってみたのだ。性暴力犯の中で禁固刑を受けたのはたったの六パーセント、被害者の中で告訴したのは二五パーセントでしかいない。他の被害者の中にも訴えた女性はいるものの、犯罪容疑者は免訴、または不起訴処分となるか、とくに近親者による性的虐待容疑は封じられたままで終わる場合が多いばかりか、裁判所による事実否認は毎日のようにくり返されているのである。

カナダでは、被害者が警察に届け出るということ自体が、すでに証拠の提出と見なされるのである。被害者が証言を取り消したりするのは、家庭を破壊したくないからなのだ。専門家たちはその点をよくわかっているはずなのだ。フランスでは、近親姦およびそれがもたらす精神的外傷について充分に調査がなされていないがために、近親姦がもつ真の犯罪性と真の犯人を見きわめることが困難になっている。

アメリカでは、連続殺人魔の行動範囲や殺し方を熟知していないために犯行容疑者を泳がせていたことに気づいたことにより、警察に特別班が設けられ、犯罪者記録の情報データを細密に突き合わせることによって連続殺人魔の歩行経路をも突き止めることに努める。こうした科学的な方法で容疑者の輪郭を突き止めることによって累犯殺害犯が捜査網からすり抜けて逃れることも防いでいる。フランスではどうして児童性犯罪容疑者にたいして同じ方法がとられないのだろうか。

情報データに欠けているのは調査資料だけではない。ジャーナリストたちはこの問題を取り扱うこともしないかわりに、小児性愛問題となると俄然関心を寄せる。流行りのテーマだからだ。小児性愛についての番組にはわたしも発言を頼まれ、しばしば電話がかかってくる。少女時代に犯された女性であると同時に特殊なアソシエーションの代表であり、顔を隠さずに証言するわたしは稀な証言者であり、マスコミにとっては格好の人物というわけだ。テレビやラジオ、プレス関係のスタッフが電話で小児性愛のことを質問してくるときのわたしの答えは決まっている。

「わたしたちは小児性愛にたいしてではなく近親姦にたいして闘っていますので、残念ですが答えられません」

それにたいする返事はいつもが同じだった。

「しかし、ほとんど同じことではないでしょうか」

いや、同じではない。

街のカフェでこの問題を話題にすると、ほとんどの人が同意見なのだ。つまり小児性愛は「悪」であり、近親姦も、もちろん「悪い」、隣人の家でのことならば。なぜなら同じ屋根の下でそれが起きたら問題がややこしくなるからだ。

小児性愛罪被害者はひとりきりではない、父親から母親、近親者までショックを受け、一丸となって幼い被害者を支援しようとする。小児性愛者による被害を受けた児童は家族全員に支えられ、さらには社会全体の同情を得られるのである。メディアの第一面に報道され、世論を騒がせるほどの大事件ともなると、被害者の両親はエリゼ宮に招かれて大統領の慰めの言葉を受けることもできるのである。

一方、近親姦被害者が家庭内で話したとしたらどうなるか、その瞬間に家庭が爆発し崩壊するだろう。なぜなら、それは見知らない性倒錯者がしたことではないからだ。恐ろしい連続殺人魔でもなく、家族の誰も知らない卑劣な男がしたのでもない。従兄のジャックまたは叔父のピエール、パパまたは義父、いつも可愛がってくれるおじいちゃん、ホームパーティのたびに皆を笑わせてくれる両親の親しい友人、二十年来、日曜日ごとに両親が食事に招くなじみの友人でもあるのだ。わたしたちが乳幼児だったとき、おむつを換えてくれて、すごく可愛がってくれたおじさん。そのおじさんがディナーのあと、可愛い姪か甥に寝室か浴室でフェラチオをさせる？　まさか！　考えられない！

このような場合に子どもの言葉は何の役に立つだろうか。子どもが近親者や親の親しい友人にいやなことをさせられたことを家族の誰かに明かした場合、まるで何も見えないかのように、聞こえないかのように、理解できないかのように、それでいていっさい口外しないようにと、その子に忠告する大人たちはどのくらいいるだろうか。非常に多いのである。わたしたちのアソシエーションのボランティアが言うには、彼女らが初めて近親姦について明かしたとき、家族の誰もが気まずそうな、苦々しい複雑な表情を見せたという。兄に犯されたアンヌが母親にそのことについて話すと、母親は「兄妹の間でやることなんだから、自分が防御すれば良かったのに」と、取り合わなかったという。

義父の近親姦の奴隷にされたメラニーが実父に話したら、「臭いもののふたは開けるな」と注意されたという。わたしにも、誰も彼もがずーっと「わたしはおおげさすぎる」と言い返してきたのだった。父の後妻エヴリーヌも、わたしが「父がわたしの人生をめちゃめちゃにした」と言うと、「そのことを聞くのはもうたくさん」と吐き捨てるように口を封じさせたのだった。

一方、母は、わたしが疲弊困憊状態にあったときに、彼女の二度目の夫がわたしを犯したときに、どうしてわたしが警察に届け出なかったのかとわたしの怠慢を責めたのだった。もしかしたら母はいまでもわたしが作り話をでっち上げたと思っているのだろう。そう思っているのは彼女だけではない。

その数カ月前に、家のドアを叩く者がいたので開けると妹が立っていた。最後に妹に会ったのは、母が何も言わずにわたしに相続権を放棄させた日で、それ以来四、五年ほど会っていなかった。妹を家に入れてコーヒーをいっしょに飲む。彼女は二人目の子どもを産んだと話し、長女の写真を見せてくれた。わたしはこの姪っ子が可愛かった。この子に会いたい気持ちと同時にいとしさに胸がつまるほどだった。数分が経ち、妹がわたしに会いに来た理由は何だったのだろう……わたしの近況を知りたくて来たのだろうか。彼女に会えてわたしもうれしい、妹はどこまでも妹でありつづける。わたしが出産したとき手を握っていてくれたのも彼女だったし、精神科医ブルノの死に泣き崩れるわたしにハンカチを渡してくれたのも彼女だった。怨恨が姉妹関係を歪めさせようと、妹に寄せる愛情は変わることはない……。が、互いに会話を重ねていくにつれて、姉妹の情愛をかき消すような何かが二人の間に浮かび上がってきていた。妹を悩ませていたのは、わたしが六歳のときから父が浴室の中か寝室でわたしの体を弄び犯していたことだった。父が六年間、わたしを汚しつづけたことを妹も知っている。

ある日のこと、父に電話でそのことを思い起こさせたとき、父は否定しなかった。「それが嘘で、わたしがでっち上げを言っていると言うのなら、そうはっきり言ってよ！」受話器に向かってわたしは叫んだ。

ルノー・オブリは黙りこむ。返答の代わりに沈黙が返ってきた。妹のカミーユはそばで聞いていた。が、わたしの尊い宝ものでもあるいとしい妹は、父娘が生きたこの忌わしい過去の事実をそう簡単には呑みこめなかった。わたしが語ったなかで、浴室でタオルを使っての吐き気をもよおさせるような淫行については「判決の中にはいっさい述べられていなかった」と妹は指摘する。

確かに一九八一年、父を裁いた法廷の議事録にはこのことについては何も述べられていない。わたしが小さいときに父がした卑猥な行為は、年代からしてすでに時効になっていたのだ！　予審判事はわたしの証言を調べ上げようともしなかった。妹はというと、この事実を信じようともしない……。わたしは幻覚を見ているのだろうか。

カミーユに会うのは五年ぶりだった。彼女は突然やって来て長椅子に座り、わたしが生きた事実を改めて疑いの眼で見つめようとしている。もう一度彼女に一部始終を語りつくし、説得しなければならないのか。もうたくさん、判事、専門家、精神科医、そして母にまで何度同じことを語らせられてきたことか……。自分が生きた事実を証言するときはもう終わったのだ。カミーユがコーヒーを飲み終わるや、わたしは入口のドアを開けて地下鉄方向に彼女を押しやった。

近親者に犯された子どもの言葉と、その子が大人になってからの言葉の信憑性《しんぴょうせい》にはどれほどの違いがあるのだろうか。妹はわたしを信じようとしない、信じたとしても百パーセントは信じないだろう。確かに想像するのは難しいだろう、姉の体の上にのっかっているパパ、これを読んでいる読者も信じられるだろうか、難しいのでは……。そんな恐ろしいシーンは考えないほうがましなのかもしれない。

犯された児童のうえに不透明のハンカチをかぶせることに懸命な大人たち、これこそフランス社会の深刻な問題なのだ。わが国にはいまだに近親姦被害者を受け入れる特殊施設は皆無だ。唯一存在するのはアジャン市にあるジャン・ブル館で、十五人ほどの被害者少女を受け入れている。それ以外には何もない。被害者は全国に数えられないほどいるというのに！　その数をわたしは暗記している。フランスで毎年、児童虐待電話相談室〈一一九番〉に性的暴力を受けたという約五千人の児童に関する連絡が入ってきている。そのうちの七〇パーセントは、父親、祖父、母、叔父たち血縁者による倒錯行為であり、毎年約三千五百人の児童が血縁者によって犯され、永遠に消えることのない傷を負わされているのである。しかしこの数字は氷山の一角でしかない。

なぜなら、親族に犯されたほとんどの児童は沈黙することを選ぶからだ。恐怖、羞恥心、否認本能から、そして自分がされたことは誰も信じないだろうと思うからだ。したがって近親姦の九〇パーセントは明るみに出ない。その結果、近親性犯罪者の十人中九人、九〇パーセントは罰せられることもなく自然の中を自由に歩き回っているのである。これらの統計はわたしが考え出したものではなく、カナダのこの分野の権威、マリー・ヴァンサン財団の研究報告書にはっきり明記されている。

容疑者は逮捕されたとしても、無罪放免になる可能性が大きい。わたしの父親のように、判決は禁固刑六年でありながら、四年しか服役していない。二十一世紀の今日、フランスの刑法には、児童に性的ないたずらをした近親者の性犯罪ついては何ら処罰は存在しない。そして児童は近親者の性暴力にけっして同意するものではない、ということも明記されていない。近親姦が刑法で禁じられているとはいえ、この一行が欠けているのである。犯罪名をもたない無名の犯罪をいかなる罪科で処罰できるというのだろうか。

結局、近親姦は「一般的な」性的虐待の一種として裁判を受けることになる。近親姦犯は未成年被害者にたいして親権なり権限を有しているのだから、一般犯罪以上の処罰が下されて当然なのだが、実際はそのとおりではない。なぜなら強姦が犯罪として認められるためには「暴力、強制、脅迫、不意打ち」のどれかによる性器挿入でなければならないからだ。

児童への性暴力の場合、その行為が犯罪であることも知らない子どもは、愛している父親や祖父、叔父たちにされることをわけもわからず受け入れざるをえないのである。近親者の倒錯行為に従わせるために、怖けさせることも、叩くことも、力で強制させる必要もないのだ！　そのため近親姦は子どもが「無言だったのは同意したことになる」という解釈により、性犯罪とは見なされないのである。わたしの訴えを踏みにじったのはこの解釈だった。

検事がまとめた罪状には、父親は何年にもわたって娘と肉体関係をもっていたが「強制的行為ではなかった」と明記されていた。そのおかげで父には最小限の処罰が科せられたのだった。父の裁判が開かれたのは一九八一年。今日ならまるで異なっただろう。刑法に近親姦についての刑罰を加えなくても、判事も陪審員も、近親姦において児童は、父や祖父、または叔父との性行為などは希求しないという点については誰もが認めているからだ。しかし、そうとも言えない判例を挙げざるをえないのだ。

一九九八年、カルパントラ市の重罪院で、三十六歳の男が当時十一歳だった甥のナタニエル君を肛門性交による強姦罪容疑で裁判が開かれた。この少年の生は完全に破壊され、長い間、放蕩とうつ状態の間をさまよう生活がつづいた。法廷の被告席で、叔父は自分がしたことを全面的に認めながら、何回もくり返したのは「甥は同意していた」という証言だった。そして甥に「快感を味わわせるためにした」という。犯された甥は、叔父に痛いと言ったら、

「最初は痛みを感じるかもしれないけど、またやって欲しいと思うようになるよ」と叔父が言ったというのだ。法廷で被告は、甥に謝っている。

しかしこの強姦を、陪審員たちは「強姦」とは認めなかった。この判決を下すにあたって、陪審員らはフランスの強姦罪に関する刑法を当てはめたにすぎないのだ。ナタニエル君は脅迫も受けず、叔父の要求に従うことも拒否しなかった、なぜなら叔父だったからだ。肛門性交は「暴力、脅迫、強制によるものでなく不意打ちでもなかった」。したがって少年は「同意した」と解釈されたのだった。司法では十一歳の未成年者は、出廷させるにはまだ未熟であるとされている。だがこの裁判の陪審員らによれば、近親者による肛門性交に同意するには、十一歳の少年は充分に成長しているというのだ。

ナタニエル君の強姦者は、何もなかったかのように法廷から去って行った。

わたしが生きた地獄はそれほど古い話ではないどころか、毎日わたしの体内で生きている。わたしを絶えず蝕みつづけ、発狂状態にさせるのである。

さらにいくつかのアソシエーションが〈近親姦反対〉キャンペーンを行なっているが、そのたびに怒りが湧いてくるのは、〈子どもたちよ、イヤと言う権利があるのだよ〉というキャッチフレーズだ。近親者に犯される児童にこんなふうに呼びかけるとはひどい！　第一、父や叔父、おじいちゃんに背くことは不可能であり、六歳の子がどうやって「いや」と言えるだろうか。このようなメッセージを呼びかけることは、児童被害者たちに無理な使命を負わせることであり、人間の本性にも反するのである。父または叔父に快感を与えることを強制されたうえに、彼らと卑猥な秘密を共有することへの罪悪感を被害者児童に抱かせるだけでなく、社会全体がもうひとつの罪責感を課すのである。

「きみはいやと言わなかったね、言えたはずなのに！」

その日、怒りが爆発したのと同時に、ひとつの考えが浮かんだ。「市民に関心をもたせるための真のキャンペーン」をくり広げることだった。効果的で倫理的ではないもの。大人、隣人、教員たち、ソシャルワーカーたち、子どもと接する機会のある人びとの考え方、見方を目覚めさせるような、世間にぶつかっていくようなポスターを作ることだった。広告代理店の一社が無料でこの広告ポスターを引き受けてくれるという。一サンチームもないわたしたちにとっては願ったりの吉報だった。

それからは皆が考えを寄せ合ってブレーンストーミングの時間がつづいた。ビジュアルな構想として、おもちゃと子どものいる写真を入れ、ピンクのボンボンのような吹きつけの中には「パパの舌」、「トントン〈おじちゃん〉のあそこをなでまわす手」、「お兄ちゃんは触り魔」などと入れる。写真の下にメッセージ「性犯罪の七二パーセントは家庭内で！」と入れる。

このポスターが掲示されるや抗議の怒号が殺到した。ポスターを掲載した日刊紙ル・モンド紙をはじめ多くのメディアの投書欄に「不健全な挑発」、「下劣な写真」と抗議の手紙が寄せられた。それから数日後、広告検閲局から警告が下った。理由は平明なもので、「近親姦被害者がこの問題について語るのはいいが、もうすこし上品な表現で伝達するように」ということだった。

はっきり言えることは、近親姦について上品に語ることはできないのだ。確かにこのポスターはショッキングであり、醜いのはわたしにもわかっている。吐き気を覚えさせるかもしれない、近親姦のように。しかし嫌悪すべきこの犯罪をどうしてきれいなリボンで結わえて美化しなければならないのだろう。わたしが十三歳のとき父が連れて行った乱交パーティは多分に華やかだった。被害者であるわたしは、父に黙っているようにと命令されたのだった。

しかし憎しみと羞恥心を秘めていられなかったがゆえに、サンドリーヌは自分の命を縮めたのだった。祖父に長年犯されていたことを家族に告げたがために家族から閉め出されたのだ。長年の苦悩に終止符を打つために、サンドリーヌは窓から飛び降り自殺をとげた。ここにまたひとり、沈黙したままこの世を去った人がいたのだ……。

わたしの場合も、家族全員がわたしが黙ることを願っていた。とくに父はわたしがテレビの番組でフランス全国に向かって父娘の物語を語っているのを見て激怒した。フランス2テレビ局の性暴力についての番組に招かれたときも、司会者がわたしの過去をおおまかに紹介した。

「イザベル・オブリさんは、国際近親姦被害者協会会長です。彼女は六歳から十四歳になるまで父親に犯されてきました」

テレビ画面を見ていた父は天井が抜けるほど飛び上がり、彼の名誉が深く傷つけられたとして名誉毀損でフランステレビ局を相手取って告訴した。彼の弁護士をとおして、彼は娘を強姦したのではなく、「強制によるものではなく」、それも十二歳から十四歳までの「性的侵害」にすぎなかったと弁護する。彼の意図はどこまでも「忘却する権利」を引き合いに出すことにあった。

確かに彼は服役をすませたいまは、静かに「社会復帰」させてくれと言いたいのだろう。ところがわたしはいまも生きながらえるために抑うつ症と闘いつづけているのである。それなのに彼は後妻と洒落《しゃれ》た家での静かな暮らしを守るために、わたしの口をふさごうとする。まるで悪夢を見ているようだろう。わたしがテレビで証言することはさぞ迷惑だろう。それとは反対に彼の弁護側は、娘を犯した父親の言い分だけに耳を傾けてきたのである。

二〇〇〇年、ある日の朝、カナダ人歌手ガルーのヒット曲がラジオから流れたときだった。歌詞の一部が耳に入ったとたん、クロワッサンが喉につかえ、吐き気をもよおすところだった。

「あの子、ああ、このパッション……あの子はママのスカートから飛び出してきたばかりのよう、ボーイフレンドももったことのない、十四歳になったばかりの女と少女の間、気をつけて……少女の小さな体には欲情をそそるものは何もない……、でもぼくは彼女の肌を夢に見る……この少女のためにぼくは犯罪人にされ……牢獄にぶちこまれ……刑罰が下され、狂人にされる、あの子のために」

児童強姦者は充分に大事にされていないのが不満なのか、ポピュラーソングでもそのことについて歌うとは！　哀れな小児性愛者、牢獄に入れられる悲しみを歌っては、世界中の電波をひとりじめにする！

わたしは猛烈な憤慨をどうしてよいのかわからず、罵りながらドアに頭をぶつけつづけた。すこし気が落ちつき、恨んだところで仕方ない、このようなときには、近親姦生存者としての反射本能として深呼吸をし、「自分自身を一段上に引き上げて」、もっと力がついたときには、かならずこの変態歌手の口を封じてやろうと心に決めたのだった。

数カ月後、偶然にケベックのＡＩＶＩ協会のメンバーに会いに行く同じ飛行機にガルーが乗り込んだのだ。彼はもちろんファーストクラスだったが、八時間の間、わたしはエコノミークラスでジュースをすすりながら考えていた。着陸後このスターのキャリアを破滅させるような、はでなスキャンダルを起こしてやること。バゲージが出てくるのを待っていると、ぼんやりしている彼の眼とわたしの眼が合ってしまった。彼に夢中のファンがサインをねだっているのだと思いこみ彼がサインペンを取り出したとき、わたしは彼の歌について喧嘩を吹っかけた。彼は言い訳しながら、歌詞を誤解していると弁解しようとする……。

「もう手遅れです！　何を考えながらあんな歌を……無責任な！」

わたしは吠えるように彼に食ってかかったものだから、マネージャーが間に入ってわたしたちを引き離した。怒りで身をふるわせ、地べたに尻をつき、荷物を散らかしているわたしを友人たちが抱え上げる。輝かしい演技とは言えないが、これがわたしにとって初めてのスターとの対決だった。

幸いにして、わたしたちの運動に関心をもつ有名人はいないでもなかったが多くはなかった。近親姦の被害者を支援することはあまり格好いいものではないからだ。が、勇気のあるスターとしては俳優のブルノ・ソロや歌手ニコル・クロワジーユ……など。二〇〇四年に「近親姦と闘う五万のぬいぐるみたち」というキャンペーンをくり広げた際に彼らに連絡してみた。

アイデアとしては、世界児童憲章デーのために何万というぬいぐるみを集め、恵まれない児童に配るキャンペーンと同時に、近親姦についての情報を広めるというものだった。紙に書いた企画としては簡単だが、実際の行動となるとエベレストに登るほどの準備が必要だった。まず数万ものぬいぐるみをどうやって集められるのか、それらを家族たちに給付する場所をどこにするか、警視庁の許可を得ること、数百平米の巨大なテントを手に入れること、支援金とスポンサーを探すこと！

ボランティアたちとわたしは昼夜分かたず夢中で働いた。わたしはいつもは抑うつ状態にあるのだが、不思議にこのときはエネルギーに満ちあふれ、何ごとも猛烈なスピードで進め、飲まず食わず電話を手から離さなかった。まわりの者までわたしのファイトに引きずり込まれていた。この機会に全国の近親姦被害者が沈黙の闇から出て来てくれることに興奮せずにはいられなかった。被害者の中には、ぬいぐるみキャンペーンをきっかけに長年閉じこもっていた暗闇から抜け出して、羞恥心を捨ててあるがままの自分を受け入れるために姿を見せる者もいるだろう。

二〇〇四年十一月二十日、ついに「近親姦と闘う五万のぬいぐるみ」キャンペーンは、バスティーユ広場に大きなテントを張った。当日、家庭問題相と被害者問題政務次官、児童保護団体代表が出席した。会場では、近親姦がおよぼす被害に関する講演、被害者のための司法相談について、展示のほかミニコンサートなどが催された。多くのジャーナリストがこのイベントを取材しに来ていた。

ぬいぐるみのおかげで近親姦問題が日刊紙『フランス・ソワール』の一面記事となり、わたしはテレビの司会者フォジエルの番組にも招かれた。この機会にフランス全体が近親者らに犯されている子どもたちの声に耳を傾け、司法界での近親姦の扱い方がいかに遅れているかを認識してくれることが目的だったが、充分とは言えないが、ある意味で成功だったと言えよう。わたしがテレビで証言したことも、政治家たちをすこしは刺激したようだった。

「ぬいぐるみキャンペーン」から六日後、ペルバン法務相がテレビで、近親姦罪を刑法に加えることを発表した。二〇〇四年十一月二十六日、何世紀もの間タブー視されてきた近親姦罪がついに明文化されるのだ。その制定を待つのみである。

政府を動かすことはなかなかできないが、AIVI協会は「ぬいぐるみキャンペーン」によって社会で認められる存在となり、メディアにも一目おかれるようになる。さらにわたしは、女性雑誌『ファム・アクチュエル』の「並外れた女性賞」の最高賞を受けたのだ。それからはメディアでわたしたちのアソシエーションのことが紹介されるたびに、レターボックスはボランティア応募者の手紙で溢れるまでになった。

その中に見つけたのが、ジェラールという青年の履歴書だった。名前からはたいしたことはわからないが、二十五歳になったばかりの青年でボランティアになりたいという。男性の志望者は初めてだったのでわたしは警戒した。彼は近親姦の被害者ではない。おかしい、マユツバもの……。彼のガールフレンドが小さいときに犯されたので彼女に連帯する気持ちで協力したいと、志願の動機が書いてある。

よくわかった、この若いカップルを自宅に招いて、ボランティアとして応募してくれたことに礼を述べると同時に、協会の規定について説明した。三杯の紅茶を飲んだあと、ジェラールは好感がもてる感じなので、協会のコンピューター係として雇うことに決めた。彼らはちょうど自宅の近所に住んでいることから、わたしたちはたびたび一杯飲んだり、買い物もいっしょにするようになる。ときにはジェラールひとりで買い物に出ることもある。二人の仲はあまりうまくいってないようだった。彼女はたびたび浮気をしては彼を悩ませ、彼は飼い主に捨てられた犬のように打ちひしがれ、最後には手首をカミソリで切って自殺未遂にいたる。数日入院し命はとりとめたが、彼は独り者になっていた。

この時期、二〇〇一年に初めてわたしは一軒家を購入することに決めた。いままでずーと貸家人として過ごしてきたから、比喩的にも実質的にも「内部まで自分個人の空間」を所有するということは考たことはなかった。自分の住居をもつことで大きな一歩を踏み出すことになる。が、やらなければならないことがなんと多いことか！　ペンキ塗りから配管まで……。ジェラールも引っ越してきて大工を手伝ってくれる。心に傷を負った者同士が、家具・道具専門スーパー、カストラマで新しい配管を買い、パッキングを交換し、浴室のタイル張り……と、一対一のムードではなく、それでいてジェラールといっしょにいるときはとても居心地が良かった。ルロア・メルランチェーンの備品販売部をひと回りする日が待ち遠しかった。

わたしたち二人の間には、誘惑とか危険な関係に陥ることもなく、悲痛さなどは存在しなかった。何ら気まずさのない良さ、それだけだった。かつて苦痛のなかでしか生きていなかった当時のわたしなら、この心優しい青年に眼を向けることさえしなかっただろう。それがすこしずつ日曜大工をするこの青年に心が和らいでいくのだった……。

ある晩、テレビでいっしょに映画を見ないかとすすめた。それ以上のことはなかった。ジェラールとの関係は優しさをもって自然に織られていった。こうした暗黙の相互理解の関係が数カ月つづいたあと、二年間の禁欲的な関係に終止符を打つことにした。誠実でまっとうな男性に出会えるのを待ち望んでいたところに、わたしを守ってくれる天使のような青年がそばにいるではないか。

七年前に付き合っていた精神科医ブルノと分かち合った燃えるような情熱ではなく、マルクや他の男性との間で味わったサディスティックな関係でもない。過去の異性関係とは比べられないもの、幸せという言葉でしか言い表せない関係だった。

ジェルラールといるときは、怖さも苦痛も感じない。彼はわたしを愛しているのだろうか。わたしを愛していないということはあり得るだろうか。どうして彼は、愛を語るのに時間をかけているのだろう。いつかは別れるつもりだろうか。なぜいっしょに暮らすのだろうか。以前はこれらすべての疑問がわたしの愛情生活にひびを入れていたのだったが、いまはこれらの質問をすること自体が無意味となっている。

ジェラールのいつも絶やさない優しさと素直さが教えてくれたことは、愛情とはどこまでもシンプルなものであり、互いが幸せであるということだった。彼は未婚、心が歪んでなく、人の心を操らず、何かに苛まれることもなく、残酷さの影などはなく、不安定でもない。ただただ優しく、よく気がつき、感じが良く、教養があり、ユーモアの持ち主。そのうえ料理が好きで、すべてがスムーズにうまくいく。わたしと暮らしたいと言ったとき、翌日には彼がドアの前にスーツケースをもって立っていた。

このとき三十七歳になっていたわたしは、いままで一度も男性と生活を分かち合ったことがなかった。さっそくわたしの戸棚にスペースをつくってやった。息子も即座にジェラールを受け入れた。息子のモルガンと彼は十四歳しか離れていなかったが、趣味の点でかなりの共通点があった。ハードロック、マンガ、ビデオゲームなど。若いツバメとの外出はなかなかいいものだ。いまでもモルガンは若いパパを愛し、ジェラールと呼んでいる。ジェラールもモルガンを自分の息子のように可愛がっている。

ある朝、ジェラールが落ちついた口調で、次にわたしたちがやるべきことを告げた。

「モルガンには弟か妹があったほうがいい……でもその前に結婚しよう」

こうしてわたしたちは二〇〇四年、陽のまぶしい六月に市長の前で結婚式を挙げた。この日、何人かの友人とジェラールの家族、アソシエーションの三人のボランティアと息子の二十八人が参席してくれた。そのあとマルヌ川脇のレストランで乾杯し、よく笑い、ピアフの歌を唄い、ダンスをして祝ってくれた。写真に写っているわたしの顔は、生涯初めてと言っていいほどぼけーっとした表情をしている。それが不思議にわたしたちの幸せを祝ってくれる人びとのなかにとけ込んでいる。赤い色をあしらった美しいウェディングドレスはふんわりと膨らんでいる。

待ち望んでいた赤ちゃんはできなかったが、ジェラールは悲しむこともなく、責めるでもなく、あるがままのわたしを受け入れてくれた。毎晩わたしは彼がかならず帰って来てくれること、優しくしてくれることを知っている。わたしたちの生活は乱れのない、嵐も起こらない、穏やかな小川の流れに似ている。シンプルな喜びと、小旅行、簡単なディナー、小さな花束……、これら些細な気配りが毎日毎日を織りながら静かな、豊かな充足感をつくり上げている。

ジェラールはわたしがしばしば落ち込み、どのような悪夢に付きまとわれているかも知っている。彼はそれらを遠ざけ、深い穴に落ち込んでいるわたしを引き上げるために努力を惜しまない。愛し合いながら生きること、その安心感に浸ること、生まれて初めて抱く感覚だった。彼がいてこそ得られた安心感だった。

長い間苦しみながら探し求めてきたもの、真の家庭、自分で築いた本当の家庭というものを初めて手に入れることができたのである。普通の型にはまらない家庭かもしれない、わたしの生きるスタイルなのかもしれないが、これ以上の幸せはないのではなかろうか。

12章　ニコラとわたし

最後にはっきり言っておきたいことがある。じつはわたしの意識の中にはジェラールのほかにもうひとりの男性が存在する。ニコラ、苗字サルコジ……大統領。彼に会いに行くことがわたしの執念にまでなっている。十分でもいい、彼との接見を実現し、近親姦問題と闘うことを国家的課題にするようにと説得するためだ。想像してみてほしい、フランスの司法界でいかに近親姦罪が軽視されているかを大統領が認識してくれさえすれば、山は動くかも知れない。わずかでも世間の眼を覚まさせることは、大統領にとってそれほど難しいことではないはずだ。元首としてこの問題に取り組みさえすればいいのだ。

大統領に問題を把握してもらうために陳情書を用意した。まず近親姦罪の時効を無期限にして、刑法に加えること。そして定期的に一般市民に向けてキャンペーンを行なうこと。被害者の調査研究を専門家に要請し、被害者に関する統計や、幼児時代に受けた近親姦がもたらす弊害についての研究を進めていくこと。それらの結果をもとにして教授から判事、医師、児童と接する教職員、保母まで被害児童を発見し、彼らに耳を傾け、保護すること、これらの作業が不可欠であり緊急を要すること。そのためには経済的援助はもちろんのこと、この政策に関わる者の強い意志とエネルギーが必要だろう。

「政府関係省のおえら方は、エネルギーは掃き捨てるほどあるとおっしゃいますが、近親者に犯されている児童たちの緊急救助策を実施してほしいのです」

大統領との接見が実現したときにこのように述べようと用意していた。大統領はわたしの言い分を聞いてくれるはずだ。わたしたちが掲げた目標を達成するためにはどんな方法でもかまわないと思っている。

前大統領時代にもしたように、大統領の側近から接触活動をはじめる。協会が創立されて以来、何と多くの関係省の関係者に接してきたことか。厚生省から法務省、被害者保護機関、社会保障関係省……まで大統領の影の要員たち、これらの公務員の中にはわたしたちを暖かく迎えてくれる者、冷たくあしらう者、この問題に通じている者……と千差万別だった。官僚への敬意をこめた挨拶を述べたあと、いつもの質問で切りだす。

「近親姦についてご存知でしょうか?」

彼らの返答にしたがって明解に、または概略的に「家庭内の性暴力」について一時間ほどのスピーチを行なう。相手に時間がないか、すでにこの問題について通じている場合は概要ですませる。彼らのほとんどは援助しようという態度を示すが、時効問題や刑法に加えるとかについては眉をひそめる場合が多い。が、近親姦調査センターの設立などの計画には支援姿勢を示す。近親姦被害者の精神的外傷と精神治療に関する全国集会に保健相に参席してもらったら、と提案する関係者もいた。国家に一サンチームの援助も要求したことのないわたしたちだが、これら数省の官僚たちの支援姿勢は得がたいものだった。資金援助のための小切手は? ノン、メルシー!

政治を司る各省の黒幕たちが動いてくれて、国民が近親姦問題を話題にするようになってくれればいいのだ。いくつかの関係省と接触できたことにより、ついにエリゼ宮に招かれることになった！

二〇〇七年、ある朝、革命記念日のパーティへの公式招待状が大統領府から届いたのだ。この年のガーデンパーティのテーマとして「犠牲者と英雄」と記されてあった。近親姦の生き残りはわたしから見れば「英雄」であり、政府から見れば「犠牲者」なのだが、結果的には同じものだった。協会会長への、革命記念日の野外パーティへのサルコジ大統領じきじきの招待なのである。やった！　ついに大統領に話しかけることができるのだ。

この日、青空の下、協会の会計担当のオードといっしょに華麗なエリゼ宮の鉄格子の前に立ち、大樹がそそり立つ広大な芝生におおわれた庭園に見入る。記念すべきこの一日を有益な一日にすることがわたしたちの目的だった。千人近い招待客に混じってシャンパンとサンドイッチにむしゃぶりつくために来たのではなく、最大限、協会の宣伝をし、できるだけ多くの閣僚たちに会ってわたしたちの活動について説明することだった。

大統領にまでたどりつくための長い列に並びながらオードに、いかにしてケベックの活動家たちがやっているように人脈網を紡いでいけるかなど話し合っていた。第一に関係者の間にわり込み、人を押しのけてでも上部の閣僚に接触するようにすること、第二は、わたしたちの名刺を手渡すこと。

「閣僚と握手するときは必ず手に名刺をもってなくちゃならないの。わかった？」

七月の陽を浴びながら、わたしたちはまるで特殊部隊の出動態勢のようだったので、オードもわたしも笑いが止まらなかった。二人とも目標とする大臣として、彼女は首相を、わたしは保健相をねらう。二人とも黒いスーツで身を固め、ポケットに名刺の束を潜ませ、招待客で埋まっているエリゼ宮の庭園に進んで行く。

ガヤガヤざわつくなかで、ついに大統領閣下のお出まし！　宮殿玄関のまわりに数百人がつめかけた。治安用のロープが引かれてあって、二十センチ間隔に護衛が柵のように立っているため、それ以上は近寄れない。わたしたちはかなり離れたところから聞くほかない。

「わたしはセシリア（前夫人）とともに、このガーデンパーティが、この一年過酷な生活を送らざるをえなかった人びと、辛い思いをしながらも抵抗し、闘ってこられた人たちのためのものとなることを願っております……」

拍手が湧いた。以前シラク大統領がしたようにサルコジ大統領も挨拶のあと群衆の中に進んでくると思ったので、わたしは名刺を手に握りながら大統領の方に接近しようとしたが、失敗！　大統領は挨拶をしめくくるや一部の取り巻きを従えて宮殿内に入って行ってしまった。がっかりしたが絶望はしていない、大臣たちがいるのだから。何人かの大臣は芝生に下りていたので、そら行け！　オードはフランソワ・フィヨン首相に向かって行き、わたしは人ごみをかきわけながらジョスリーヌ・バシュロ保健相を目指す。

バシュロ保健相のまわりに密着している、カメラを手にしたジャーナリストたちの間にはさまり四苦八苦しているとき、オードが明るい笑顔で戻ってきた。

「オッケー！　うまくいったわよ、フィヨン首相がわたしたちに会ってくれると約束してくれたの」

「やった！　名刺をやるのを忘れなかったでしょ？」

忘れた！　何ということ。ハイヒールを履いたわたしがフィヨン首相のあとを駈けて行って、護衛の腕にしがみつき、首相にわたしの電話番号を書いた紙片を渡してくれるようにと頼み込んだ。オードのところに戻ってくる途中、時効問題のことで会ったことのある大統領の側近に出会ったので挨拶した。

「ボンジュール、ムッシュ！　近親姦を刑法に加える件については、いつまたお話しできますか？」

「残念だが時間がない、飛行機に乗らなきゃならんので」

まったくきょうはついてない。

「イザベル、しっかりしてよ、負けちゃだめ、ぜったいうまくいくから」

元気をとり戻して、クエ博士（一八五七～一九二六年）が開発した自己暗示法により自信をつけ、他人の足を踏みつけながら突き進んだ。記者たちに囲まれ、カメラに向かってご満悦のバシュロ保健相の前にやっとたどりつくことができた。

「ボンジュール！　わたしは写真よりも大臣にお話ししたいのです」

「いいですよ、問題は？」

「近親姦です」

「ああ、近親姦、それはわたしの管轄ではないのです」

どうして「彼女じゃない？」まさか……

「しかし、アルコール中毒、売春、麻薬中毒、自殺、拒食症、これらすべて保健相の担当ではないですか？」

「ええ、わかってますとも、近親姦がもたらす弊害についてはもちろんわかっています。しかしおわかりでしょうが、わたくしはロボットではなく人間にすぎず、わたくしの日程表はびっしりつまっているものですから……」

わたしはなりふりかまわず懇願する。

「聞いてください、お願いです、どうかお時間をさいてわたしたちの話を聞いてください、たいへん重要な問題です、フランス社会が抱えているガンなのです……」

オードが付け加えるように大声で言った。

「良い予防対策が実施されれば、経済的にもたいへんな節約が可能となるのです！　いくつかの国は早期に被害者の対応を行なうことによって、数十億ユーロの経費節減を実現しているのです」

オードはフランソワ・フィヨン首相に話しかけることはできなかったが、なんという説得力！　わたしたちはジョスリーヌ・バシュロ保健相にハエのごとくたかる他の陳情者たちをひじで押しのけながら、もみくちゃになった哀れなジョスリーヌに言うべきことを叩き込む。わたしたちの熱心な説得にもかかわらず大臣はひとごみの中をかきわけて行ってしまった。わたしはテーブルの隅に腰かけ、面会の約束らしきものも得られなかったことに悄然とする。

そのときだった、五十代のネクタイをしめた男性が助け舟を出してくれた。彼は南仏の町の検事だという。わたしがどういうわけでエリゼ宮などに来ているのかと、最後に残ったプティフール（一口大のケーキ）をつまみながら訊いてきた。

「あ、そお、近親姦！　確かにそれはたいへん深刻な問題です。裁判所で扱う訴訟の二〇パーセントを占めているのですから。しかしどうしてそれを刑法に加えなければならないのですか？　裁判件数が多すぎて他の訴訟にまで手がまわらないというのに。多くの告訴が不起訴処分になり、そのまま葬られているのは事実です……わたしだけでも現実的に扱いきれない刑事件数が十倍も山積しているのですから、驚くにあたらないでしょう……」

この日、エリゼ宮の庭園で体験したことは、わたしが生きてきた問題のくり返しだった。国会議員にも判事にも、他の人たちにも近親姦問題は重大視するにはあまりにも縁遠い話題だったのだ。近親者に踏みにじられた子どもたちのことに誰が関心を寄せるだろうか。検事も大臣も、隣人、親たちも同様に、厄介な問題は皆、脇にのけようとしている。検事はシャンパンのグラスをあけ、わたしも十分に飲み、ガーデンパーティはつつがなく終わった。疲れきって意気消沈してエリゼ宮をあとにした……。

元気をとり戻すのに数週間かかったが、とにかく近親姦生き残りの代表が公式のパーティに出席できたことだけでもプラスだった。こうした突撃的な行動が実を結んだのは数カ月してからだった。保健省と首相官邸に招かれたのだ。このようながむしゃらな行動でも何かが生まれるということだった。が、さらに効果的だったのは、リアルでセンセーショナルな事件が起きたときだった。

一年前の八月、ラジオで、エニスという五歳の少年が、刑務所から出所したばかりの小児性愛者によって誘拐され強姦されたというニュースが耳に入った。あまりにもひどい、わたしは震えながらラジオを消した。さらに強烈な怒りがこみ上げてきたのは、連日この事件をめぐって政治家や当局の責任者たちがテレビやラジオ、新聞でそれぞれが、この種の累犯犯罪者にたいする刑罰をさらに厳しくし、とくに児童強姦犯にたいしては刑罰を重くすべきだという発言をくり返していることだ。

わたしは体中の怒りが煮えくりかえる。国民を安心させるために何というエネルギーの無駄遣い！政府は、犯罪件数の数パーセントしか占めていない累犯性犯罪者にたいする執拗な対策を練ることに懸命だ。九〇パーセントの近親姦容疑者は日に晒されることなく野放しのままでいるというのに。小児性愛罪元服役者の累犯にたいして刑罰を厳しくしても、倒錯体質の近親者の予防には何ら役にも立たないのだ。近親者に犯された未成年者が告訴できるケースは稀であり、ほとんどは不起訴処分にされてしまうのである。今日の社会で未成年被害者たちの訴えに耳を傾け、事情を調べようとする者はいないのである。

この事件について、わたしは即座に協会として怒りを込めたコミュニケを発表した。じきに国営放送局がわたしの意見を聞くために連絡してきたので、はっきりコメントを述べた。

「フランスはこの分野ではまるで石器時代にあるのと同じであり、緊急対策などを打ち出しても何の役にも立たないのです。小児性愛者や近親姦変態者による性的暴力を予防できる真の対策を練らないかぎり何も変わりません」

わたしの発言には怒りが込められていた。

「この種の問題が司法機関の管轄外にあることと、政治的な意思決定不足のおかげで、小さいエニスのような何千人もの子どもが毎日、苦しんでいるのです！」

翌日の日曜日、法務相顧問がわたしのケータイに電話をかけてきた。ラジオでわたしが語ったことにたいして腹を立てているというのだ。意見を述べるにしても、もうすこし言葉に注意してほしい、ダチ法務相もたいへん腹を立てており、サルコジ大統領も同意見であり、政府が進めている前進的対策を認めるべく、新たなコミュニケを発表すべきだと忠告するのである。自分が語ったことを取り消す？　ノン、残念だがそんなことはできない。そのかわりにわたしは就任したばかりのサルコジ大統領を信頼していると述べてやった。

新しい大統領が必ずや大きな変化をもたらしてくれることは確信している。わたしなりにささやかだがプロジェクトを用意しているのだ。近親姦を対象とした調査と治療、研究に関するセンターの開設案だ。サルコジ大統領に五分でも会ってこれらを提案すれば、きっと彼もその気になってくれるにちがいないのだ。もしこのメッセージを顧問が大統領に伝えてくれさえすれば、近親姦をガンやアルツハイマー治療と並ぶ国家的課題のひとつにすることができるのではないか。そうなればわたしたちの闘いにとって未曾有の収穫になるのだ。そのときには政府の行動力を絶賛してもいい。

大統領府の顧問と意見を交わしたあと、わたしは礼を言ってケータイを切った。

サルコジ大統領からは、わたしに会ってくれるという返事はなかったが、ひとりの顧問が会ってくれるということと、わたしに功労勲章を授与することを伝えてきた。それだけだった。もし勲章が大統領自身の手から授けられるのだったら受けてもいい。でなければ拒否する、勲章なんて何とも思ってもいないし、その際に参列者でもジャーナリストでもかまわない、政府は近親姦被害者代表には勲章を授けるけれど、被害者に耳を傾けることはしない、と大きな声で言ってやりたい。その場でスキャンダルを起こせれば、授賞がいくらかでも役に立つのだ……。近親姦に関する刑法を成立させることの方がどんな勲章よりも価値があるのだ。

大統領に事情を聞いてもらうためには、メディアを利用してでも騒音をかき立てる必要がある。いままで家族の沈黙、社会の沈黙によって苦しんできたわたしには、恐れるものは何もない。近親姦をめぐって大喧騒を起こし世間を揺るがせることなら、すでに作戦が用意してある。テレビでのスポット、ポスターによるキャンペーン、白の行進（八〇年代にベルギーの小児性愛者デュトローによる数人の少女殺害事件にたいして住民が白い服を着て行進したデモ）、集会、そして何百人というジャーナリストたちのリストをもっているので、何かあるたびにプレスリリースを連発してやること。政治家たちにも近親姦問題を一時たりとも忘れさせないようにすることだった。

児童の安全を守ることが政治家たちの役割というのなら、児童の強姦者である近親者たちが何ら恐れることなく悠々自適に暮らしていられるのはどういうことか。この問題の実際的な予防対策と法令が施行されるまでは、関係省の職員から大統領までしつこく追いかけまわすつもりだ。大統領の後任者、そのまた後任者まで、右派であろうが左派であろうが中道であろうが、執拗にくいさがっていくだろう。すでにその闘いははじまっており、それだけでは留まらないだろう。

この闘いこそ、わたしの存在理由になっていた。毎晩、毎週末コンピューターの前で関係文書を練り上げる。次から次に面会がつづくなかで、病院の社会福祉職員たちに向けた近親姦についての研修、また被害者たちの会を取りもち、小さいときに友人を強姦した彼女の叔父の裁判に参列したり……。夫と息子がいながら、こうした狂気じみたわたしの日常生活を理解する人もいるが、眉をひそめる人もいる。

「イザベルさん、あなたは幸せな家庭をもっていながら、どうして近親姦などという醜い問題に身を投じ、自分自身を苦しませなければならないの？」

従妹や隣人、友人らはわたしがなりふりかまわず、この闘いに打ち込んでいる姿に唖然としているが、彼らは二重の間違いを冒している。なぜなら、もしわたしがこの活動をつづけられないか、または諦めるとしたら、わたし自身が破滅してしまうのだ。わたしは世間で言う「理想的で幸せな生活」を送っているというが、一度たりともそのような幸せを自分のものにしたとは思っていない。

現在わたしが送っている生活は外部から見れば、幸せそのもので天に感謝しきれない。世界でもっとも優しい夫をもち、パリ郊外のこぎれいな一軒家で暮らし、二匹の愛犬と、眼に入れても痛くない素晴らしい息子がいる。いまでは美青年、どこまでも優しく、すべて自然が与えてくれた賜物の結晶とも言える。わたしの唯一の誇りなのだ。

憎まずにはいられない両親に育てられたわたしは、普通ならどんなことにも失敗し絶望の淵をさまよっていたはずだった。そのように生きてきたわたしにとって、子どもを育てることの難しさに毎日直面しながら、できるだけの努力をしつづけてきた。とくに自分の両親がしてきたのとはまったく逆の育て方を実行した。

深い愛情と個人の尊厳を大切にしながら育てられた息子モルガンは、そうした土壌に培われ、難なく学業を突き進んでいった。商業専門学校の入試にも受かり、グランゼコール、高等商業専門学校の第三課程かシアンス・ポリティック（政治学院）に進めるはずだ。でも彼が左官屋あるいは役者になりたいと希望するなら、それにも賛成してあげよう。大事なのは、わたしが享受できなかったもの、与えられなかった選択の自由を彼にかなえてやることだった。

わたしの人生も学業も、父親に強制された近親姦によって踏みにじられたあげく、娼婦になり果てたのだ。それについてはモルガンに打ち明けることにし、彼の父親はクラブに出入りしていた客だったと話して聞かせた。息子は父親に連絡する決心をした。彼が決めることであり、わたしは彼の気持ちを尊重してやることにした。モルガンにはその権利があり、わたしは血の通った彼の父親が答えてくれることを期待した……。親息子の出会いが実現するかどうかわからなかったが、モルガンには真のパパ、ジェラールがいる。血縁関係がすべてではないことをわたしは知っている。現在のわたしの家族は愛で結ばれた幸せな家庭を築いたのだ。

もうひとつの吉報、二〇〇四年七月、父が心臓麻痺で死んだ知らせが入ったのだ。享年六十二歳。彼は三人目の妻をも、新家庭をも、新住居をも長くは享受できなかったことになる。この訃報を知ったとき、夫とわたしは極上のシャンパンを開けて乾杯した。紆余曲折し時間がかかったが、父を罰するに至った裁判にも皮肉をこめて乾杯！

そう、いまのわたしは一〇〇パーセントの幸せを自分のものにしている。それなのに幸せではない。幸せになれるわけがないのだ、なぜなら近親姦がわたしの人生をずたずたに破壊してしまっているからだ。わたしは父親が数年にわたってわたしを引きずり込んだ性的放蕩によって、脳髄まで犯された残骸でしかない身体を引きずりながら、数年にわたるカウンセリング、子どもを産むこと、そして両親の「喪」に服すことによって、わたしだけの新しい「生」を再構築することができたのだ。イザベルという自分自身をとり戻し、近親姦と闘う活動家として、母親として、妻として存在している。

戸籍上のオブリという苗字を破棄し改名する認可を市役所で得たときほど、人生のなかで輝かしい日はなかった。しかし旧姓オブリの使い道をはっきりさせておいた。反近親姦活動家として、オブリはわたしの汚された過去を表す名前であるからこそ、卑劣な男を指すオブリという苗字も保持したのだった。わたしの新しい苗字は誰にも知らせず自分だけのものとしている。汚れのないその名前は、わたしと身内のものにしか属さない。

彼らと共に味わう悦びのせせらぎのようなひととき、柔らかな陽光を浴び、息子の笑顔をいつくしみ、夫がわたしの肩を優しくなでる手を愛し、散歩の喜びを体内に吸収し、羽布団の中で読書をむさぼるときの幸せ……。近親姦から生き延びることは可能であると、それはわたし自身が体験し知っている。しかしそう簡単ではなく、どこまでももろく、ときには幸せを感じることはあっても、深い傷から全治するということはない。

以前に父がわたしに覚えさせた動作をふたたび行なうことなどはできない。ロックを踊ることも、チェスをすることも、料理をすることもできず、家の中を掃除することや物を片付けることなどはぞっとする。いまでもぼんやり考えたりしているとき、昔の傷つけられた少女に帰ることがある。ポルト・ドーフィンヌ、環状道路沿い……眼を閉じると、わたしが死体同然となったこれらの場所が浮かび上がってくる。わたしの死体が横たわっているこれらの場所に戻って行っては、わたしの少女時代が眼を覚ます。そしてわたしの苦しみが刻まれたアパートの内部が夢に出てくる。

悪夢に出てくる高層建築のアパートのドアは開いたままで、誰もが自由に入って来てはわたしの体内に侵入してくる。眼が覚めるたびに、わたしは涙と汗でびしょぬれになっている。いつの日か普通の生活を送れるようになれるのだろうと思っていたのだが、地獄には時効というものはない。自分がどこにいるのか永遠にわからない。

いまでも自殺したい気持ちが心をかすめることがある。ある朝、もし生きることが辛く感じるときは、自殺という手段があることも知っている。もう自殺を考えないこともひとつの解決方法なのだが、一日、一日それを引き延ばしている。

したがって若いときにしたように外見をつくろうために、居心地の悪さを隠すために大声を上げて笑ったりする。カウンセラーに会いに行くときも、彼女の前で大笑いするものだから、彼女が途中で笑うのを止めさせて質問する。

「どうしたの？　調子が悪いの？」

実際にしばしば具合が悪くなった。わたしには根っこというものがなくなっている。父、母、妹など全員をわたしの生活から抹殺してしまっている。それはわたしのためでもあったのだが、なかでも母親の「喪」に服すことは耐えがたかった。わたしを腹に宿し、この世に送り出してくれた母……。わたしは、この断ち切ろうとしても断ち切れない血のつながりからくる母への本能的な愛を毎日、忘れ去ろうとしている。家族を葬ること、彼らがまだ生きているときにそれをすることの難しさ……。

ある日は闘いのためのエネルギーに溢れ、またある日は井戸の奥底に突き落とされたかのように、陰鬱《いんうつ》さと活動亢進状態の間を行ったり来たりしている。「近親姦と闘う五万のぬいぐるみ運動」に熱を燃やしたときは、活動亢進状態にあったのだろう。

最近になって初めて医師たちが、わたしの症状を躁鬱《そううつ》病と診断したようだった。躁鬱病とは不治の病であり、生涯薬を必要とする。先祖の誰にもこの症状は見られない。重症のトラウマによって生じることがあると分析する医師もいる。遺伝性またはトラウマによるとすれば、後者の分類に属するようだった。つまり父による近親姦が生涯抹消することのできないものをわたしの内部に植えつけたために、リチウムと抗うつ剤を呑みつづけることになる。この強烈な服薬療法によって気分をコントロールできるばかりか、副作用として一〇キロ体重が増え、感情が麻酔されたように圧迫感はなくなり、ヒステリックになることもなくなった反面、感情が内に閉じ込められることになる。快感というものも感じないかわりに、いやな感情も湧かないのでむしろ好都合だった。

こうしてもう何年も働かなくなり、もしかしたらこれからも働くようにはならないのでは……。公式に「障害者」として認められ、精神科医や医師、アートカウンセラーなどの指導を受けることになる。これらの治療費のほとんどは医療保険によって支払われるから、わたしや他の近親姦被害者たちのためにとてつもない費用が費やされることになる。

近親者によるレイプは単なる社会・司法問題ではない。社会全体が抱える「ガン」と同じで、際限のない費用を要するのである。近親姦を未然に防げられれば、どれほど治療費の節減になろうか。もし近親者に犯された児童が沈黙を破り、専門の医師たちが緊急に対応できたとしたら、どれほど精神・心理療法を受ける患者が減り、治療費の節減も可能になることだろう。それなのに一般医でさえこの問題を軽視しつづける。実際にボランティアのひとりがホームドクターに質問したところ、

「ええ、まったく近親姦はひどいことです。しかしながらここヴェルサイユ地域にはそのような問題は存在せず、この辺の住民には関係ないことです」と答えたという。

眼を覚ましてほしい。小児性愛者はトラックの運転手、教職員、聖職者、企業幹部、失業者までどこにでもいる。一方、近親姦は世の中が共有する悪業であるばかりか、それを体験した者は小児性愛被害者以上に深い精神的打撃を被るのである。

白衣の治療者らは、近親姦被害者の精神的外傷の遠因を探らずに治療にあたっているのだろう。したがってひとりひとりのケースにそった治療はなされていない。近親姦についての無知さ加減は町医者だけではない。協会のパンフレットを病院に置いてもらうために、陳情に行くたびに返ってくる返事は同じだっ

た。

「いいえ、ここは成人を対象とする病院です。その問題でしたら小児科の連絡先をお知らせします……」

小さいころに受けた性的虐待と、大人になってから受けた性暴力がもたらすトラウマの関係を探るのは難しい。しかしながら女性のアルコール中毒者の四〇パーセントは子供時代に性暴力を受けたという。拒食症患者のかなりは幼児時代に性暴力の被害を受けており、それは過食症患者にも通じるのである。躁鬱《そううつ》病患者、自殺未遂者、麻薬中毒者の中には子供時代に同様の体験をした者がどのくらいいるだろうか。おそらく数えきれないだろう。数少ないが医学的研究結果が認めている点は、子供時代に被った近親者によるレイプは、近親者の最悪の裏切り行為として生涯、肉体的・精神的刻印となり、不眠症、消化不良、精神的外傷などを発症させるという。それにもかかわらず、一般人にとって近親姦はたいした障害をもたらさないものと見られているのである。

この問題についての市民の無知、無意識にわたしの怒りは爆発するのだ。わたしの子供時代以来、何も変わっていないからだ。二〇〇七年、八年と、カナダのマリー・ヴァンサン財団が、未成年者にたいする性暴力に関する広範囲にわたる世論調査を行なった。その結果に鳥肌が立つのだ。

四人に一人は、児童が態度如何により大人を誘惑できると考えているのである。アンケートされた者の大半が、未成年者が性的いやがらせを受けるのは屋外や校内であり、家庭内ではありえないと考えている。やはり過半数は、もし近親者にレイプされた子どもが家の誰かに打ち明けた場合、子どもが黙っていてほしいと望めば沈黙を守ってやると答えている。子どもの気持ちを尊重してやるためなのか、その子どもが嘘をついているのではないかという疑いの気持ち、または訴訟にでもなったら彼らの知っている身近な者にたいする証人にはなりたくないという危惧からか……。昔もいまも、苦しみ悩む児童を家族が保護してやれない理由は数限りない。

このアンケートはケベック地方の住民を対象としているのだが、フランス人ははたして彼らと同じくらいこの問題についての情報を得ているのだろうか。そうは思えないのだ。近親姦という社会の悪質のガンから保護されているだろうか。ノン。

二〇〇六年に二つの機関（国立衛生医学研究所と国立人口問題研究所）がフランス人のセクシュアリティに関するアンケートを行なった結果、女性の六・八パーセントと男性の一・六パーセントは、強制的に性行為を強要された経験があるという。その中で十人のうち六人は十八歳未満で、ほとんどは近親者によるものだという。近年は被害者も過去の苦い経験を口にするようになり、アンケートに答える被害者の数は爆発的に増えている。が、裁判に訴える者は非常に限られているのである。

「このパラドックスな結果を見ると、必然的に近親姦という性暴力・強姦にたいし如何なる対応が求められるべきか問わずにはいられないのである」とアンケートをした調査員たちは提議している。そして「被害者に耳を傾け、被害者の置かれた現実にそって救助措置をとれるようにし、被害者および親族にたいして社会的にも、物質的にも具体的な保護・救援サービスをほどこせる態勢を敷くこと」がいちばん効果的な対策であると提案している。

つまり被害者のためにやるべきことは山積しており、わたしが参加しているグループの地道な活動も膨張しつつある。本書を書き進めているいまも、多くの子どもたちが自宅で近親者の性暴力を受けつつあり、わたしが生きたのと同じように生涯消えることのない苦痛を心身に刻まれているのである。彼らがいまも、これからも苦しみつづけるのだと思うにつけ、心が引き裂かれるのである。

家庭の戸棚の中に密閉されている近親姦を、いまこそ引っ張り出すために闘いをつづけなければならない。天と地を揺るがせるほどのボランティア活動によって、いまや協会に賛同する支持者は約一千六百人にまでなり、ネットで連絡してくる者は毎月一万二千人におよぶ。

現在、パリ、ヴェルサイユ、ボルドー、ジュネーヴ……にも支部を開設し、フランス国内だけでなくカナダ、仏領ギアナにも窓口が開かれ、近親姦の予防、被害者への援助、保護活動が広がりつつある。わたしたちの絶えざる努力が徐々に実を結びつつあるのである。

が、わたしのカウンセラーたちは、こうした活動にはあまり賛同していない。フル回転する多くのプロジェクトに専念するあまり、わたしがあまりにも忙殺され、ストレスがたまるのではないかと案じてくれる。医師たちは、訳のわからないグラフの線を眺めながら何の率がどうだのこうだのと説明しては、「イザベルさん、このへんで静かな生活に戻りバカンスをとり休養すべきです。でなければここに入院しますか」と結論を下す。

わたしは彼らの警告や忠告などは全然気に止めないことにしている。病欠もとらなければ、静かな生活を送る気にもならない。今日の子どもたちがわたしを、わたしの力を、わたしの怒りの行動を必要としているのである。近親者に犯される子どもたちには圧力団体などあるはずがなく、政党などもなく、組合なども存在していない。彼らには発言権もないのだ。だからこそ、わたしは彼らのために闘い、これからも闘いつづけるだろう。

失うものは何もない。健康とエネルギー？　わたしはすでに死者となっているのである。わたしの生は、父と共に浴びた浴槽の湯とともに流れ去ってしまっている。あれ以来、執行猶予の生を生きているのであり、生の否認と、そのあとは息子がいてくれたために生き延びてこられたのである。息子のために自傷行為もしなくなり、わたしを必要とする息子がいてくれるから自殺も避けてこられたのである。彼が成人してからは、アソシエーションこそがわたしの存在の証となっている。

夫ジェラールのおかげで幸せいっぱいの生活を送りながらも、彼の愛情だけでは虚無の吸引力に逆らうには充分ではないのだ。現在わたしを支えているのは、近親姦との闘いなのであり、被害者同士、グループの話し合いやテレビ討論会、抗議デモなどの行動が政治家たちを動かせるのであり、どんなに小さな闘いでも、そのひとつひとつがわたしの破壊された過去にたいする復讐であり、子どもたちのすべての性的虐待・強姦者たち、わけてもわたしの父の顔面に放つ強烈なビンタの一撃なのである。

今日わたしが救われることとは、他の多くの子どもたちを救うことであり、少なくともそうするために努力することなのだ。こうしてわたしが生きた悪夢は何かしらの役に立とうとしている。刑法とフランス人の考え方が変革されないかぎり、わたしは行動しつづけるだろう、助けるべき児童がいるかぎり、自分の頭に弾を打ち込むことはしないだろう。

そのあとは……

＊国際近親姦被害者協会（ＡＩＶＩ）は、二〇〇〇年にイザベル・オブリによって設立された。近親姦に国境がないように、協会にも国境はない。この協会は、近親姦から生き残り、いまも沈黙の重さに押しつぶされながら生きている被害者に連帯し、彼らを支援し、彼らの声を声ならしめるために存在する。

訳者あとがき

本書『それは6歳からだった』は、フランス社会の隠れた「ガン」、タブーのなかのタブーと言われている近親姦の被害者として自らの体験を語り、ジャーナリスト、ヴェロニック・ムジャンが一冊の本にまとめた証言の書である。本書を訳すきっかけとなったのは、二〇一〇年五月に国営テレビ局フランス2が放映した、近親姦被害者に自己体験を語ってもらう特集番組を見たときに受けた言葉にならないショックにつながるだろう。参加者は二十三歳から六十歳までの、男性一人を含む七人で、そのうちの六人は顔を隠さずに証言した。そのひとりが、本書の主人公イザベル・オブリさんだった。

一九六五年生まれのイザベルは「この世に出てくると同時に、わたしは誰にも望まれない、偶然がもたらした落し子だった」、そして「父を蝕んでいたフラストレーションとコンプレックスがかけ合わされて生まれた娘ではなかろうか」と書かれているように、避妊薬のなかった当時、母親が堕胎に成功せずに生まれてきた娘だった。母性愛に欠ける母に抱き上げられることもなく、暴君的で荒々しい体質の父と、敵対する母との激しい夫婦喧嘩のなかで育っていった。

ブルターニュ地方の町の電気工でしかない父親は、六〇年代のヒッピー族を真似て住居の壁を取り払い、ロフト風共同空間の中で娘の眼の前でも夫婦、ときには愛人と足を絡ませ合う姿態を見せる。満たされない妻への反動からか父親は「おまえこそぼくを愛してくれる唯一の存在だ」とイザベルを異常に可愛がり、当然お風呂を浴びさせてくれ、ときにはいっしょに浴槽に横たわり水遊びと称しながら父親のペニスに触らせたりするようになる。このとき母の存在は感じられず、父を深く愛するイザベルは六歳だった。

六〇年代のフリーラブの風潮のなかで七、八歳の娘を夫婦のベッドに連れ込み、妻または愛人も加えてトリプルプレーもなされていく。イザベルは性行為や愛撫がどういう意味をもつのかわからず、父を愛しているがゆえに、常に恐怖に怯えながら彼の愛撫や性的虐待を拒否することもできず、パパの性的オブジェ、自失の自動人形と化していく。十二歳のころから父親が出入りするパリの十六区界隈のブルジョワ層カップルたちとのスワッピングや乱交パーティにも連れていかれるようになる。父の性的虐待を受けるよりも十数人の見知らぬ男の性行為の相手をさせられるほうがましと、頭と体を乖離させるようになる。こうしてイザベルには中学時代から娼婦、売春婦となる境界線が取り払われる。

七〇年代にイザベルは両親の離婚により片親、彼女の場合、母親が再婚したので、親権を共有する父親に引き取られる。つまり彼女の体をむさぼるオオカミと暮らすことになる。近親姦という恐怖の檻に閉じ込められた少女は、毎夜の地獄を生きながら、自分が父親と異常な生活を送っていることに疑問を抱くようになるのは、中学生になってからだった。親友に「父といっしょに寝て、セックスもしているの」と打ち明けるが、友人はことの重大さを感じとれず軽く聞き流す。アパートの隣人女性が頻繁に耳にする父親の怒鳴り声や、いつもアパートに閉じ込められているイザベルの理解しがたい態度に疑問を抱き、初めてこの女性が父娘のしていることに気づく。それを知らされた母親は、近親姦、インセストという行為を明確に思い描くこともできず「パパとあれをしてるの?」と言葉に窮し、動転する。それから初めて警察に届け出て、イザベルは四年にわたる精神治療を受けながら父親を告訴する司法手続きを踏んでいく。

九〇年代以降、急増する離婚、パクス（PACS＝結婚ではなく同性同士にも許される市民連帯協約）カップルの結合、別離により子持ち同士の再婚や再パクスによる複合家庭が増えているなかで、イザベルも母が再婚した義父との複合家庭で過ごすことになる。彼女が実父を性的虐待で告訴した軽犯罪裁判に至るまでの予審判事による取り調べや婦人科医、精神分析医による診察や問診などで疲労困憊し自失状態になる。自殺未遂をしたためベッドに縛られたイサベルを、義父が「愛しているよ」と優しく慰める言葉で、妻の留守中に義理の娘を犯す。抵抗する力もないイザベルは、乱交パーティなどの経験から義父に犯されることはさほど気にならないが、義父への嫌悪感を深めていく。

父権はどこまでも実父にあるわけで、義父は義理の娘とは血のつながらない他人であると同時に近親者でもある。再婚や再パクスによる複合家庭では、多くの場合、子どもは十歳前後だ。親たちも二度目の家庭であり夫婦とも平均三十五歳。数字で見るなら、義父に性的虐待を受けたり犯されたりする児童は六歳から十歳未満が五〇パーセントも占めているのである。

娘や息子が父や祖父、叔父などによる近親姦や性的虐待を数年にわたって受けていながら、いちばん親密であるはずの母親が子どもの様子や態度に気づかなかったり、幼児の言うことを信じようとしないケースがあまりにも多い。母親が眼をつぶり、夫や自分の父親へ追従的な態度をとるのは、近親姦が発覚すれば家庭の崩壊につながることを恐れるからだ。こうして社会のタブーを家庭のタブーとして封じ込めるのが大部分となる。

インセストの語源はラテン語の insestus（不純な、汚れた）から来ており、社会秩序と「自然の摂理」に反する近親者による倒錯的行為を指す。三歳ごろから近親者による性的いたずらや性器の接触、フェラチオなどをさせられる児童は必ず「誰にも言ってはいけないよ。ぼくとおまえだけの秘密なのだから」と口止めされ、父や祖父、叔父の威圧に押しつぶされたまま、彼らと結んだ秘密を守ることの重圧を数年にわたって耐え忍ぶことになる。セックスや性行為が何であるか知らない児童が、パパまたはパピーにされたことをママに話そうものなら、彼女は「そんなことはありえないわ、でっちあげよ」と一蹴するだろう。フロイトが「幼児性欲による幻想にすぎない」と分析したことにより、一般社会が児童への性的虐待を黙視してきたように。

家で性的虐待を受けている幼児が保育園や幼稚園でおチンチンを友だちに見せたり、触らせたりする異様な仕草に保母が気づき、社会福祉課をとおして児童精神科医のもとに行かせられる児童は、お絵描きによって近親者にされていることを表現するという。ビュット・ショーモン児童精神科センターで見られた例を挙げるなら、三歳の男の子が大中小のニンジンの絵を描き、いちばん大きいのを「これはぼくの」と言ったという。ニンジンはペニスを表している。また、四歳の女の子がカウンセリングを受け数カ月後に初めて口をきくようになったとき、「ぺぺー（ジジイ）、べールク（げー）」と、言葉にならない嫌悪感を口にしたという。祖父にされている吐き気をもよおさせる行為への怒りを初めて言葉にしたことになる。この一語こそが、児童精神治療を進めていくうえでの突破口となり、祖父を訴える法廷での確固たる証言となるのだという。

近親者が社会的責任をないがしろにし、家族関係を踏みにじる裏切り行為に加えて、母親や家族による無視、否認によって児童は愛情と憎しみが複雑に混じり合う二重の屈辱と罪悪感に押しつぶされ、自分の殻に閉じこもるようになる。幼児期から少年少女時代に近親者から受けた消えることのないトラウマを口に出し言葉にするようになれるのは、だいたい十五年後であり、五人に一人は二十五年後だという。しかし、そのときに近親者を告訴しようとしても、ほとんどの場合、時効となっている。イザベルが六歳から九歳までの間に父親から受けた性的虐待は、最後に受けた性的暴行から三年以内、つまり十二歳までに提訴しなければならなかったのだ。したがってこの時期に受けた性的虐待は、父にたいする起訴容疑には含まれていなかったわけである。

本書の主人公が最後に、マスコミにも働きかけて、議員やサルコジ内閣の閣僚にまで接触をはかり、ついにはフランスで初めて国際近親姦被害者協会を設立し、闘いつづけたのは、近親姦罪を刑法で制定させることと、その時効を延期させるためだった。イザベルやボランティアたちの活動が実り、ついに二〇〇四年法が成立し、未成年者への性的虐待、性暴力、強姦罪の時効が以前の成人後十年から二十年に延長され、三十八歳まで提訴できることになった。また二〇一〇年法により十八歳未満の被害者が対象となる近親姦罪が刑法に加えられた。そして幼児や少年少女たちが父親や祖父、伯父の心理的操作のもとに暴力や脅迫も必要としない秘密裏の性行為に怯えながら、「いや」と言えなかったことを「同意」ととる被告側の弁護は認められなくなった。児童が近親者による性的虐待に「同意する」ことはあり得ないことが明文化されたわけである。

フランスで「ペドフィリー（小児性愛）という性犯罪用語がメディアで使われるようになったのは、ベルギーで一九九五年から九六年にかけて、妻帯者マルク・デュトルーが八歳から十九歳までの少女と若い女性六人を誘拐、性暴力、殺害した衝撃的事件以来のことである。

近親者による児童性的虐待がフランス社会を揺るがせるほどの話題になったのは、一九九九年から二〇〇一年にかけて、アンジェ市の六十六人の親や祖父、親の友人たちが六歳から十二歳までの二十七人の児童に性的虐待や強姦を犯した事件以来のことで、それ以来インセストという言葉が一般の間でも使われるようになった。

今日、性暴力や性的虐待のほとんどは軽罪裁判所で裁かれ、ほとんどの判決が執行猶予付き懲役刑が下るくらいで、民事裁判で被害者への損害賠償金支払い判決で終わるのが大半と言っていいだろう。一方、陪審員らが判決を下す重罪院で裁かれる犯罪のうちの五〇パーセントは、重罪の性犯罪関係の裁判であり、そのうちの三〇パーセントは十五歳未満の未成年者にたいする強姦罪なのである。そして被害者の九〇パーセントは犯人を知っており、そのうちの六〇パーセントは近親者によるものだ。

これらの割合から見ると、強姦や性暴力にたいする告訴が急増しているように考えられがちだが、これまでに警察に届け出られた近親姦被害は約二〇〇万件にのぼる。そのうち告訴にまで至ったのは五～一〇パーセントにすぎないのである。そして近親姦容疑者が告訴されても、そのうちの八〇パーセントは、原告による提訴取下げや、「被害者が同意した」という弁護や、十数年前、数十年前に受けた性暴力や強姦は、立証不可能または証拠不十分という理由で、不起訴処分または無罪放免になる場合が多い。近親姦のほとんどはフランス社会では告発されぬまま、ちょうど体内で発見されぬまま心身を蝕みつづける陰湿な「ガン」と言えるだろう。

日本の近親姦、性的虐待についての法律はどうだろう。一八八一年旧法により、長い間、「道徳にゆだねる」とされてきたようだが、二〇〇〇年五月に初めて「児童虐待防止法」が可決され、「児童にわいせつな行為をすること、又は児童をしてわいせつな行為をさせる」ことを性的虐待と定めている。

日本では核家族が一般的になっているが、フランスでは九〇年代以降、離婚・別居が一般化するなかで核家族とは逆に増えているのが複合家庭なのである。子持ちで二度、三度と再婚、再パクス家庭を営むことも容易になり、義父母が相乗的に増えていくように、義祖父、義叔父も近親者の輪に加わるのである。子どもたちは七、八月の二カ月にわたる夏のバカンスのほか、幼稚園や小学校では七週間ごとにある二週間の休暇、家族の誕生祝いやクリスマスと、近親者たちといっしょに過ごす機会が多いだけに、彼らと接触する機会も増える。三、四十代の共稼ぎ家庭なら当然、学校休暇中に地方や郊外のおじいちゃんやおじさんの家に子どもを送り込むだろう。

近親姦や性的虐待に走りやすい体質というものはあるのだろうか。近親姦者は、幼い娘または孫、姪という上下関係を飛び越えて、、心理操作によって「無力化」させていく。父と娘の近親姦関係が生まれやすい家庭環境を挙げるなら、父親の長期失業やアルコール中毒、母親の入院などによる不在、夫婦関係のひび割れなどによる家庭の不安定な時期に、家庭内がうまくいっているかのように見せかけるために、父親が娘との関係を密にするなかで、娘が母親の代理をつとめさせられるようになるケースがある。

また、思春期前の娘や息子に、大人になるとどういうことをするのか、性の手ほどきとして性的虐待への一歩を踏ませる父親や叔父もいる。母親の知らない間、バルバラも歌っているように「黒い鷲」が出てくる悪夢となり、その翼を打ち破れないまま、その餌食になる娘や孫娘もいる。

統計的に言えば、そうした近親姦行為をする近親者の三五％は子供時代に家庭内暴力を、二三％は性的虐待を体験しているという。さらに四九％は家庭内の愛情不足によるアイデンティティの不形成、歪みを呈している。三〇％は家庭事情（貧困所帯や親のアル中、家庭内暴力）により里親か児童施設で育っている。

こうして見ると、二三〜三五％が性暴力や家庭内暴力を受けていることから、彼らの子供時代の家庭環境が、かなりの影響を及ぼしていることがわかるのである。したがって近親姦や性的虐待被害者、患者のカウンセリングを進めていくうえで、彼らの父親や祖父が送った子供時代までさかのぼる必要があるわけである。家庭環境、ひいては家庭内で引き継がれる習慣や文化が人格形成のうえで深い影響を与えるということだろう。

本書の主人公、イザベルはトラウマと闘いながら父親を告訴する。彼女は、父を裁判にかけるという、一種の父親殺しによって父の「喪」に服し、自分が生きた過去を抹殺して初めて、父親の息のかからない新しい安定した家庭を築けたと言える。彼女のようにノーマルな生活を送れるようになれるのは、被害者の二五％に満たないという。半数近くは精神的外傷、トラウマを抱えながらドラッグやアルコール中毒者になっていると言われている。

最後に、世界的なシャンソン歌手バルバラが、前述の少女時代に脳裡に刻まれた悪夢を歌っている『黒い鷹』の歌詞の抜粋をそえておこう。

一九四二年、ナチス占領下、彼女が十歳半のとき、仏南西部のタルブ市にユダヤ人家族として避難生活を送っていたときのこと。「わたしはますます父を怖がるようになっていた。彼はそれを感じ、知っている。夜、大きな扉が開く音がし、父の足音が響いてくるとき、わたしは震えが止まらなくなる……幼い少女に課された恥辱、底知れない動揺、底の、そのまた底にまで突き落とされながらも、わたしは常に這い上がることを止めなかった」。バルバラが逝った一九九七年の翌年に出版された未完の手記『一台の黒いピアノだった(原題)』に少女時代の想い出が言葉少なに書かれている。彼女が父にたいして抱いていた怖さは、そのまま『黒い鷲』となって歌われている。

ある日　夜だったかもしれない
湖のほとりで眠っていると
不意に　空を引き裂くようにして
どこからともなく
一羽の黒い鷲があらわれた

ゆっくりと翼を広げて
鳥はゆうゆうと空を舞い

はばたきの音を立てて
空から落下するように
わたしのそばへ降りてきた
………
くちばしで私の頬に触れ
首を私の手に乗せた
そのとき　私は知った
彼は過去から浮かび上がり
私のもとへ帰ってきた鷲
………
………
悲しみだけをあとに残して
鳥は去っていった

（一九九〇年、バルバラ日本公演のアルバムより。訳詞・蒲田耕二）

バルバラが少女時代から心に秘めてきた父との関係を、批評家やジャーナリスト、彼女のファンたちが初めて知ったのは『一台の黒いピアノだった』であった。本書『それは6歳からだった』を翻訳しながら、

『一台の黒いピアノ……』を読み、バルバラの少女時代の「秘密」を突き付けられたのである。近親姦というテーマからバルバラの著書にたどりついたわけではないのだが、日本語ではそれがまだ訳されていないということから、緑風出版の高須次郎、ますみご夫妻が、本書に次いでバルバラの手記をも日本で出版してくださるという励ましに支えられ、バルバラの遺書の翻訳を進めている今日、高須ご夫妻のフランス社会にたいするご洞察とご理解に恵まれたことに、深い感謝の気持ちでいっぱいです。ここに重ねてお礼を申し上げます。

二〇一二年二月

パリにて、小沢君江

（訳注）「近親相姦」（英語でインセスト）とは、親族関係にある者同士の合意による性的行為を意味するが、本書は、六歳から十四歳までの少女時代に父親による強制的、威圧的な性的虐待・暴行、強姦までも被った女性の証言の書であるため、本書では一貫して「近親姦」という言葉を使用した。

＊文献・資料＝ヴェロニック・ルゴアジウ著『強姦、犯罪の社会学的側面』（ドキュマンタシオン・フランセーズ出版）、マルティーヌ・ニセ／ピエール・サブラン共著『家庭内の犯罪（近親相姦、小児性愛、性的虐待）』（スイユ社）、アンヌ・ポワレ著『L' Ultime Tabou 究極のタブー』（女性小児性愛者と女性近親姦者）（B・K出版社）。

[著者紹介]

イザベル・オブリ（Isabelle Aubry）

1965年ブルターニュ地方フィニステール県に生まれる。
中学・高校卒業時、バカロレアは技術・管理部門に合格。
1983-85年：パリ商工会議所主宰の商業専門高等学校ビジネス・管理科に通学。
1986-89年：ハイパーマーケット〈コンティネント〉の仕入れ・在庫管理・マネージメント・人事・社員養成等を担当。
1990-94年：ハイパーマケット〈カルフール〉広報誌の構成・編集に携った後、経済誌等のフリーランス記者として取材。
1995-01年：主要ハイパーマーケット他、中小企業の財政・流通・社員養成等のフリーのコンサルティング。
2000年：近親姦生き残り協会に参加し、活動家になる。
同年末：国際近親姦被害者協会を設立。

[訳者紹介]

小沢君江（おざわきみえ）

1942年生まれ。1961年、AFS留学生として米国に1年滞在。1965年、早稲田大学仏文科卒。1971年、夫ベルナール・ベローと渡仏。1974年、ベローと共にイリフネ社創立。堀内誠一氏の協力を得てミニコミ誌『いりふね・でふね』創刊。1979年、無料紙『オヴニー』発刊。1981年、民間文化センター「エスパス・ジャポン」創立。2010年6月に創刊した日本に関する仏語の月刊無料紙『ZOOM Japon』の編集に携る。著書に半自叙伝『パリで日本語新聞をつくる』（草思社、1993年）。訳書『ボッシュの子』（祥伝社、2007年）、『ビルケナウからの生還』（緑風出版、2010年）『誇り高い少女』（論創社、2010年）。

それは6歳《さい》からだった……
ある近親姦被害者の証言

2012年4月10日　初版第1刷発行　　定価2,500円＋税

著　者　イザベル・オブリ
訳　者　小沢君江
発行者　高須次郎
発行所　緑風出版 ©
〒113-0033　東京都文京区本郷2-17-5　ツイン壱岐坂
［電話］03-3812-9420　［FAX］03-3812-7262
［E-mail］info@ryokufu.com
［郵便振替］00100-9-30776
［URL］http://www.ryokufu.com/

装　幀　斎藤あかね　　カバー写真　カトリーヌ・カブロル
制　作　R 企 画　　印　刷　シナノ・巣鴨美術印刷
製　本　シナノ　　用　紙　大宝紙業　　E1250

Printed in Japan　　ISBN978-4-8461-1202-8　C0036